vão
Dheyne de Souza

cacha
lote

vão

Dheyne de Souza

6.10.18, qualquer hora

25.10.18, 1h13

a verdade mesmo é que estava pensando um monte de coisa e talvez esteja ainda pensando agora que depois nada mais fez sentido, uma hipocrisia de metáforas que eu revolvi

25.10.18, 1h19

a verdade mesmo. mesmo. vamos lá. estava realmente pensando muito nas palavras que ia usar e na ordem e fazendo todo um roteiro para quando sair escrito estivesse tudo bem, na sua melhor performance. cansei. ah a verdade pura é que

25.10.18, 1h25

na realidade {dentro dos limites da ficção, evidentemente [que hoje se precisa explicar tudo (nas eleições muito mais – e não vai adiantar porque acabam os recursos | quase todos) mas a gente levanta]} trago demais as palavras na mente. preparo o papel. abro o computador. acabam os recursos da vida que urge. salvo um documento em word no dia seis de outubro [e as palavras surgem límpidas quando você está fumando um cigarro, então o ritmo todo muda. (esparsas) com ele, a memória. o tempo. a fumaça. sons. e um vento bom que vem da janela. e voltam os recursos]. isso, salvo um documento no dia seis de outubro, em branco, tendo ali passado tempos olhando o branco e tentando agarrar os sons como quando você quer e não quer soltar o balão vermelho. e no dia vinte e cinco de outubro [a dois dias das eleições (e tantas pessoas no caderno do inviolável)]. ou seja. o que será isso? você também cronometra as palavras? vez em quando? o dicionário. a ordem. a sinalização. costurados às vezes na pior parte do corpo do verbo do oco.

25.10.18, 1h40

havia um nome nele

(posto que posterior a isso a importância desse nome pode significar tanta coisa. como nada.)

25.10.18, 1h47

aquela mania com a língua, às vezes irritável, epifânica demais, e você faz o que com as eleições você não sabe se galopa no mesmo trote daquelas vírgulas insubordináveis se pensa se morre se é você quem é você que frio na barriga vão ser tempos de bonança ou sombrios ela estava no aeroporto. bastantes horas. e pensando em uma marmitex olhando o bolo. de chocolate. talvez o erro (considerando pejorativamente um precipício) tenha sido aí. para não ter que deixar o rim comprou um bolo de chocolate e café com leite. sentou. três garfadas e veio surgindo o tempo presente na figura de alguém (são seus olhos? como julga? está certa, errada, turva? ajuda-se ou não se ajuda? será comida mesmo será droga? e se for? que propriedade é essa pra dizer de carregar a vida. ela que mal se descuida já a lucidez absorve e não há coisa mais triste que concordar que a vida é uma miséria sem culpa). ele conversava com a moça da mesa da frente {e ela, não a moça, mas ela pôde entrar nos seus olhos [como é que ela poderia dar uma moeda de um real sabendo (ou justificando) que não podia se a vida se lhe dizia em um par de olhos honestos]} e pedia à moça dez reais pra marmitex. a moça disse que pagaria um lanche pra ele (e ela pensou a mesma coisa que ele disse a seguir quando decidiu comprar o bolo de chocolate). ele argumentou que o pão de queijo ali era muito caro e dez reais dava pra ele comprar uma marmitex do lado de fora do aeroporto. ela deu a moeda de

um real. a moça disse que não tinha dinheiro, só cartão, mas se ele quisesse pagava um lanche pra ele. ele quis. enquanto isso ela. enquanto isso ela. enquanto isso ela o observava demais. será. mas. não sabia. achava que era a verdade do bolo de chocolate porque pessoa começou a entrar no espaço até a fome dele a fome dela a fome injusta a dois dias de uma angústia enorme e se ela nessa mazela que nome dar para milhões. come chocolates, pequena. come chocolates. pudera comer chocolates com a mesma
ele se sentou bem longe enquanto a moça pagava acenava pra ele e ia embora e ele esperava longe [olhava longe (sabia)] de um jeito que ela (não a moça, mas ela) teve tanta vergonha tanto desespero tanta culpa. tanta tristeza. que é uma fé vazia.
ele conversou com um senhor ao lado, de lado. ela. olhou pra baixo. na mesa. o bolo de chocolate. e aquele gosto de sal na axila.
catando palavra como quem cata cana.
chamou o número dele. ela não sabe se só achou ou se ele saiu mesmo feliz com um sanduíche e um suco de laranja. tem muita coisa na vida que engasga o fluir. nem sempre a gente sabe esperar. a gente se. precipita.

25.10.18, 2h20

me incomoda menos a hierarquia das letras quando estão minúsculas, talvez. a gente na verdade nunca sabe nada da gente mesmo, né.

25.10.18, 2h21

às vezes acho que precisaria de mais tempo comigo para me conhecer mais. tempo silêncio absoluto de extrema observação. observei muito aquele dia.

29.10.18, 21h01

agora que tudo passou. ficou ainda pior. porque agora. há uma ameaça lá fora. talvez a ameaça não faça nada. talvez as ameaças da ameaça não se façam. talvez. enquanto isso quem ameaça. a vida como uma folha completamente escura. se você está absolutamente no escuro como você acha a luz no fim do túnel? você anda ou você senta e espera? nunca fui de sentar e esperar. mais fácil bater na parede, escura mesmo, sombria mesmo, mas. mas agora realmente não sei. não sei de que lado do escuro é mais escuro e sendo mais escuro talvez dê para dormir até amanhecer ou alguém vir acordar. as pessoas nem se acordam hoje em dia mais. onde fica a parede? o chão é muito pra baixo? o céu sempre muito acima. quem sabe um corrimão nesse túnel que é a vida. quem sabe um habitante que não esteja armado.

5.11.18, 14h47

tem muita coisa difícil na vida. acho conhecer a gente uma das piores. no sentido de, sabe. a gente nunca tem tempo. a gente trabalha, come, corre, dorme, paga, compra pra um dia a gente ter tempo de sentar e ter tempo. nesse tempo que sobra,

talvez o grande problema da gente seja realmente achar que quando a gente tiver tempo a gente vai aproveitar. pois vejamos bem. se passamos a vida a trabalhar e todas essas coisas para ter dinheiro para todas essas coisas, a gente se habitua, a gente cresce, a gente envelhece, a gente, querendo ou não, a gente se faz nisso. quando digo se fazer eu digo, mesmo. a gente não é aquilo que somos, pergunto. sim, respondo. pois se passo a vida correndo pagando comprando comendo dormindo desejando sou isso. sei lá. talvez depois que a gente tiver dinheiro para fazer todas essas mesmas coisas (porque já nos habituamos, já nos criamos, já nos conhecemos querendo ou não que tenha sido isso o que se formou), aí talvez a gente já não tenha mais aquela sensação de quando você anda anda anda e não sente dor nos pés nem na coluna nem no cérebro. é que talvez aí a gente já não tenha ânimo para dar a volta no mundo à kerouac. talvez aí a gente já não tenha coragem de ler safo sócrates heráclito. talvez quando a gente tiver tempo depois de ter passado anos pagando inss pra então se aposentar pra descansar, se calhar de não surgir um governo de bosta e cuspir na sua cara velha engrenhada ríspida

cansada, a gente possa. mas então a gente já vai ter se criado
se conhecido se desconhecido profundamente. quem sabe
nessa hora que pode ser aos trinta aos sessenta aos nuncas a
gente se olhe no espelho. a gente se pare e pergunte. a gente
decida ouvir, porque se tem uma coisa que conhece bem a
gente é a gente mesmo, por mais que a gente engula rápido
atropele mudo ultrapasse errado esconda longe planeje tudo
pague todos compre o que dá deseja o resto babe cale cegue
quem sabe a gente até se recomponha, pontue, conjugue e
nem invente verbo ou verba, quem sabe depois de tudo isso
anos e anos e anos quitando todas as suas dívidas (para quem)
comprando tudo de que necessita (para quê) participando de
todas as reuniões por mais que (quê?)
quem sabe no fim do seu turno do seu túnel do seu tudo
a gente des-cubra o nada absoluto gordo rindo na poltrona
aguardando o tempo da gente pra dizer
:
o que você quer

do que você gosta

o que você fez
.
quem sabe a gente saiba nesse momento que a gente se sabe
bem demais. tão bem que a gente quanto mais cresce mais se
argumenta se persuade se entretece se esgueira das verdades
da gente. que as verdades da gente sentam numa poltrona e
engordam esperando a gente esperar o tempo de conhecer a
o que quero dizer é que quem sabe a gente chegue a um ponto
da vida em que a gente não sabe mais por que chegou ali
parou ali passou ali
porque ali nunca foi nem rastro nem é pasto nem será
a parede branca

as nuvens ainda trocam de roupa lá
o vento leva
o ar rui
quem sabe a gente achando que não se conhece a gente se engane por muito tempo. passe pó. foto. jeans. quem sabe a gente olhando não álbum de retrato que isso piegas não existe mais até porque a gente no álbum de retrato é mais o rastro mas a gente quem sabe olhando a foto quem sabe a gente inspire e até enfrente a cara nova pra gente. quem sabe não. quem sabe sozinha. no escuro. sem flash. sem medo. sem dó. a gente se olhe. a gente se escute. a gente se diga
o que a gente se pode dizer, me pergunto
a gente pode se dizer o nome e notar que isso não significa nada
a gente pode olhar as rugas do olho e quem sabe escorregar nas suas paredes trincadas (provavelmente) de vermelho e focar a pupila (veja)
negra
funda
infinita
cair no abismo de onde olha adivinha quem
a gente escuta, mas atento que o som é muito baixo, a gente se aproxima, muito devagar pra não acordar o monstro, a gente se
sim, há um monstro que vigia a nossa poltrona no abismo no infinito da pupila
conhecer o monstro tanto quanto
a gente quantas vezes é-lo

escutar o monstro

a gente se esperneia se enoja se enfraquece se desaba se não desiste a gente se reconhece

é quando a gente, nem sempre, mas. a gente fala e ouve que
a voz semelha semeia colhe

quanta parte de musgo de pó e de tempo a gente se
quanto de medo
esteio
a gente se
tem muita coisa fácil na vida
que a gente pode engolir
até cair na poltrona
do nada.

5.11.18, 21h02

achei que seria mais fácil.
não adianta, você precisa estar absolutamente só pra fazer isso.
talvez seja esse o maior engasgo, engano ou embalo.
nestes tempos tem sempre olhar atrás.
é preciso ter cautela até para sentir. para existir quem sabe.
ninguém sabe daí o medo então é preciso ter cautela.
se sou vários, como contar
galhos de uma árvore.
cada qual sua cintura, seus dedos, seus dentes, seus olhos.
são várias as formas de ver o mundo. vou pensar sobre isso.

5.11.18, 21h16

tenho várias ideias. mas não estou pensando sobre nenhuma.

{de repente [mentira (já crê?)] fui ficando um bocado apreensiva com essas coisas bastante curtas que aqui vou. há aquela pretensão. ou de que não revelam nada ou. desvelam alguma coisa. assim completamente. tão misteriosa que, pasmem, nem existe. [nem devia estar tratando disso aqui (ainda mais assim, aliás).] em minha defesa [?(!)], se você parar para ler qualquer coisa – qualquer, coisa – muito vagarosamente. há sempre. alguma alma. por ali. esperando. um corpo. ou vice-versa.}

5.11.18, 22h01

como que a gente vai confiar em uma pessoa que quer contar (o que, aliás, ainda não sabe o que, como, quando, quem) uma história, ou várias, que seja, tendo precisado constantemente traçar o fio.

5.11.18, 22h08

pode ser uma espécie de paranoia compulsiva encanada com a vida. pode ser um papo sobre nada. o bom de escrever um pouco mais livre talvez seja isso, correr o risco constante do ultraje. digo um pouco mais porque, convenhamos. ninguém por acaso passa por isso, me pergunto. não sei, digo, não tenho nenhuma, mesmo, propriedade. não acho que meu corpo me pertence, não. o que me pertence é aéreo etéreo inviolável. ou o meu corpo sou eu, pergunto. não sei, respondo. constantemente me digo que isso não vai levar a lugar algum e ainda continuo. será que é um buraco sem luz. o meu corpo me pertence, sim.

11.11.18, 8h20

os dias passam. e não há nenhuma tranquilidade. pelo contrário até. há todo dia uma notícia perigosa. e você não sabe se acredita na notícia perigosa ou no perigo da notícia que maquia perigos piores.
estava pensando ontem que antigamente eu. que talvez gostasse mais de mim quando antigamente acordava mais firme. quando talvez nem tivesse tempo pra pensar no quanto é perda de tempo correr.
ou talvez o perigo seja agora. agora que escuto as araras pensando até quando. agora que percebo que os pés o fôlego o berço eram mais. suportavam.
gosto de me lembrar de quando era criança e achava que seria outra pessoa grande. tinha planos enormes. e para os planos enormes milhões de lacunas. e era nessas lacunas em que mais me derramava quando deitava na grama do outro lado do pasto. braços abertos. formigas indo e vindo. isso não era problema. orvalho fazendo cócegas. as nuvens lá em cima. depois me disseram: longe, lá longe, as nuvens. não sabia nada o estrangeiro.
nasci numa pátria de vacas. no cheiro maravilhoso do estrume. do que mais me lembro dos meus segredos vários.
o paiol por exemplo. ah quando esse escuro era o medo.
gostava de ouvir a palha seca no pé descalço porque aquela era sempre uma história dos seus cabelos. debulhar o milho nos pés. agora massagens a mais de cem.

gostava dos apartamentos no alto das árvores. de cômodos que jamais consegui conquistar e que agora mal recordo. da cana melado açúcar torrão rapadura. do cheiro do toicinho virando torresmo. de não entender absolutamente nada do abate só pavor do grito. eram coisas de que não se falava e eu depreendia de muito longe.
do toque de recolher. de quando o natal em família era só estender mais o horário no curral. cuidado com as bostas de vaca, embora fosse só lavar os pés. muito pequenos os dedos, me lembro, correndo atrás de vaga-lumes como se um dia alcançassem. como se quando o vaga-lume desligasse ele também fosse verde. mas um verde escondido. como se de algum lado da alma não houvesse o escuro.
com as nuvens desenhava animais objetos e a história de cada animal e objeto passava ali inúmeras tardes. esperando o cheiro do fim do dia que não vinha com alarme. quando o fim do dia chegava quando o céu ia se deitando. puxava o cobertor de pontinhos que tremiam. até ficar absolutamente secreto. e tudo soava mais alto. os sapos a bica o bezerro chorando. gostava de pensar que quando fosse grande ia pular da janela atravessar sem medo as cercas soltar os bezerros para irem dormir com as mães. eu não sabia. eu não perguntava. ninguém me dizia. o dia acordava disposto e todo mundo no pasto como se nunca tivessem sido separados. o barulho do leite no metal o cheiro corria com um copo de alumínio amassado pra beber a espuma quentinha mergulhando os olhos das vacas. bem firme à porteira, que não sabia se. ali imensos momentos mirando pupilas de vacas. cada qual uma urgência a me contar do que passaram nas vidas, mas não sabia antigamente que me ensinavam. e agora tento lembrar do que diziam quando regurgitavam mas minha memória não.
moer o café todo dia. demorar porque a janela era muito alta e não se podia ver dali as formigas. onde estavam o que faziam

como conseguiam. em cada canto da parede, um cimento caindo que fosse, um deslize. os dedos caçavam histórias que não sabia.

mas havia sons que muito antes de saber eu conhecia.

quem sabe antigamente uma vastidão me protegia. repleta de ocos repletos.

15.11.18, 14h50

às vezes acontece de uma luz no fim do túnel, um aceno de bonança, um milagre. mas só, que você não tem a mínima pista de como atravessar porque não há instrumentos paredes chão e necessidades básicas, que você pode não medir a distância de onde vê a mão, que isso pode sequer existir de um modo que seja, digo, que isso pode até existir mas dependente de incontáveis.

há infinitas formas de explodir, imagino. queria poder escolher a que eu quiser e pôr quantos foda-ses eu quero.

acredito que nunca o demônio de mim ocupou tantos cômodos com a voz tão alta. essa voz imprudente, irritante, infernal. me impedindo de sentir o cheiro da luz, o sabor, a fé. que me atribula com os fatos. sei nem mais se fatos realmente.

entrar dentro de uma música. e estourar os miolos.

24.11.18, 11h11

já devem ter percebido que às vezes acordo crua. às vezes não acordo. é um pouco de etéreo com possibilidade de alagamento plúmbeo.

não sei muito bem o que dizer. talvez esteja desaprendendo a conviver. comigo mesma, especialmente.
a gente sempre diz ou pelo menos pensa que quer viver sem limites sem contas sem institucionalizações mas aí quando a vida se lhe apresenta absolutamente escura e vem uma fagulha. como raios alcançar pisar atravessar esse suposto.

24.11.18, 11h30

olhar o vazio não adianta nada. ou talvez seja uma forma de admitir a verdade cara a cara. ninguém nunca vai saber. eu por exemplo mal me sei. às vezes acho que tenho loucura, vezes sobriedade. às vezes quero a morte, às vezes carpe diem. prefiro mesmo a chuva, mas se, depois de muitos dias, faz sol, sinto como se felicidade fosse mesmo leve. não há, querido, como haver vento sem parar. entendi. e logo depois já não entendo. porque há uma espécie de piolho nas certezas que, por mais que você deixe ali porque afinal não vale a pena, vão surgindo lêndeas que não deixam seu solo do céu cerebral em paz. porque são tão abundantes as possibilidades, coitadas. com os anos vão caindo as tetas. as possibilidades não morrem, mas envelhecem. conforme idade cor status gênero sexualidade. isso depende muito de como são cuidadas. porque as possibilidades são umas coitadas mesmo. dependem além da sua boa vontade espiritual. dependem de números que você jamais saberá entender ou dos quais fará parte. dependem do mercado. você já ouviu isso? você consegue me explicar o que significa? porque se você parar para se explicar você, mais ou menos rapidamente conforme mais ou menos leu na vida, você vai se admitir que.
é um engasgo mesmo. mas passa. que tudo passa, chuva, governo, vida.
eu [não posso dizer com certeza porque vocês já sabem o que acontece (sejamos íntimos)]

esqueci absolutamente, mas não importa. não importa mesmo, nada. se você parar para ouvir o que vem lá de dentro. você vai sentir uma sensação talvez um pouco parecida com o engasgo. você vai tentar sair correndo, expelir, retornar a uma forma mais tranquila de respirar. é claro que é possível também que resista. é isso o que faço em todas as linhas. resisto. desconfio, dou uma espreitada na plateia.

ah me lembrei de algo que queria ter dito em algum momento. que o melhor a escrever seria escrever com a certeza de que só você mesmo leria e não escrever esguelhando quem. ninguém. só você. mas isso evidentemente sobrecarrega o paradoxo da certeza e blá-blá. [temos também patente o nosso ego (há muito já) que querendo ou não há] até mesmo quantas páginas de word dá um livro, que pergunta estúpida. o que se faz aqui na vida. esse tipo de coisa. é esse tipo de dia que você tem. é esse tipo de roupa que te importa. é esse tipo de imagem que você vê. é esse tipo de ar esse tipo de corda esse tipo de chão. estão te vendo bem esse tipo de amor, me pergunto. esse tipo de sim, esse tipo de não. esse tipo de dor. esse tipo. esse tipo. esse tipo. de mito. esses tipos de. fim. chega. vamos arrumar um outro fôlego.

25.11.18, 12h01

olhar o vazio às vezes adianta sim. quem pode dizer que não. você pode dizer dele em vez de estar nele, mesmo estando, mas não apenas. muitas vezes as coisas são extremamente nítidas. e ou você vomita ou seus olhos não estão adaptados e você o quanto antes tapa a luz. {isso ficou muito ruim, mas sigamos. há momentos em que você não pode parar. não pode. simples assim. pra você que está me lendo a muitos anos-luz deste instante inóspito [sim, eu sei (tudo é paradoxo, afinal de contas)]: deve estar dizendo mas é claro que pode [ou pelo menos espero (como se isso fosse lá mérito – ou demérito – de qualquer coisa)]} mas veja bem que nem sempre é possível. ou melhor, nem sempre você pode. falo sério, vivemos em tempos em que você não pode sequer exercer o pensamento. você não pode falar algumas coisas. {o mais engraçado vai ser quando você descobrir [quem sabe nos livros de história atualizados (sabe-se lá para o quê)] como chegamos a isso, mas para isso terá de ter muita paciência porque agora somos muitos milhões com muitos locais em muitos momentos, você me entende}. estamos em tempos em que não somos. você perceba que ser ou não ser não é mais a questão. que patético.
voltemos um pouco. você já parou para pensar nisso de que não pode exercer o pensamento? adentremos.

às vezes lacunas {ou lâminas [ou chispas (ou consciência, vá)]} abrem-se cindem-se sei lá. tudo é muito turvo.

se exerce um pensamento?

muitas vezes há poucas pontuações para as consideráveis pausas, mas sigamos. será sempre esse mistério mesmo. se mistério for.

falava com você que talvez esteja achando tudo isso uma ficção muito alucinada [espero que seja também (mas o que você pode esperar de mim, não é verdade?), mas na verdade estou mesmo é cansada de esperar e com pouca expectativa, se é que se pode brincar disso uma hora dessa. mas uma hora dessa você já parou pra pensar no que é exercer um pensamento? como exerço uma profissão? como exerço minha paciência? como exerço meu celular? o que quero dizer, veja bem (se já não viu – o que espero), é que. veja bem. o medo outra vez carcome. espreita como se lobo mas agora em um ritmo pós-industrial virtual. você me entende. a gente se entende mas não pode se comunicar. é verdade, talvez seja um tanto prematuro de minha parte. deixemos pra lá. vamos acompanhar mais alguns minutos algumas notícias sarcasmicamente (afinal somos mesmo bons iniciados), escusando-nos, é claro, de ler os comentários onde moram os verdadeiros males (o que é muito mais digno de preocupação). sim, deixemos] sobre não ser permitido às pessoas pensar.
como é possível, você deve estar se perguntando [já me fiz essa pergunta neste mesmo segundo (será o mesmo mesmo?)].
você pode ver os comentários. em qualquer lugar sobre qualquer coisa. o brinde é aleatório. chega a perturbar a sensação do monstro debaixo da cama nos semifins de todos os pesadelos aquela sombra no chão aquele bolo no grito.

nem sempre é fácil se recompor, ora vamos. todos sabemos, em alguma parte do porão, que o chão nunca foi o limite.

é que às vezes receio de não saber acolher bem. você veja: tenho café, meia, apoio. mesmo que numa incoerência tão flácida de verdade que mal me recomponha depois, mal me perdoe, mal me. compreendo também que não é tão fácil assim me encontrar. ousaria dizer que nem eu mesma sei o que valho antes desse sinal de tinta preto numa folha mentida de branco.

estamos de novo frente ao vazio e nada mais do que isso.
às vezes é necessário parar. se você não pode poder, como ponderar? poderia facilitar muito mais as coisas, me digo constantemente. constantemente não, digo.

25.11.18, 13h03

digo de tentar dizer a verdade. o que se pensa. por mais que
corroa doa trague. acho que é isso. no mínimo uma desconfiança eternamente insabida. mastigo desconfiança. engula
o eco do sem-fim
deste momento presente. deste tempo sombrio desse branco
que não foi tingido
digo
desses sons buscando tomadas no pensamento

26.11.18, 19h31

se bem que falar de vazio quando é tudo tão cheio soa tão prepotente. tenho lá as minhas dúvidas, é certo. quem não? que arrogância também recorrer a isso. não sei por que desço tão baixo. se bem que parece que sempre fui afeita ao baixo, vejamos. quando criança, há um razoável tempo, ou para me esconder das outras crianças ou para vasculhar perguntas que ainda não tinha (sempre essa ganância, entende), ficava embaixo das mesas, escutando a conversa da gente adulta. ah que mundo incrível, suspirava. [essa é, com certeza, uma palavra que eu, a uma certa altura já da vida, desaprendi para tentar aprender, desde então dizer incrível nunca mais foi a mesma coisa (de não se crer, me entenda, ou suspire)]. aqueles nomes, aqueles sorrisos cúmplices. é importante lembrar que aqui digo dos segredos das mulheres, depois falo sobre os homens (se), porque naquela época sempre tudo muito organizado (perdoem o recurso, não foi bem isso o que quis dizer), mas é que os homens ficavam com as melhores coisas, eu pensava naquela época (hoje ainda, me pergunto, quem sabe, me respondo, mas não é essa, na verdade, a pergunta que hoje faço). os homens em seus cantos celestes separados. e as mulheres, bem, é muito claro, se me escondia debaixo das mesas. de debaixo da mesa via o mundo na altura onde ficavam as pernas e o fogo do fogão a lenha {talvez daí o meu hábito de reconhecer a voz pelas pernas [daí talvez o mau hábil dos olhos ombros anseios (daí talvez o mas hálito)]}. sigamos {que a leitura [a escritura (a esperança)] é sempre pra frente mesmo}.

as crianças deveríamos seguir a ordem (genética? nunca entendi muito bem, muito menos naquela época) estabelecida. digo deveríamos porque nem sempre o fazíamos e há aí pormenores que não sei se precisam estar aqui muito menos agora {é para o bem de todos que não vou contar, acredite [nunca acredite em mim (nunca e sempre são palavras que deveriam ser proibidas – talvez daí a minha inclinação hiperbólica)]}. eu dizia que a divisão estabelecia que meninos de um lado e meninas de outro.

só um parêntese. que a pior fase para mim foi a tal da mocinha. acabei de ler que parêntese, que também pode ser parêntesis, que vem do grego parenthesis, é a ação de intercalar. o que me faz rapidamente pensar que escrevo continuamente em parêntese. (você também notou?) o que me faz mais demoradamente pensar que deve ser um saco acompanhar isso. o que me ilude a acreditar que não consigo seguir as linhas estabelecidas. sim, desde aquela época. foram tempos mal ditos. a gente não podia falar. perguntar era dos piores cascões puxões de orelha beliscos. desses o pior para mim era o belisco. culpava a finura da pele, mas deveria ser a destreza dos dedos, a exatidão na quantidade de epiderme hipoderme derme, o estudo genealógico umbilical da dor, a primazia na repartição do tempo entre o período inicial do belisco, auscultado pela surpresa, pelo susto, pelo medo, por isso mais breve porém também mais pesado, depois o período contorcido do meio, tão lânguido quanto longo, até o fim, curto-breve, que é para ser mais curto que o breve, agraciado com o bônus de um embrião de belisco, que é quando a unha transforma derme epiderme e o caralho no pior período do fim. mas não se assustem que sou um tanto exaltada. não raro me escapo na linha, que é bem pior que da linha. se é que há alguém aqui afeito a beliscos.

preciso confessar também (como assim também) que estou sendo enquanto escrevo, talvez daí a mixórdia

27.11.18, 10h51

quando eu era nomeada de mocinha e toda aquela efervescência repentinamente imoral, intransigente e invasiva rodeando feito urubus na carniça
me exalto quando me lembro. mas também se tem uma única coisa aqui que já ficou bem clara entre nós é mesmo isso, imagino, já o disse e o repito nessas mal truncadas entrelinhas. admito. péssimo.
essa época de mocinha, vejamos, como posso dizer. imagine como se seus tios pegassem sempre você no colo, andassem de cavalo, olhassem para você e de repente tudo isso continua acontecendo mas, misteriosamente, sua mãe e suas tias e todas as cúmplices do desterro começam numa espécie de vigia. naquele tempo jamais saberia entender, tampouco explicar, embora os olhos quisessem tatear o que o tempo faz com os anos. ou quando você sempre andou de mãos dadas com a melhor amiga, tomavam banho juntas, dormiam sob cochichos [esses cochichos continham mais filosofia (proporcional) da vida que nenhuma bíblia saberia preparar, é o que opino] e, de repente. é muito importante que se conceba honestamente essa ideia do repente. muito de repente. me lembro exato o minuto.
os portões eram de madeira. das chuvas, eles sobravam cansados, mas ainda assim abertos pra rua, onde passavam cães carroças bicicletas e todos os olhares. passávamos horas e horas e horas assim, em pleno silêncio, sentadas uma no colo da outra, falando com a direção do olhar contornando o

objetivo e o singelo subjetivo que morava em cômodos muito humildes das coisas, escorregando os dedos nos cabelos na mesma velocidade que a água seguia no rio. é claro que vez em quando vinha uma palavra [ou melhor, um som do eco da primeira sílaba (não sei como dizer que era um som, que era uma linguagem, que era uma história, que era poesia. que me ensinou a me aproximar de uma espécie de receio, aquela sensação que você tem antes de escrever qualquer coisa]. eu dizia que vez em quando vinha esse som de palavra muito menos cortando que amaciando o silêncio. depois cochichávamos. duas almas que nunca falavam alto (à época) nunca desobedeciam (aparentemente) nunca incomodavam (mas) cometiam o pecado de cochichar. falavam de quê? não se ouve. por que demoravam? não se sabe. foi esse o pecado? é por isso que sei que o pecado mora nas árvores, quanto mais distantes mais difíceis. dorme nas estrelas quando o sol se põe. acorda no silêncio e pasta o dia inquieto. o pecado mira a parte mais viva e cobre de não o que você não sabe. é por isso que sei que o pecado respira. que o pecado tem olhos por todos os lados. que o pecado espinha.

na área a cerâmica era cinza, péssima de lavar, já naquela era me perguntava por que os homens não esfregavam também a cerâmica para reconsiderar o valor antes de pagar o preço. ah sempre a possibilidade coitada em mim. parece que nunca formulava as perguntas certas, ainda que só para mim. enfim. uma mesa de madeira com quatro tamboretes de couro de vaca. num desses tamboretes, embora mais três, sentava no colo dela que era antes de tudo a absoluta única voz que ouvia murmúrios e falava da vida.

eu era criança quando me chamavam de mocinha e fiquei muito tempo sendo de modo que esse rito de passagem estuprado atropelou muitas perguntas quando trazia respostas para ideias que eu sequer sentia o cheiro.

sempre é necessário parar para recobrar as consciências [não sempre (claro)].

outra coisa que talvez já tenha me exaltado em fazer é a autocrueldade, não acha?

me puxaram para sempre daquele colo. vigiaram os cochichos. retiraram os passos as bicicletas as pontes que alimentavam os anos pelas férias. e nunca disseram nada. nem um olhar nenhuma palavra nem qualquer gesto, que já naquela época eu percebia migalhas.

27.11.18, 14h55

a gente se habitua a um tipo de concentração que, na verdade, se você for parar para pensar [coisa que não se faz mais hoje em dia (é sério mesmo, me repito), hoje em dia não se faz mais parar. pra pensar. talvez seja isso que o ímpeto me adianta demais. mesmo olhando pra trás. mesmo s.], esse tipo de hábito de concentração é, na realidade e com o tempo, um distanciar do que importa. o que importa? isto. parar.
queria parar pra pensar sobre tudo aquilo que quero dizer, sobre tudo aquilo que comecei a dizer, mas as notícias continuam me abalando muito.
como posso explicar? são muitos nós se embaralhando e pinicam.
quem sabe uma espécie diferente se aproxima. quem sabe do quanto de nós do quanto do mundo do quanto que

28.11.18, 12h16

muita gente, acho, acha que ética, honestidade, humildade são valores muito nobres [a bem da verdade, não sei se se pode afirmar mais isso (mas digamos que sim)]. mas algo que acho mais é que não têm a cor tão límpida o som tão puro a voz tão branda sempre. que viver rasga constantemente esses valores. rasga na cara e ainda lhe faz engolir sem mastigar [talvez mesmo para não sentir a brutalidade das fibras nos dentes (talvez mesmo para disfarçar da consciência, casa quase sempre vazia)].
a humildade, por exemplo, outra coitada. roupas rasgadas, não raro sujas. fica realmente difícil ser bem recepcionada nestes tempos em que a gente tanto importa
parente de quem? gentileza.
uma vez abriu a porta, afastou-se educadamente e deixou todos ali passarem a sua frente. nunca imaginou que isso fosse lhe render um rótulo tão pesado, sequer foi perguntada se era assim mesmo (não). passaram cargos na sua frente numa porta em que cabiam pessoas. você agora imagine sentir, perceber, mal acreditar mas reconhecer [veja bem que tudo muito suavemente (que, se você não estiver atento ou não for, invariavelmente, sensível ao toque do vento, você, claro, não percebe)] o pecado da gentileza, parente da humildade, gestado pelo silêncio. e você se defende de que forma de uma pisada, de um cuspe, de um rebaixamento se você não teve a inten-
ah essa coisa de não ter a intenção é mesmo uma bosta.

28.11.18, 15h49

ontem notei a morte outra vez. me assusta o quanto tenho notado a morte mais dura, digo o quanto tenho ficado mais dura quando noto a morte. não quanto à dor, que essa vacila em

talvez nós precisemos de mais um tempo.

2.12.18, 10h25

sempre muito obsessiva. quando aprendi a bordar, por exemplo {ora vamos, que todos sabemos o tipinho de sociedade que a gente tem e se uma mulher aprende a bordar quando criança com certeza não é para aguçar a curiosidade avivar a criatividade solidificar as obsessões [embora tenha sido isso que tenha acontecido (disseram)]}, eu ficava muito, mas muito tempo fazendo isso [abdicando, como é do caráter obsessivo, será, de outras atividades, como as domésticas (preciso deixar claro)]: é para aguçar a faculdade de ser esposa, mãe, dona de casa, costureira, corna, saco de pancadas, retiradora de botas imundas meias suadas, um nojo, aparadora de porra, assistente de trabalho braçal, frágil nas horas vagas, ah me desculpem mas são tantas atividades que não posso me fartar de mencionar. sim, há muitas mais.
interessante que naquela época também aprendi a reconhecer que sempre tomava os caminhos mais difíceis (me tomavam), no começo impreterivelmente, depois como uma escolha mais (obsessiva) habitual. falo de aprender a contar quatro casas em um pano de chão, o que, por outro lado (impecável, diria), significava uma facilidade futura com pequenos percalços e talagarças. poderia dizer que nada disso importa, mas importa muito. por favor, perceba. (e ponho toda essa paixão pelo pipocar da palavra apanha.)
quando estava aprendendo a bordar, dormia bem tarde bordando e acordava bem cedo e bem silenciosamente começava

a bordar, às vezes vinha aquela vontade inconveniente de mijar {posteriormente, isso se reverberaria em uma força incrível de reter líquidos [sólidos (palavras)]}, mas sustinha a vontade para não acordar o restante da casa que viria com as obrigações de existir, comer, conversar, varrer, limpar, lavar, não pensar, etc. bordar era pensar. era verter histórias nas flores dos panos de prato que eram panos de chão, essas incoerências e mentiras pseudorrománticas do cotidiano, cada qual adaptado a seu tempo e seu cabo.

acabei de ver uma folha cair do caule. ouvi o momento em que seu corpo quebrou da alma. nunca mais viva. se se pode subentender daí que
não se poderia subentender nada. ou apenas isso. não se poderia pecanizar tanto com uma certeza, digo.
mas digo tanta coisa roxa. como um olho socado, um vinho derramado, uma meada.

2.12.18, 21h30

talvez seja um pouco a timidez o que não me permite dizer [a sutil parede entre a gentileza e a mentirinha (quando, na verdade, não me sei dizer ainda)]. não sei mesmo, porque não sei onde estou. são paredes ásperas e ao mesmo tempo lodosas. lençóis brancos embora encardidos. poderia bordar as toalhas, mas não me lembro se tenho a quem pedir ou se posso sair para comprar ou mesmo se tenho com quê. não conferi ainda se a porta está trancada. porque, sempre que acordo, estou aqui e, quando não, adormeço.
pode ser que haja pessoas no corredor (o que é mais uma notação desagradável que convidativa). mas não ouço ninguém. fora de mim, digo. porque dentro de mim há várias com humores vários. urrando, sussurrando e silenciando monstros. mas não preciso temer, que estão todas sob meu comando (todavia). gosto de vê-las brincar, como se fossem crianças.
há uma que canta para mim uma canção de ninar que não reconheço. mas sorrio para ela e deixo-a tomar luz no pedacinho da janela que me sobra. outras já me confundem bastante. com entonações constantemente variáveis, me enganam.

7.12.18, 20h11

às vezes penso que sou louca. mas daí me lembro que todo mundo já pensou ou pensa assim. quem sabe seja isso o que nos alimenta. o que não nos extingue. o que resta.
leio notícias constantemente desagradáveis, que mais me fazem desconhecer-me que me construir de forma mais assimilável.
não sei o que está havendo. {ou talvez não queira dizer [ou consiga (ou possa – ou permita)]}.
talvez esteja com obsessão de notícias. [sempre uso essa desculpa obsessiva (acontece com outras aleatoriedades, as mais exóticas. mas passa)].
exausta, exaltada e obsessiva. tome nota. pode ser que fique exausta justamente por me exaltar, daí a tríade sísifa.
talvez o que esteja faltando seja o fio, pelo visto mais importante que a coragem.

7.12.18, 20h45

já ia me esquecendo. quando me escondia debaixo da mesa para ouvir a conversa dos adultos, imaginava muitas coisas. na verdade, agora, já não sei se eram assim tão muitas. imagino que sim porque não consigo me lembrar. então o que poderia estar fazendo se não sumindo o olhar nas plantas, nos buracos do chão, nas teias de aranha dos fundos das mesas tecendo imagens?
às vezes, obviamente, ouvia as conversas. provavelmente mesclava às histórias diversas cavoucadas da terra escapando do cimento no chão debaixo da mesa. interessante o que agora me veio: os trincados do chão de cimento eram cidades como se fossem constelações no chão de um vermelho tão encardido quanto o amor.
mas isso ia supor anos depois. imagino, hoje, que muito mais por alguma espécie de competição [(com a certeza da falha e, por consequência, de uma razão para ser triste) que de qualquer outra coisa. e rendeu muitas merdas em papéis selados.]
ah, tinha o hábito (isso, obsessão) das cartas. escrevia, se calhasse, para qualquer desconhecido oferecendo uma sincera e provavelmente eterna [tenho desses péssimos hábitos (a sísifa)] amizade. mas mais um estágio pré-embrionário do ego, desconfio. porque gostava de escrever, de ler, de preencher os espaços das histórias. mero egoísmo, mas honesto sentimento (digo isso com propriedade, que atualmente eu, ora vamos, nós não temos uma sensação que seja que não seja retocada).
acho que queria aprender a partir.

talvez seja isso mesmo. compartilhando o meu dia passava o dia pensando no que ia escrever do meu dia. (preciso repetir?) é isso mesmo. tanto que o fato de me descrever não exatamente como me sentia compensava a honestidade dos fatos reais, que é o que mais interessa (julgava?) ao público (julga?).
na verdade aprendi a partir muito cedo. todas as vezes. e aprender nem sempre acontece no mundo real.

8.12.18, 9h02

às vezes busco refúgios em cantos que não me cabem assim como burlo recursos que não sei usar. ou não gosto. faço muito isso. indiscutivelmente, mais uma forma de fracassar. recorro ao tempo, muito bem, tudo aparentemente certo. recorro ao espaço, um cômodo branco encardido que provavelmente não reconheço. recorro ao enredo, mas não sei o que se passa. digo, continuo ainda lendo muitas notícias, comendo, dormindo, pensando, cansando, mas
(suspiro) (, esse velho amigo)
lá fora sei que chove, mas não ouço o barulho da chuva porque os carros atravessam ocupadíssimos enquanto os pedreiros socam o chão, o que me faz cogitar que pode ser uma espécie de raiva. tivesse ferramenta, força, poder, não havia mais um prédio sequer incomodando a chuva também.
já não me interessa mais sair às ruas, falar às pessoas, pensar às claras. acredito que tenha perdido, com a idade, a elasticidade de alguns músculos faciais. na verdade desde sempre odeio sorriso cumprimentando a sociedade. perdi talvez a coragem {sentimento nobre [cobre (ocre – vocês me entenderam)]}. que acompanhar uma conversa sem desejar estar em outro lugar, de preferência vazio, realmente uma dificuldade. necessária, me pergunto. como poderia ser, me embaraço.

8.12.18, 10h55

é diferente quando você sente fome e não sabe de quando você sabe, obviamente. quando você não sabe o que é fome, você come arroz feijão abobrinha não tendo a mínima noção de que, abaixo da sua posição, milhões de números matando pessoas; acima, o pecado de sustentar, por exemplo, duas famílias [discursinho (eu sei, eu sei)], no que se configuraria como um grande horror engolido [nunca engolido esse horror, a bem da verdade (mas quando a gente gesta o horror a distância é mais fácil)]. além disso, você fica admirando que belo, a abobrinha que era plantada no quintal, o arroz que era limpo na peneira, soltando aqueles ciscos de onde a gente não podia mas queria voar, o feijão catado tão meticulosamente, tão cheio de pedras, tão cheio de tempo, que hoje, não naquela época, é quase um prazer lembrar desse tipo de fome. até porque naquela época, com tanta manga, mexerica, goiaba com bicho, abacate, jenipapo, leite, queijo, rapadura, essas coisas que têm em casa mesmo e você não precisa comprar.
mas aí você cresce e aprende que tem que comprar as coisas. não entende muito bem o valor do pão de queijo, porque afinal o pastel era muito melhor, coisa pra alguns domingos e nunca dois. troca lanche por xerox. 1 real todo dia cedo pro bolo com café, sacando dois reais pra passar o dia, naqueles tempos em que o caixa eletrônico deixava você sacar dois reais. porque agora nem tem mais essa opção, aliás nem tem

mais essa possibilidade de passar o dia com dois reais. a não ser se passar fome. mas hoje é preciso até de bem mais que isso para se passar fome [se é que deveria dizer assim (não)].
aí você se habitua aos carnês, ao cartão, aos planos, aos automóveis, aos empregos, às burocracias, que desgraça chegar a esse ponto, suando, com fome.
mas aí o tipo de fome é diferente. digo, mantém-se orgânica, embora sem orgânicos, sem quintal e sem posição (que, afinal, você chegou aonde queria embora nunca imaginaria chegar dessa forma). é o tipo da fome que não tem vizinho. a fome vergonha. que não tem escrúpulos. a fome antiética. que não tem ilusão. a fome que possui suas memórias de fome muito mais quentes. que uma coisa é você sentir fome e sua mãe levar leite pra não dormir de estômago vazio. outra coisa é não ter leite nem.
a fome sem saudade é aquela que é virgem. você se lembra, mas não ronca. você às vezes se exalta, mas isso toma lá alguns minutos, dificilmente horas. é lembrança rota e, como muita memória antiga, inexata, fictícia, descartável.
a fome com saudade compensa o acompanhamento, a angústia. bebe-se a vida quase que passada a limpo, amarrotando as escolhas, os esforços, os tapas na cara. vem trazendo o suor como os bois puxando o carro. e o ódio. a fome vem armada e atira em todas as direções. inclusive nos livros, por que não. na cidade, nas pessoas, nos caminhos. mira o buraco negro que se vislumbra da pupila e cai mais ou menos no fundo do estômago. chuta como se fosse criança, sarcasmo de sugerir seio nessa altura da vida. essa altura da vida. é de onde a angústia olha, com fome. e te obriga a pular. na verdade, você não tem opção, não tem sequer força, só ira. o que te faz ir.

8.12.18, crepúsculo

hoje acordei mais calma, janela aberta. chovia. talvez ainda chova, não sei, agora fechei a janela e ouço música alta. são os horários de pico. os piores. ouço robôs lá fora. pode parecer que estou calma, mas estou um caos.
mas acordei tranquila, abri as cortinas. fiz um café sem açúcar, peguei um cigarro, mas. algo aconteceu durante o dia que me deixou inanimada e me fez fechar a janela, sim. ah sim. antes de fechar as cortinas. observei-o sentado lá no meio-fio, do outro lado da rua. os pés sentiam o asfalto. eram nervosos, como se já tivessem calado muitas cicatrizes.
o que absolutamente me chamou a atenção era o que dizia. porque havia para cada palavra cuspida uma honestidade que eu precisava conhecer, olhar nos olhos, anotar. uma mão atordoada catando alguma espécie de som que caía da boca. a outra mão conferindo a sacola em que, embora transparente, mal podia distinguir uma embalagem de suco de uva, uma colher descartável, algo que parecia mais uma sacolinha e o mais não sei. mas também isso não importa. a gente, veja bem, nós o que sabemos de carregar um lar numa mão. nós o que fazemos com as nossas emoções.
não sabia se era uma espécie de inveja mesquinha, mas não conseguia despregar-me dos seus movimentos, todo o seu corpo pronunciando o que a boca se ocupava de libertar, o olhar brilhando de lágrima e de raiva e o mais não sei. foram muitas horas. momentos mais amenos e momentos de com-

pleto desespero. poderia pegar sua mão. olhar no seu olho. o que realmente poderia, me pergunto. pior, o que realmente faria. que lástima de ser humano que sou, pensei enquanto ele se levantava do meio-fio. eu queria ir ao banheiro, mas não sabia se ele ia embora. não podia deixá-lo sozinho lá do outro lado da esquina do outro lado da janela. por muito tempo olhou em uma só direção, impalpável, e gesticulou palavras que me pareciam bastante honestas. gostaria de ouvir, mas dali perdia até seus movimentos porque entre nós havia inúmeros carros atrasados para seus outros empregos.
ele se sentou de novo no meio-fio. mas começou a olhar para mim. e isso estragou tudo.

e pensar que quase me fez sair desse cômodo branco encardido.

13.12.18, 9h43

acho que a saudade é como se fosse uma masmorra, um sótão ou um porão. não é sempre que se visita. nem é exatamente uma visita. às vezes uma necessidade, às vezes um castigo, às vezes um cheiro que chega sem campainha, sem rima, sem nada.
essa dificuldade de tatear o espaço e a consciência. lógico que não seria fácil, uma vez que não são tateáveis.
acompanho o atual momento com muita ânsia de vômito, a bem da verdade.
às vezes vou à janela, abro as cortinas, escuto o movimento. não sou transeunte.
há dias ácidos. hoje não acordei firme. não gosto de admitir quando sinto medo. parece um tanto fraco. mas é sempre essa vontade humana de ser forte. para quê, me pergunto. ser forte para aguentar. o quê, me insisto. o mundo. a vida. o absoluto susto a cada vez que leio uma informação. porque se noticiam estupidezes tão esdrúxulas quanto {quase [nem sempre (ora vamos)]} o tom com que deformam. não tem mais nenhum cérebro no comando, me pergunto. não tem mais nenhuma moral, nenhuma ética, nenhuma mínima irrisória levíssima fatia de um pedaço de chão (lei)?
preciso me deitar constantemente. sinto dores no corpo. a cabeça, como sempre, o peso. engordo o pavor conforme mastigo o tempo. na verdade, não há muita proporção entre as verdades.

sinto dor. sinto temor. sinto o ar forrado de cenhos cerrados.
sinto o riso morrendo quando vem aos lábios.
sinto muito. por estar fraca quando deveria estar forte. por sentir falta quando deveria ter aprendido que a morte não morre. por sentir medo quando deveria
o que deveria, me pergunto.
por achar que devo o que não devo absolutamente.
quem sabe amanhã se abram as janelas e os cheiros sejam outros. quem sabe amanhã as cortinas e a luz se viciem. quem sabe amanhã o sol bata fraco. quem sabe, eu não.

13.12.18, 11h33

abro a janela e vejo uma criança que poderia ser eu [que provavelmente (eu sei)] pedindo moedas no sinal e quase sendo atropelada. tendo que contar com reflexos, migalhas de um corpo com fome, com sede, com solidão. mas os olhos não são meus, com certeza. nos olhos ainda longos, ainda alegres, ainda uma espécie mais suja mas não menos honesta de esperança. pés descalços, adaptados às pedras, percalços e outros obstáculos que a vida não ensina por igual.
quando de repente me olhou.
curiosamente, fiquei. acompanhei a demora de fitar e o movimento dos atos. lia-me aquela criança, me pergunto, com a presunção de que seria ela. não sabia. não saber corrompia a minha tranquilidade. por isso mesmo fiquei. acompanhei o aumento dos olhos, os cílios muito longos e muito enxutos, as jabuticabas refletindo uma luz enorme e eu estava já quase me aproximando dos monstros que se escondiam nas pupilas quando, de repente (daqueles repentes), a boca começou a dançar fazendo caretas que, da altura da minha janela e da minha vida e do meu grau, não poderia distinguir.
depois de fazer caretas começou a sorrir os olhos até abrir um riso tão claro que não soube decifrar. jogou uma moeda pra cima, que caiu em cima de um capô de carro que vinha tão veloz que a moeda desapareceu, o que foi tudo acompanhado com as mais inomináveis comemorações. depois saiu correndo para o aparente lugar de todos aqueles seres humanos com

quem se cruza no dia, que, por alguns minutos [para alguns (não – não passam)], toma um tempo enorme de emoção quando (estaca).

13.12.18, 17h58

era uma loira, do outro lado da rua, miro pela janela. cabelo mal amarrado, cenho franzido, um mastigar a boca incessante, lábios manchados. vestido branco. sapatos pretos altos. fazia sol nos seus cabelos. o movimento da rua estava, relativamente, ameno. estava de janela e cortinas abertas, tomando sol na cabeça esticada pra frente no parapeito. deveras, suscetível à visão da grande guerreira loura que gritava na esquina. sim, ela gritava, já ia me esquecendo. ouvi tranquilamente o que dizia mas não captei nenhuma palavra senão os movimentos. rudes. diria mesmo selvagens, no seu sentido de folhetim.
precisava ir ao banheiro, mas não queria perder a luta, que imaginei breve. no entanto, quando voltei, ela não tinha se acalmado. agora via os cílios caindo tortos, o rímel manchando o rosto, os dentes ainda mais nervosos.
achei que precisava fazer alguma coisa, mas não podia (não queria, na verdade) gritar. [não muito afeita a esse tipo específico de exaltações (que envolve mais do que eu de humano na ação)]. olhei na mesa ao lado da janela procurando um objeto pra jogar {ela ia se rasgar toda se mordendo daquele jeito [devo, não devo? (que algo há que não abandona, a dúvida)]. invasão de privacidade? liberdade de expressão? susto? culpa?}.
apanhei um livro e coloquei de volta.
peguei um sapato no chão (gostava dele) e joguei do outro lado da rua.

joguei um sapato do outro lado da rua com um inexplicável (e desconjuntado) ímpeto de ajudar.
a guerreira não estava mais lá.
nunca mais vou descobrir sua raiva.
perdi um sapato, uma resposta e principalmente uma incoerência, que, além disso, tornou-se (mais uma) angústia.

15.12.18, 10h45

olho para a rua e seus carros e suas pernas e suas pressas, mas vejo vacas pastando. que hoje acordei grama. um pássaro corta mais perto do meu ouvido que o vendedor ambulante. piso em palhas, estrumes, arames. e assim vou intuindo o que sou, talvez isso. uma palha caída, esperando com as outras seu destino de ser regurgitada até virar esterco, quem sabe terreno fértil um dia, quem sabe solapando o chão, quem sabe em que parte, em que mundo, cercada domada protegida, um caule mascado, atravessado, um alambre com espinhos.
apesar dos semáforos, vejo muito mais o verde. e vejo azul sobre a cobertura das árvores. seus caules dançam, contorcendo os obstáculos até encontrar a água à raiz, seus perfis cerrados.
nessa hora do dia, as vacas comem capim. mais tarde mastigamos a vida, sopesando as dificuldades, as chances e o que sobrou dos sonhos. ruminamos. mas isso não deveria importar. que nunca sabemos o dia do abate, a não ser que virá. as vacas sabem, suspeito. não posso explicar como. sei que enquanto pastamos, um pássaro escorrega do tronco. as borboletas pululam (o que buscam?). buscamos paz e tranquilidade fabricando incessantemente barulhos.

as vacas eram umas doze, com um bezerrinho, um pequeno boi e um boi bem evidentemente na puberdade. duas, com certeza, comandavam. comiam capim com poucas pausas. quando pausa, longa. sempre andando em conjunto, as vacas.

às vezes uma ou duas um pouco mais afastadas, algumas mal-
-humoradas, outras indóceis de personalidade. sempre em
grupo, iam modificando as distâncias. depois, uma das duas
fêmeas do comando incitava uma corrida. alcançavam-se e
paravam. outra instigava outra corrida, todas indo, cada qual
na sua velocidade (dizem também que é assim o destino).
comecei a chamá-las como se chamasse uma memória de
infância, bem longe. pararam, olharam na minha direção
atrás da cerca. elas me viam, me perguntava (como me
viam, na verdade, me inquiria). queria saber. sabia delas
a aproximação cuidadosa. o grupo então se dividindo em
dois, puxados, cautelosamente, por cada uma das líderes. à
esquerda e à centrodireita. olhamo-nos por algum tempo.
enquanto isso um canarinho com seu amarelo (lembrei-me
da gente vivendo todos os dias carregando nossa cor mais
bonita) pousando na bosta.
uma vaca veio trotando com sua magreza sofrida, uma mãe.
procurava a sombra enquanto o filhote procurava as tetas e
puxava cada uma esperando sair um pouco de leite. faziam
um trato tácito. enquanto ele mamava, abanava o rabo na
cara da mãe, para espantar os mosquitos, e a mãe abanava o
rabo na cara do filho (para espantar o destino?). um cuidado.
enquanto isso, outra mãe afagava, com seu tipo de jeito, o
rosto e o pescoço do pequeno boi. e enquanto isso cada qual
se atentava, sempre em grupo. como éramos?
o pica-pau com seu chapéu vermelho e seu casaco cinza com
gotas pretas. comia uma manga. não queria ser interrompi-
do, mas precisava aprender com ele a viver. correu para o pé
de pitanga. fui vagarosamente atrás. voou pro pé de seriguela
(dava-me uma última chance, convenci-me) e me aproximei
de lá. mais rapidamente ainda me percebeu; fugiu para o
além do arame. deixou-me com o que nos cabe. os limites.
e as vacas partiram.

15.12.18, 17h44

os pássaros me contam seus nomes pelo canto. rouxinol, canarinho, anu, joão-de-barro, bem-te-vi, sabiá, pardal. mas foi o beija-flor quem pousou a minha frente, a uns dois metros, com o seu silêncio [que é como o (me) reconheço]. ficamos nós dois, por muito tempo, fitando-nos, atentos aos mínimos movimentos, sem querer arriscar nenhuma sombra de gesto brusco. a não ser ele, que virava constantemente a cabeça pros lados (tentando me ver, ler, conhecer?). tentei perguntar-lhe da vida, arrisquei em silêncio uma dúvida pedindo um sinal em resposta, desses de curto prazo, que é pra lembrar de conferir. logo em seguida um vento mais forte levou os meus cílios pra trás enquanto ele, o beija-flor, espreguiçou-se diante de mim. asas abertas trêmulas, reboladas, um espetáculo. não sei o quão isso foi breve pro tempo, mas carrego comigo esse instante-sempre. não sei também se fiz algo, como um gesto bruto como cabe ao susto às vezes ser, se ele desistiu de dormir, se nós somos cúmplices em inquietação, mas logo depois ele partiu muito velozmente pra muito longe pra nunca mais.
e, de algum modo, entendi.

15.12.18, 21h24

sei que gosto muito de janelas. diria que meus pensamentos são daquelas de madeira, vento entre as frestas, sulcos secretos, lascas de tinta e horas, imperfeições.
e acho que me lembro da minha primeira janela. foi uma sensação maravilhosa conhecê-la. era azul. azul cor do céu no meio da tarde ensolarada depois que chove. carregava muito mistério. olhando no horizonte, via a estrada de terra que levava à estrada de asfalto que levava à cidade. cortando morros, árvores, pássaros, vacas, porteiras, danças, fés. olhando para baixo, muito abaixo, porque a janela era alta [e naquele tempo uma das mais altas da casa (do mundo)], via a hortelã cortando o rio (o esgoto) que vinha do cano (da pia). dessa janela, esperava o pai voltar. dessa janela, esperava o que achava que era o amor chegar. dessa janela, emoldurei o que foi se formando como mundo pra mim. dessa janela pensei (provavelmente pela primeira vez) como seria pular dali {acabar [apagar (inverter)]}. dessa janela fui crescendo assim, acostumada com o mato e com uma espécie de ânsia de pássaro. também falavam dali a ganância, o pavor. deitava nela tristezas tão jovens, suspiros de uma melancolia tão etérea, fantasias de uma pessoa tão distante.
não sabia, então, daquela janela, o que (acho que) hoje sou.
mas quando é que nós sabemos, não é mesmo?

16.12.18, 12h33

às vezes preciso falar do mato, das vacas, dos pássaros para lembrar como é nascer, ruminar, voar. compreender como nosso olhar é limitado a um horizonte inalcançável e a uma paisagem (quando) sumindo. que os anos passam e o deserto vem chegando com uma história mais cortante. a solidão dos troncos mortos. o vento indica o cheiro da chuva. os pássaros não se contêm na primavera.
às vezes preciso ir para dentro das memórias e navegar. os pássaros o que falam entre si? onde moram? moram? memorar a paz e o que então se fez como liberdade.
porque, da minha janela, o vento não tem som de folhas.

16.12.18, 18h01

nas tardes quentes, penso mal. quero que o tempo escureça, esfrie, esqueça.

18.12.18, 21h21

já aconteceu duas vezes e [(se me conheço bem (até espero que não)] não vai haver uma terceira. conheço esse cheiro de longe. tem um nome mais fácil, mas minha singularidade {talvez [quem sabe (não)]} esteja em esticar frouxo o quanto mais impossível por quanto sabe-se lá tempo. odeio e me mordo de raiva (quem sabe aquela da guerreira). mas isso não importa.
importa sim. ainda que não seja a minha pele, ainda que não seja o meu nome, ainda que não seja a minha vida.
os dias passam sob o sol rasgando o azul com cinzas. pequenos detalhes, alheios meios,
não é possível.

19.12.18, 19h05

às vezes não me conheço, mesmo. de um modo mais ridículo, é sério. quando olho fatos, principalmente. não sabia que já me via assim, há tanto.

21.12.18, 10h11

tem dias que a gente amanhece com a fé quebrada, pisada, escrutinada, baleada, tem dias pra tudo. mas talvez seja menos mal. tem dias que a gente amanhece quebrada, pisada, escrutinada, baleada, sem fé. sem fé. e quando acaba a fé, dizem, não sobra praticamente nada. parece que não. essa minha obsessão pela dúvida quem sabe seja a culpada de estar no morro olhando a paisagem. de um lado luxo de outro lixo. de um lado violência de outro também. de um lado desesperança de outro desespero. por todo lado, miséria. descer o morro, essa decisão dúbia. permanecer no escuro, essa opção tão clara.
ontem pela janela vi uma moça, vestido roto, cabelo solto, olho parado. para onde ela olhava, me perguntei, para onde não olhamos, me disse o ar parado naquele corredor de vidas. ela ficou assim, por muito tempo, olhando o nada. tinha fé, me questionei, como. quando é que a gente vai aprender a ler olhos. soubesse onde ela havia deitado as dúvidas, sentava ao lado. não sei se sei matar tristezas, mas aprendi muito cedo a velar silêncios.

21.12.18, 20h22

não tem sido fácil ouvir aquela parte da gente que fica sempre dizendo {sensatamente [docilmente (uma meleca)]} que vai ficar tudo bem, que se acalme, que só é preciso esperar. o que se prova da espera assim? o desejo é dar um tiro nela, pulá-la dos prédios, afogá-la na própria garganta. mas a gente, sabe, é claro que não se importa muito com isso, afinal de contas blá-blás.
o que importa é que a gente, por mais que faça, não tem parte. pudera ser que nem vaca.

22.12.18, 7h03

lembro vagamente na infância de ter alguma volúpia com essa história de véspera de natal. em uma época em que a completa ignorância dos dias, das semanas, dos meses, dessa medição idiota, enfim, era uma espécie de saúde. lembro daquela reunião de primos na roça, se bem que não sei se pelo natal, se pelo milho, se pela cana, que as lembranças o que são se não crianças pregando peças nas nossas crenças mesmo. e acho que ficava alegre, embora muito pouco participativa. não era, na verdade, acredito, a reunião de todos os primos e tios e tias o que mais interessava. era que nessa enxurrada vezes aparecia uma descoberta, uma partilha, uma linguagem que pudesse ser decodificada e sair do mato. às vezes uma roupinha, porque, sabe, agora também me lembrei (será que sempre gostei de gostar do estranho?), gostava muito de vestir a roupa das minhas primas. assim, por prazer, mesmo. a gente trocava por um dia. para quem gostava do novo, é claro, ficar com as minhas roupinhas nem sempre era se dar melhor, parece. mas o que mais me intrigava, acho, era uma coisa de adaptar a personalidade para outro caráter envolto na roupa. que o dia todo que passava com aquela outra roupa eu era também outra. importantíssimo para mim. minha mãe sempre brigava com a mãe da minha prima [não ela, que o importante pra ela sempre foi sorrir (e era isso o que acho que queria mais aprender dela e mais longe ficava)], é que a mãe dela não gostava, porque, como disse, há roupas

e roupas. aprendi bem depois que isso faz muito sentido para os adultos. mas pra gente não fazia. na verdade, não sei sequer se pra minha prima fazia, porque a gente não tinha muito vocabulário para explicar sensações. hoje, sei que brincar de trocar de personalidade foi algo que sempre fiz (ainda faço, me pergunto, não sei, o que acham).
foi nessa época também, parece que me recordo, que soube que aprendia o abraço da crueldade. esse evento causou, é verdade, muita confusão sobre conceitos que não apalpava, mas ia mastigando o sabor. por exemplo, aprendi em casa com a minha mãe que, quando a gente recebe visita, a visita sempre fica com a melhor cama, a melhor coberta, o melhor lugar, o maior pedaço de bolo [acho que já questionei, mas isso era uma coisa tão certa e tão honesta para ela que fui tomando como minha até ser (e quem lembra do episódio da gentileza, por favor, faça as conexões desastrosas à era do capital)]. o fato é que outras mães não pensavam assim (sei lá se eu mesma sabia se se pensava de mais de um modo). o fato é que eu, sempre desajeitada porque nem quando me avisavam apontavam demarcavam eu sabia sentar andar falar à vontade, não compreendia muito bem por que, quando eu era visita, ficava com o pior colchão, o pior lençol, o pior espaço, a menor comida, especialmente porque tinha mais. mas era assim. fato após fato, teve também aquela que, bem depois, me ensinou como ficaria meu rosto quando fosse adolescente, isso no começo daquela idade escrota chamada mocinha.
ela dizia, a tia, que as espinhas {me envergonhava tanto, não porque isso fosse transitório [não (não sabia)], mas porque fazia todos olharem pra mim}, que estavam no que hoje a gente chama de têmporas, mas não tinha nome, claro, naquela época, enfim, que as espinhas iam subir das têmporas para a testa [ainda mais aquela testa enorme que eu tinha com aquele cabelo horrível (palavras dela que eu tentava

espremer um abraço como se fosse uma espinha) com aquela cara (devia ser a cor encardida, o sol queimava, eu tentava, confesso, lavar bem) de nada, com aquela boca fechada, com aqueles olhos chorando] e não iam apenas subir. as espinhas iam descer também para as bochechas, pro queixo, pro nariz até cobrir toda aquela superfície {cara [identidade (os dentes do cavalo – se é que me entendem | pros que conhecem o velho ditado)]}. e assim foi. lembro o repente exato desse que seria o oráculo. estávamos todos numa caminhonete, já não tinha lugar atrás, e, convenhamos, que era mesmo o certo que o corpo menos esbelto menos inflexível (ah se soubessem) mais fraco dobrável feto ficava ali no espaço que, normalmente, hoje, cabe às pernas do passageiro da frente. mas era um lugar tão afável, pensava, só eu embaixo daquele canto (escuro, deveras, mas o medo nasce primeiro que a gente mesmo). encolhida, abdicada do tempo, muito distante do vento que sai das bocas. mas de ouvidos em pé. não sei se perguntei {se já sabia falar [o que duvido (se sei até hoje)]} ou se a informação, como tantas vezes, só era passível de acatar. mas ela disse com aquela boca tão nobre como sói ao cruel ser. não havia como não. foi de bem baixo que aprendi a não entender, mas engolir sem barulho. depois, também havia as vacas.

22.12.18, 10h15

o que começou me irritando foi aquele carrinho de compras dela. do segundo andar, eu conseguia não só ouvir como estar com a cabeça embaixo daquelas rodas rígidas ríspidas. acredito que aquele era o carrinho predileto dela. penso que havia dois no prédio. não importa. o que importa é essa vida violentando o silêncio. mas falar o que mais disso?
o modo de estacionar tanto quanto exímio na arte de ser singular. portanto, duas ou três vezes acredito que ao mês {o que definitivamente não faz a mínima diferença [sei nem que dia é hoje ou se tem feira (convenções sociais – absolutamente dispensáveis)]}. mas ela conseguia engarranchar a minha cabeça nas rodinhas do carrinho que travavam, gastando o quádruplo do caminho (ida, volta, ida, volta, para) e puxando os meus cabelos até parar de haver cérebro.
antes disso, claro, o retirar as compras. eu, portanto, engarrafada nesse percurso desde o estacionamento.
suponho pelo som {já que [graças a (deus?)] nunca a vi – minha janela não passa por ela e nunca tive motivo nenhum para ir à porta} que ela usava de três a quatro sacolas para cada objeto {o que já me rendeu algumas concatenações [a obsessão autoantisséptica (mas provavelmente a falta de raciocínio matemático para fazer a simples simulação de que o peso que ela teria mesmo que arrastar não era o das sacolas em si – portanto uma bastava – mas o do carrinho, que merecia muito melhor atenção)]}. come poucas verduras, deduzo

também, e muitos enlatados e plastificados. poderia {talvez [quem sabe (me poupe)]} apostar a que programas assiste. e em quem votaria. o quadrúpede barulho sobe algum tipo de escada até chegar ao elevador, ápice de sua necessidade de devolver ao mundo o dia de bosta que provavelmente teve. bate nas portas, vidros, janelas, assoalhos, tetos e neurônios do elevador. poderia apostar {talvez [quem sabe (convenhamos)]} que nele tem inumeráveis marcas desses gestos de calão. ouço isso no mínimo duas vezes. é claro, ela mora acima de mim. acima demais da minha cabeça e perto demais do ódio estilo vem chegando anos vinte do século vinte e um. ela enfim (enfimmesmo) chega à porta de inúmeras fechaduras e chaves tantas quantas devem ser seus rancores. outra luta um pouco menos potente entre as rodinhas, os (dois ou três) enumerados tapetes emperrando tudo, o portal, os chaveiros, os neurônios, meus cabelos. quando, por fim, tranca com um alívio expresso em brutalidade de movimentos numerosos a alcova, vou tomar banho {gelado [que dói melhor (que é o que cabe ao ser humano mesmo, um número)]}.

23.12.18, 12h09

às vezes procuro rezar. porém não sei onde deixei a fé. nem há quanto. ou se. sei que fecho os olhos e: deus, me ajuda a acreditar. mas perco a concentração. porque acredito que acreditar demanda uma força enorme. demanda, dos que viveram pouco, muita abnegação; dos que viveram muito, poucas palavras. de qualquer um, concentração. sabe-se lá. demanda certezas, talvez. o problema é que, quando chego nessa etapa da tentativa, é que já fracassei em todas as outras, amor, arte, urro. (se soubesse rezar, pediria paz. como estou me sentindo fraca, talvez força. a depender do quanto nos relembrássemos, falaria dos joelhos que vivenciamos, das coincidências-destinos, dos acasos apostados, dos confortos pelos quais nos agradecemos. do que mais sinto falta, talvez, disso. aquela espera sofrida amarrada num fio fino mas firme que sustentava até o consolo. só dos alívios me lembro, me pergunto. só nos lembramos de quê? era uma espécie de. estou tentando me lembrar da sensação da fé. como se vários fios tivessem suas pontas fincadas na pele levando às outras pontas fincadas dentro do certo. não que fosse inabalável, mas a sombra não era do tamanho do túnel. era acordar de manhã esquecendo de ontem. limpa, seca, feito a fronha que só as mães sabem. era não conhecer muito bem a saudade. era cumprir as atividades domésticas, assistir televisão, comer e dormir, e não bater pontos, enganar-se e deitar sem pão ou sono. acreditar que o sol dorme no fim do dia e acorda feliz. reconhecer a luz sem realçar escuros. não conhecer a ressaca do mal nem suas estacas. submeter-se, digo, aceitar os propósitos. não duvidar em voz alta. oferecer a outra face. perdoar. presumir a inocência até que se prove o contrário. pedir perdão. a bem da verdade, se com tempo, poderíamos debater o mundo. tenho várias perguntas. como é que a gente chegou aqui, digo, como nos formamos isso. não tem uma desinência mais que se cumpra do verbo amar. o que é que nós fizemos com o sentido das coisas? nós todos mentimos, matamos, amaldiçoamos, jogamos dinheiro em vão. e assim ninguém consegue escapar. nem os pequenos que ainda não sabem. nem os grandes que sabem demais. e nessas horas é muito difícil não comprar uma fé. são múltiplas espécies de culpas e de sacrifícios, de fomes e de sedes, de lixos e de custos. nós somos tantos – e tão pouco. nós extinguimos para fabricarmos. seres condicionados. o que comemos, o que bebemos, o que falamos adstringe e mata do consumidor final ao trabalhador escravo. se eu soubesse rezar, não passaria tanto tempo duvidando que o mundo ia virar do avesso de um ano pro outro. se soubesse, pediria: me dá o alívio de acreditar.)

29.12.18, 6h53

hoje acordei pensando que há pessoas que escorrem pelo tempo e, por mais que nunca possamos dizer isso, não voltam nunca mais. acostumar-se a isso, sempre achei uma aberração. como se não fosse humano esquecer, abandonar ao tempo, perder absoluto tato. preciso confessar que, por muito tempo {ainda hoje, me pergunto, como é que vou saber assim tão de perto [que talvez o tempo seja isso (uma medida de distância que existe para soar maturidade – e talvez exatidão – para a avaliação do tempo que passou)]}, mas por muito tempo não admiti essa inexorabilidade. por isso deixava as portas abertas, e não só. batia nas portas fechadas, olhava as frestas das janelas não em busca de segredos mas à caça do laço. às vezes, a depender do volume da insistência, abriam uma ou outra. entrava. já não encontrava mais o mesmo rosto que ria, nem o verniz que cobria os olhos, nem o café que acompanhava o relevo da vida quando se trisca naturalmente. é que já não havia mais montanhas atravessáveis. não raro essa espécie de indiferença (que, na verdade, não é exatamente uma indiferença, porque, muitas vezes, suponho, o sentimento que se releva não é nenhum, mas, mais ou menos forçadamente quanto mais ou menos passa o tempo, de forma que quanto mais tempo menos essa fumaça em torno que, não chamo denúncia, chamo sinal de que o tempo começa a fazer morada). é assim: o medo das perguntas assenta-se nos tijolos, as pequenas mentiras entre eles, que na verdade disfarçam pequenas emendas na parede, que, com o passar dos anos, sofreu com socos, móveis, poeiras, mu-

danças, crenças, atalhos, então transparentes teias de aranha vão atravessando os pés das cadeiras, onde assentam as conversas. raramente uma palavra ou outra coincide, uma piada ou outra compreende, uma sombra ou outra corresponde.
não é raro também que o nó do não não se desate mais. às vezes a gente força uma parada na esquina, entre bares, pessoas, trânsitos que (propositadamente?) vão cobrir as frestas de silêncios em cômodos sequer avistados.
mas isso já faz tanto tempo.
foi assim. levei alguns livros, saudades, inquietações, algumas poucas notícias, muitas dúvidas e uma pequena parcela de compressão do tempo. mas não havia sequer aldravas. naquela esquina da augusta, não chegamos ao café. os pés brevemente fixos naquele chão de buracos. já não me lembro das palavras (poucas, bem poucas, e que, sim, zombavam), só daquela espécie de distância que se aproxima de mãos armadas. nenhuma flor no asfalto. do outro lado um jardim, um banco. não sei se depois dos poucos sons do tempo forçado, que já não era tão distante como hoje, portanto ainda estava opaco o espaço, porém. com o hálito quente, atravessei a rua, sentei no banco, olhei as flores educadas no canteiro e tentei soprar a memória, coitada. o calor não afastou a ausência nem a pena. provavelmente o que era então embrionário, uma espécie de vida madura avisava que, naquela esquina úmida, assentava um adeus.
bati depois nas janelas, já não havia sinal de portas.
procurei chaminés, li notícias da cidade grande.
comprei livros.
mas não consigo achar as respostas.
ainda que volte à esquina, o adeus que está lá sobrevive abandonado.
mas isso já faz tanto tempo.
e eu tentando me lembrar do hábito de tocar companhias.
correr sem metáforas. afagos.

29.12.18, 8h37

tem uma experiência que sempre (quase) me leva pro passado. pra algum lugar sem relógios, sem alarmes, sem trânsitos.
ferver o leite.
é claro que não é mais o mesmo leite esse que vem da. a gente não sabe de onde vem, na verdade, nem como. a gente não vê, não sente, não acompanha como nasce, vive e morre o leite. mas o que vem é outra coisa.
quando o leite está subindo. ele vem vindo tão sorrateiro, como tantas vezes a gente vai levando a vida. de repente, ele acelera o passo como se fosse morrer, como se fugisse do monstro que queima, como se fosse atacar. e às vezes realmente ataca, porque pega a gente desprevenidamente com os olhos nele vendo nada. submergindo na janela. corpo alado alma vedada. que o leite quando está fervendo tem sua magia de distrair. talvez sua espuma inofensiva que lembra o mar que nunca foi visto. talvez o cheiro da infância que lembra o presente que passa desapercebido. talvez a explosão das horas que batem não importa como.
quem nunca derramou o leite olhando pro leite que atire a primeira lástima. o cheiro da espuma matando a chama. quem é que se dava conta de que limpar o leite derramado era quase um paraíso diante do que esperava o futuro.
além de tudo, havia a nata. não essa pequena nesga que se forma tímida hoje em dia, uma época de tão poucas entre-

gas. a nata era gorda, amarela, espessa, carinhosa, saciada. a destreza para capturar a nata. que naquela época havia pouca concorrência, mas nem por isso isenta do que hoje derrama. quero dizer que, já naquela época, a trapaça fazia parte.
lembro tantas vezes ganhar às escondidas. que desde sempre muito afeita aos cantos, como atrás do armário preto de madeira, na despensa onde o leite descansava depois de fervido. não podia beber leite toda hora. mas não bebia. agora já não me lembro se proibiam a nata. sei que, enquanto o quintal, o pasto, a bica, o açude, a mata, o mato, os cavalos, as vacas, os banquinhos de tirar leite, as botas brancas encardidas, a lenha pro fogão a lenha, as vassouras que fuçavam a casa, os risos que procuravam brinquedo cumpriam suas funções, eu apanhava natas com os dedos.
na ponta dos pés, avistava o amarelo enrugado da nata, que já estava no ponto, o morno. punha os dedinhos da mão em pinça e começava a caça. a outra mão aparava o lençol que vinha pingando.
nem sempre dava tempo de colher todas as peças do lençol rasgado do colchão de leite, o que por vezes demandava mais tentativas. mas às vezes dava. e a felicidade do feito saía correndo tão plena, não sei se da fome saciada ou do pequeno pecado, naquela época em que roubar natas era pecar por desobediência e guardar segredos era apenas correr. quando muito, arriscar um castigo, horas sentada pensando na vida olhando a janela dizendo nunca mais vou pegar nata de leite, juro.
que hoje em dia a gente não tem sequer as horas, tanto menos bancos ou vista. quanto mais esse tipo de mentira.
talvez o que a gente faça no futuro seja apenas lembrar de ter colhido algumas natas, ferver passados, correr por motivos mornos.

29.12.18, 10h23

posso tentar me lembrar de quando vi a morte pela primeira vez. não sabia, então, o que era, como se comportava no corpo dos que iam (e não iam), quando partiria e se.
naquela época, os vizinhos moravam um pouco mais longe, separados por pastos, rios, árvores e cercas de arames, de modo que a gente via, de longe, as vacas menores, o fio da enxada, os lenços dançando no vento. a gente sabia das vacas os nomes, mesmo as dos vizinhos (mesmo os deles, aliás todos parentes). estrela, princesa, malhada, ternura, coragem, ventura, faísca, ouço o meu avô chamar.
depois veio o êxodo rural. depois a soja. depois inventários. depois a gente não enxerga mais a entrada do asfalto.
mas a primeira vez que soube da morte foi assim: os rostos muito assustados, as mães abraçando a gente (ou tampando a cara da gente nos panos, que abraço não era assim dado com muita desenvoltura ou frequência, ainda que as condições fossem extemporâneas), os pais muito inquietos e saindo pros cantos, as atividades domésticas congestionadas, o almoço ou jantar ou lanche concentrado em uma só casa, de repente cheia, de repente muitos quitutes e misturas, de repente muita solidariedade. por isso, por um tempo, achava que a morte era uma espécie de confraternização.
mas aí um dia entrei meio escondida no cômodo que as mães nunca deixavam entrar. lembro que alguém me perguntou se eu tinha certeza. certeza de que, me questionei, mas claro

que nem em voz baixa. olhei e acenei claro, claro, que tinha certeza. óbvio, não do que veria. como que a gente vai ter certeza se quer ver a morte um dia.

e me aproximei do que hoje se chama caixão. uma anágua na cara do tio. o que foi que houve com ele, pensei [talvez (quem garante que a gente se lembra)]. as flores abundantes exuberantes perfeitas (de qual pasto pegaram aquelas flores todas, nunca vi, quero). o rosto roxo cinza, com cheiro de flor murchada. o choro, a dor, o olhar da tia caindo no chão de terra batida, no vão dos silêncios, nos tantos filhos pregados nas suas duas pernas pequenas.

saí correndo da sala, do círculo, do contato pro quintal. do quintal a estrada. da estrada a chuva. a chuva que lava as secas. que embota as perdas. que ara os terrenos.

foi pouco o tempo mirando a morte. fosse maior, a gente aprendia melhor a aceitar os fins, eu lhe pergunto.

29.12.18, 11h36

acho que consigo entender agora. desculpe, é que às vezes a gente acaba fazendo exatamente aquilo que incrimina. a via (quase) sempre é de mão dupla. acho que entendi o que aconteceu, embora isso jamais suture o ocorrido.
talvez não tenha dado a atenção necessária.
quero dizer, vamos começar um pouco antes.
nessa direção, não posso dar início sem pedir desculpas pelo ângulo. é o que me cabe hoje à voz. em outras palavras, só posso falar de minha perspectiva, o que admito não ser a única. (saiba a modéstia retribuir.)
andava mal {não que [enfim (prossigamos)]}. mal reconhecia os portais da casa. o som cada vez mais longínquo. o olhar cada vez mais relento. já não mastigava muitas palavras. uma ou outra frase {oração [emoção (mentira)]} saía inteira {ilesa [incesta (vesga)]}. as madrugadas traziam a angústia, com quem passava a falar. o medo não raro molhava. o silêncio uma espécie de acalanto ventando da janela sem mover. o ar trêmulo. a cena política. a memória da história. o armário. a geladeira. as vasilhas. a cama. as horas. e dias.
(a sensação de que tudo pode desmoronar. de uma hora pra outra, com a velocidade que cabe à era ser, com os estrondos, os silêncios, as sirenes.
como todos nós, eu sei.
sei que sabemos, agora, juntos em alguma parte, por vezes no mesmo momento, que os passos atrás são milhões. e isso,

como não?, corrompe nossos rumos, não sem antes embotar os olhos, o coração, a presença.)
poderia dizer apenas: é o vão. seria suficiente.
mas nós nunca nos entendemos assim [faço, daí, bastantes inquisições, só que (também não, daqui)].
direções várias.
quero dizer que os atrasos nas respostas, as ausências sem respostas, as respostas sem perguntas. diziam. era que o vazio fez visita. chegou sem avisar [na verdade, enviou muitos sinais (conquanto dúbios)]. e todo esse tempo em que passamos, o vazio e eu, cuidando dos afazeres, sei que seria mais fácil dizer que passamos pensando. que pensar é absolutamente necessário. ainda mais agora. precisamos pensar um pouco. estar a sós com os pensamentos. ficar forte por dentro. compreender nossos medos. assimilar nossos erros. remediar as tristezas. embrionar outra estrada.
(veja. o ano nem acabou e)
repito, deste ângulo, em frente à janela do segundo andar, só posso supor sensações entre as arestas.
falo daquele dia. você não imagina o tempo o que me faz. fui sinceramente munida de algum ânimo de ver pessoas, semáforos e sol bastante brevemente. quando senti o cheiro da comida, me levantei para voltar pra casa. mas aí chegou aquele olhar que os inimigos fazem, o abraço que os outros dão, o frio que a hostilidade ensina, o sal que ao olho sobra. aquilo [como explicar (não há forma)] jogou poeira na minha fronte. arderam memórias. voltei pra casa perdendo o caminho. acho que tive a sensação de. tudo muito turvo. poucos minutos depois estava eu lá exigindo eu [agora sim (de alguma forma] respostas. logo eu. mas veio algo com o gosto que a gente conhece muito bem. como posso explicar, não se diz. nunca dissemos. digo, claramente. que já pensei várias vezes e posso até apostar que também. e que tenha,

de fato, tentado algumas, talvez, também. mas não importa. o que importa é que houve um instante em que percebi o que estava ocorrendo. esperneei, é claro, burlei consciências, emoções, lembranças. encontrei, confesso, um fio no qual me firmar. de quando tínhamos um passado tão semelhante e falávamos a mesma palavra.
os tempos passaram.
e me senti muito mal antes de pensar na possibilidade que agora penso.
entendi {talvez [infiro (não)]} que do que precisava era do que precisava o oposto [ou outra qualquer direção (é claro)].
ou abri a porta pro vazio e acomodei tão bem suas urgências, perdendo o tempo.
não meçamos, desculpe.
quem sabe a gente possa, por dentro, saber navegar. nestes tempos, é mais que preciso.
quero dizer que entendo, agora, talvez. só que, ainda assim, há a sutura, sabe? não sei bem como coser cicatriz-

29.12.18, 17h33

o que tenho visto nas ruas? há pouco movimento, o que é instigante para quem cata detalhes [se é que (acredito) me entendem]. os que passam passam rapidamente e de olhos vagos. poucos sorriem. ou talvez não seja isso. pode ser que seja exatamente o contrário e a janela suja é que deixa tudo turvo, cinza, sombrio, úmido. não estou em condições de garantir.
ontem à noite choveu e senti medo outra vez. puxei a cama pra baixo da janela. pus a mão debaixo do travesseiro porque lá é levemente frio e refresca os dedos {o corpo [a vida (o desespero)]}. fiquei olhando pra janela que trazia o cheiro da chuva. estava aberta, as cortinas dançavam desesperadamente. era o vento que estava bastante inquieto. perguntei o que era. soltou urros.
vi o céu avisar que, em breve, chegariam os trovões: tingia-se o negro da noite de rabiscos de luz, surrando o vento nas costas. os relâmpagos. e logo em seguida as palavras altas dos trovões. reclamavam de desprezo, ganância, estupidez, irresponsabilidade. meu estômago ardia. (me ensinaram a notar que, quanto maior a distância entre o vergão do relâmpago e o ralho do trovão, mais longe está a chuva, e, quanto mais indignados, maior o castigo.)
ao mesmo tempo, vinha a água me jogando gotas como afagos. vinha me mostrar a força, a voz, a mão com os pingos que entravam pela janela. não sei quanto tempo ficamos. falamos do quanto nossa vida está nas mãos de transações que

não conhecemos. sentimos falta do chão, pela ausência do cheiro de terra molhada. lembramos os açudes e os perigos que já corremos. a vez da onça, o mistério desnecessário. a cobra, que morria fácil pela cabeça. o tamanduá, uma exuberância de risco. o pavão, ah um dos mais maliciosos. as vacas, as divinas. os cavalos, ariscos. os porcos, absolutamente preocupados o tempo todo. as galinhas, algumas malignas. os girinos, que deslizam nos vãos dos limites. os vaga-lumes, uns fanfarrões. os cães, guarda-costas do vô, que pendurava no cinto a chave da despensa (aquela da nata) quando cochilava todos os dias depois do almoço. os gatos, irreconciliáveis. os patos e gansos, que me fizeram correr. o tatu, o astuto. o javali, o medo.
o tempo, esse sereno.
a chuva, esse tato.

30.12.18, 9h51

talvez este seja de novo o ano novo mais velho da história desta terra em que se plantando tudo dá.

31.12.18, 9h32

o clima é de vento. às vezes o sol afaga, outras surra. mas o tempo depois nubla. não sabemos ao certo o que trazem seus sinais. ele jamais diz (nós nunca escutamos). não sei como estão as pessoas lá fora. nas redes, alguns silêncios significativos, muitos exílios, notícias (digamos, sensações) ambivalentes, poucas praias, previsões variadas, antiéticas, expectativas catastróficas. militares na posse dentro, fora e nos três pódios. o mundo se ocupando de olhar este país. este país se ocupando de ódio e de medo e de ventos que ameaçam com força.
por mais que a rua tenha se despido dos corpos cotidianamente espalmados atropelando as marquises o asfalto as folhas, ouço seus pensamentos como todo dia. agora riem menos, bem menos. já não compram alegrias nem esperam ganhar. desse passo lasso que passa agora, por exemplo, vejo da janela, aquele arrasta no chão o que carrega na alma. aquela chora como morde as unhas esperando um ônibus que pode nem levá-la pra um chuveiro quente pra tirar o frio que molhava a vida. aquele, doutor em filosofia, grita com a mulher porque ela atrasou o almoço e ele fica irritado quando sente fome.
vejo cada alma daqui com tantas possibilidades.
talvez, digam depois que foi um ano que nos obrigou a revisar muita história. mas não posso dizer de lá. daqui costuro os dias muito delicadamente. tricoto lembranças, aprendo receitas, me habituo ao pouco, jejuo da voz alta, escuto o silêncio. para que, quem sabe (nem sei se espero), quando

amanhecer amanhã vou estar quente e apta. esse bolo na garganta foi só o bolor manipulado da era cibernética. foi só desespero. apesar de que ninguém vai assumir a culpa. sei lá. só acho que a gente precisa estar quente pra enfrentar as revoltas do vento. porque elas virão.

31.12.18, 20h35

voltando a pensar sobre acreditar, ter fé, essa coisa toda. e essa senhora logo abaixo da minha janela, na calçada, não sei há quantas. observando-me observar, me perguntei numa espécie de alarme e alarde com que me assustei com alguém ali sem que soubesse e ainda por cima me vendo e ainda por baixo do meu nariz pensando-se sabe-se lá o que {injustamente [injúria (ria)]} de mim.
você tem medo do barulho da rua, né, ela me falou rindo tapando os olhos da luz do poste com a mão.
não entendi nada. ela deve ter entendido porque disse algo sobre eu não morar em um apartamento com uma varanda de modo que coubesse mais do que minha cabeça pra fora, já que eu gostava tanto de olhar pra rua, enfim, algo assim me disse calmamente e sorrindo.
assim que fiz o primeiro movimento para entrar pro meu lar {mundo [ser (álibi)]} ela falou algo a respeito de que eu poderia estar com medo. aí voltei. pensei, bem, vamos lá. quem sabe seja divertido.
aí ficamos nos olhando um tempo desnecessário e enfadonho. não tinha o que dizer, e ela, claramente, queria que eu dissesse sabe-se lá o quê. então ela me perguntou se eu acreditava em deus. voltei pra ela meu melhor olhar ambíguo e levemente sarcástico.
ela virou a cabeça de lado, sorriu e disse: você precisa acreditar em alguma coisa, senão não aguenta. balançou a cabeça.

foi embora. fiquei. debruçada na janela. à frente, o barulho da noite, do tempo, dos fogos e o mais estrondoso vinha do vazio onde deitaram meus olhos na madeira úmida e podre do parapeito.
é, o ano acabou, disse. (a mim mesma, me acalentando.)
aí me lembrei de uma tia aspas louca que vivia dizendo, não importa o dia, não importa a hora: é, o mundo tá acabando, o mundo, ó, já acabou. e gargalhava. uma gargalhada que era maligna mas não era má.
sempre achei sentido nisso, embora ela também dissesse que ia voltar pro nordeste de jegue, ao que eu retrucava que ela poderia ir de avião, ao que ela respondia que de avião não, porque ia se cagar inteira. mas a gargalhada a mesma. às vezes a gente busca no lugar errado o que não está em lugar algum.
dizer o que da vida que a gente engole.

1.1.19, 8h53

essa tia, que sempre considerei muito sã e poiesis, era por alguns chamada e tratada de louca, na versão mais ignorante dessa nomenclatura {identidade [etiqueta (tirania)]}. nunca entendi direito o que foi que houve com ela. já perguntei pros quatro cantos e são inúmeras as versões. o que depreendi malmente é que na sua juventude era, então, o que chamavam de normal {o que apreendi por muito tempo [quem sabe até hoje (quem)] que também era [sou (eu)] louca}.
(digo que às vezes meus pensamentos tomam tamanha independência tirando força não sei de onde e começam a encaracolar-se uns nos outros cada qual puxando para uma direção e as revoltas surgem e como se tivessem seu próprio governo pisam violentam matam o outro o pensamento ele se rodeia arrasta franze encara outro pensamento de repente lutam mordem muitas vezes se destroem e se calam para sempre e quando digo os pensamentos digo também de mim que sobro nas paredes nos cantos escuros com as mãos nas letras sem saber em que confronto de pensamento dessa vez parei)
e me disseram que voltou assim do nordeste. tinha fugido apaixonada por um moço e voltou assim. talvez tenha sido assim que fui tendo medo da paixão, que enlouquece a nossa relação aparentemente normal com a sociedade, quebrando todos os laços e definitivamente se cagando pra quem quer e no lugar que seja. não sabia então como funciona esse arado. além de tudo, ela guardava segredos e a versão mais verídica

(embora não verossímil) da própria história. mas aí a gente (eu, sim) ia ter que catar as migalhas no que ela, quando não se calava imperturbavelmente, lambendo as gengivas, falava, resmungava, gemia, gritava, gargalhava [quase nunca chorava (uma receita de felicidade?) e quando chorava era só mesmo água saindo dos olhos sem necessariamente interromper a repetição descompassada de falas, resmungos, gemidos, gritos, gargalhadas. e os pesados silêncios].
ela lambia as gengivas porque não tinha dentes. então quando ela gargalhava era uma verdade completamente desnuda o que balançava na boca.
tinha com ela incompletas conversas. ela, comigo, rarissimamente interesse. nesses escassos casos, o assunto girava em torno, na maior parte do tempo {sem a mínima preocupação em disfarce [posto que (fodam-se, convenções sociais e psíquicas)]}, da comida.
a melhor fatia pros dias.

2.1.19, 11h13

sinto que. não gosto de expressões como "do lado certo" [primeira vez que uso aspas aqui (não me lembrava que também não gostava delas) porque são tão indóceis. digo, são tão insubordináveis essas definições como certo, que é também direito (e veja só a direção que viemos todos tomar). (às vezes imagino que isto pode durar anos arrastar séculos)]. a hora pede pensar.

3.1.19, 17h52

não queria repetir, muito menos readmitir, mas tenho sentido muito medo. há horas que passo sem senti-lo, digo, notá-lo. há horas que passo mesmo depreciando-o ou descartando-o, o que é um tanto quanto, como posso dizer, ingênuo ou falso. a gente sempre olha pra vida pensando como seria se. tudo fosse diferente. alegrias passíveis de serem comemoradas. corpos suados nas madrugadas. dias limpos leves esperançosos (será que era assim a fé?).
notei que já posso contar os cabelos pretos.
às vezes você percebe que a vida acaba assim. de repente você olha o seu colo e ele já usa pregas.

gosto de ficar observando as pessoas sem que elas percebam, como já perceberam. gosto de conhecê-las no íntimo, em silêncio, pela velocidade com que piscam os cílios, olham pros lados, descem as vistas. quando se calam olho como apertam os lábios, como dobram o pescoço, como suspiram pelas frestas da boca. mas é quando param no tempo o meu vício. quando se perdem de si. penetro. como as pupilas pausam. como às vezes se movimentam para repousar. qual o gesto-embalo (como quando você suspende ouvindo alguma música que seus dedos podem tocar nos cabelos). como a alma vezes ri, vezes chora, vezes seca. os dedos que se acarinham, ou pensam, ou só pesam. as nuvens em movimento.

[fosse empreendedora, poderia criar um aplicativo a partir disso (vejam bem como a era nos conforma).]

a primeira vez que me disse: vou conseguir lembrar disso pra sempre?
estava no banco de trás do carro, no meu lugar favorito, no lado da janela que ficava virado pro mato em uma daquelas viagens muito longas em estradas de terra infinitas. senti aquela angústia de quando você não sabe. o crepúsculo refletia no vidro embaçado. não saberia então (nem agora) que o instante estava me dizendo que não importa quase nada. achei a cor tão bonita, a dor tão grande e pensei se será que a gente pode guardar alguns momentos pra qualquer hora pegar.
mas não é qualquer hora, muito menos qualquer momento.

4.1.19, 6h39

gosto mesmo é de acordar bem cedo, ainda quando está escuro, pra ficar olhando da cama a janela, vendo a manhã entrar dispersando a fumaça de negro dos móveis, dando contorno às coisas e, claro, sem nunca deixar de saber que, não importa o tamanho da luz, há sempre sombras, como se fossem a alma dos objetos.
talvez, enquanto nós carregamos a alma tão dentro, tão escondida dos olhos de fora, tão amarrada no íntimo que, quem sabe, até a gente se esquece, hora ou outra, onde foi que deixou essa corda. mas enquanto isso, talvez, ficam com a alma exposta os livros, as cadeiras, as almofadas, as plantas, os abajures, os quadros, as bordas do lençol, as tampas de caneta, as cerâmicas. sim, as cerâmicas, porque, veja bem, se você se deitar no chão e colocar-se à altura da cerâmica (você pode se deitar com a orelha na cerâmica, como se ouvindo seu coração, mas na verdade procurando enxergar sua alma), e, se olhar bem, em algum momento do dia e a depender do tamanho da luz, você vê, mais ou menos ali no rejunte, podendo até escorar em outra cerâmica, uma sombra deitada. e, se aproveitar bem, verá que cabem a essa alma a mutabilidade, a dança e às vezes o invisível de ser. sim. e tem ali segredos, julgo, intermináveis (não sei de ninguém que tenha descoberto todos e fixado a bandeira).
além disso (e a gente pode checar com um objeto mais reconciliável que as cerâmicas, essas que, de suportarem nossos

pés nossos inchaços todos os móveis, não estão sempre, e é compreensível, quentes), além disso a gente pode conferir em outro objeto essa alma que nos é sombra. vejam. não acreditem em mim, vejam. lembrar o experimento de tocar uma sombra e perceber que ela é, tanto mais levemente quanto menos forças exteriores, mais fria.
que as almas mais frias enganam.
a manhã que vem de fora acorda-as tão suavemente, vão beijando lento o que se pendura nas paredes, o que se dispõe no teto, o que pesa mais ao solo.
aprender com a luz da manhã como acordar a casa pra despertar bem devagar a alma.
ou compreender que no escuro o corpo esconde.
ou imaginar que no nosso dentro há móveis para cada sombra. ainda que esteja tudo escuro e não possamos tocar com o aparelho visual ou elétrico. ainda que não despertemos cedo. ainda que.
veja, a manhã já entrou completamente pela janela. às vezes não dá tempo de ver, todo dia.

4.1.19, 9h04

às vezes a gente vai escrever uma carta, qualquer coisa, coloca a data e passa muito tempo a olhar. às vezes a gente nem põe data e já começa escrevendo com medo de a barreira estourar. o que prefere?

4.1.19, 17h17

vezes fico pensando que chega uma certa altura da vida em que é muito difícil descobrir do que a gente mais gosta (de uma forma simplificada). (menos) seria o que atiça os olhos e tira a gente da cama de manhã olhando pra vida orgânica a se manifestar sem assalto. é um cansaço rido. um peito limpo. uma consciência macia. pequenas perturbações, é claro, mas que mais ensinam que massacram. não importa a roupa, a gente abraça. a gente passa o tempo acariciando o que a gente acredita se não para manter, alcançar. a gente gasta ideias para florir. não há medo porque não é necessário, que a sensação é mais forte que as vicissitudes. não que não haja receio, que é isso o que também move os mares. emoção. mas ia dizendo que é pra poucos a descoberta do que respira sua vida. quem pode culpar se a gente tantas vezes de rezar mancha pra sempre os joelhos. tantas vezes de calar, muda. tanto de não ser, esquece. quem é que tem tempo, afinal de contas, pra olhar a chuva. e escutar o que ela tem a dizer. e procurar entender, elaborar perguntas, estabelecer cumplicidade, intimar angústias e, então, quem sabe, chegar na gente onde moram os sonhos. porque onde os sonhos normalmente moram é na terra das emoções {não, nem sempre [não precisamos nos alarmar (sim)]}. a gente chega ao silêncio, não o contrário. e sai quando como onde quer. os sonhos são nossos, apesar dos impostos. é só na emoção que encontro a saída, me indago. talvez a direção, quem sabe,

elucubro. é muito difícil descobrir, porque cada um tem sua chave, apta ou inapta.
é só entrar na direção das emoções, torno. sim, talvez, mas é importante ter cuidado. saber o que as emoções guardaram dos seus anos não é trabalho mecânico. que às vezes a gente se esquece, porque se confunde, porque se apressa, porque é fácil se distrair e se perder naquilo que um dia pode até ter sido um atalho. as intenções se corrompem se a gente afrouxa a vigia. e se a gente se afasta
por isso é importante pensar, me invado. talvez, porque se se pensa e principalmente se se tem fôlego coragem ânsia a gente chega aonde a gente deixou o pó.
talvez precisemos de tempo, que as cavernas são úmidas, o relevo saliente, a luz nula. é onde se entra apalpando porque não é útil ter olhos. mas há uma promessa de éden. onde se amontoam álbuns, infâncias, palavras. onde a gente aprende a puxar uma espécie de referência de amor. onde a gente encontra, jamais as respostas, mas as perguntas imprescindíveis. e principalmente de onde a gente sai, não de mão [barriga (bolsa)] cheia, mas com a alma feito um vaga-lume no pretume verde do mato: faz a gente ir atrás, ainda que não saibamos ao certo pra onde, ainda que esteja escuro e não se vejam buracos, ainda que se confundindo no pisca-pisca do espaço. que é a vida se não o caminho, me violo. que é a emoção se não o tom do passo,

6.1.19, 11h26

é preciso que você entenda que precisa se acalmar. a avalanche. os outros. você. o lucro. o teto. você sabe que a incerteza (tanto quanto a certeza) prega peças. por enquanto, monte-as. para isso organize informações, pense. ou fique alheia. o incerto come margens mastigando razões. o que o seu coração diz? há pouco e muito tempo. é preciso dormir. a janela é tão baixa. você quer um conselho? nada vai te acalmar. com a maior lucidez possível, vá. não existe luz.
asdfg asdfg asdfg asdfg asdfg çlkjh çlkjh çlkjh çlkjh asa asa asa asa asa asa asa asa asa asa
alma salva desse fundo grande caça longe kadish junto humano amor salva amar

10.1.19, 15h13

às vezes me pergunto tanta coisa desnecessária. e então o que é exatamente necessário. praticamente tudo é inútil. poderia dizer que comer não, mas não me imagino pensando o dia inteiro em alimentação, em cozinha, em supermercado. porque se começo já passo para o preço dos produtos, daí à inflação, daí ao lucro, ao patriarcado, enfim, invariavelmente, o sistema me tira o sono.
esse passo em branco. essa luta cega. esse gongo são.
suspiro sem som. entrar no labirinto do pensamento, nessa corrente de veias ideias. quero mais é explodir os vasos sanguíneos derramando

da janela, assisto o vendedor de picolé. sentado em um banco ao lado do carrinho, a cabeça escorada na mão escorada no braço escorado no mundo que escora nas costas feito o sol descorado da tarde. o que pensa com os olhos vagos, sem piscar, sem falar, sem existir, me questiono, o que pensamos. quando pensamos no meio da tarde. quando paramos no meio do trabalho. quando voltamos pra casa pro seio pro riso enxutos, despertos, desamassados, quando.
nós acordamos quebrados. a solidão habita as mesas, veja, nas ruas, ninguém mais olha. ninguém mais compra picolé, ninguém mais bons-dias boas-tardes boas-novas. a madrugada é o abraço da ceia. a manhã, a presa; a tarde, a pré-alforria; a noite, ah a noite lembrando de quando era criança.

14.1.19, 11h56

a gente reconhece várias espécies de medo. e, de se habituar a elas, a gente se esquece como é a primeira vez.
só posso dizer (mal) do que. uma espécie de medo que nunca havia vivido e por mais que houvesse ouvido falar (não sei contar) não dei o devido respeito ao acento da situação. portanto quando o medo veio ele me encontrou já em choque.
(por que será que a memória prega peças? ou nós é q)
digo choque porque antes vieram pequenas nuvens. uma imagem ou outra atravessava o algodão. primeiro a mão espalmada chegando bem antes, depois a arma apontada (que brincadeira sem graça), então os olhos esbugalhados que pareciam assaltar mas sem pressa. cautelosos. jamais trêmulos. mais nuvens surgindo.
sei que me sentia confusa. esperando uma espécie de apresentação, manifestação, poesia, decerto.
à medida que se aproximavam mais armas, fui entrando no que chamo de choque {esse tipo, foi a primeira vez que nos conhecemos [eu disse (mas)]}. paralisei emoções. fiz julgamentos racionais e, por incrível que pareça, estatisticamente mais positivos, dadas as condições. por isso as ameaças não encontraram morada (naquele momento).
o medo não havia chegado na sua potência (entretanto).
mas as palavras eram cruéis. porque voláteis. como é que se pode dizer? não é que estavam visivelmente cortadas

no banquete do discurso, é que eram muito mais o odor, o sabor, a experiência do tato do que propriamente meros ingredientes.
metáforas nunca são úteis nesses momentos [provavelmente (em nenhum)].

16.1.19, 16h44

cansei. cansei mesmo. na verdade, poderia dizer que estou na tolerância máxima, algo assim. mundo. gente. dinheiro. palavras. lâminas.
é muito fácil se cortar.
ela não vem mais comigo, a janela.
durmo pro lado oposto e coloco os pés debaixo do travesseiro.

17.1.19, 8h10

olho as pessoas atravessando a rua. penso comigo: será que todas também pensam o tempo todo no quanto estão se desviando do caminho? digo, não o caminho diário, encardido, surrado. digo o caminho de dentro. falo porque parece que com o tempo vai se perdendo luva, asseio, referência.
o garoto que pede esmolas agora no semáforo passa mais tempo olhando nos olhos dos passageiros da rua que os passageiros.
a moça que corre envelhece sem secar as lágrimas para não se atrasar.
os coturnos agora pensam mais que são donos de todos os pulsos.
o velho que senta no meio-fio entendeu.
as crianças saem da escola de férias com uniformes limpos.
bicicletas passam como se fossem motocicletas passam como se fossem carros passam.
as árvores assistem com complacência ou degredo.
homens choram discretamente tomando café sem açúcar.
mães desesperam-se com as lancheiras os guarda-chuvas os livros o futuro da nação.
um cão deita a coragem no asfalto.
cai uma chuva desigual.
os pássaros atropelam as construções.
alguém ainda ouve blues.
o medo
o medo ainda é a bala enquanto dorme na arma a mão.

17.1.19, 10h07

exercitar o silêncio. exercitar a calma. exercitar o exercício. limpar os joelhos. a outra face. abaixar os olhos. pronomes de tratamento. as raízes são profundas. indignar-se. conter-se. executar. esperar. explodir. tranquilidade. praticar qualquer atividade que ocupe as regiões cerebrais. em outras palavras, evitar usá-las. ser só o formato da voz. deixar para depois. olvidar. paciência. domesticar pensamentos. sorrir nem muito nem pouco. a vida é assim mesmo. a gente tem o que precisa para se sentir feliz. concentrar-se. não dar ibope. atenção. café. alma. escrever o verso e vocalizar o inverso. nada está podre em lugar algum. deletar. mastigar. não compartilhar. em nascer crescer reproduzir e morrer não faltam informações.

24.1.19, 00h45

a essa hora, os grilos já competem com os carros. daqui a pouco, poderemos conversar a sós. falar de quê? provavelmente vou buscar o cheiro da memória da grama molhada, eles quem sabe a curiosidade.
(se a gente for parar pra pensar, a gente quase não reticencia.)
os dias dão e não dão notícias.
que são e não são surpreendentes.
por dentro, um caos.
com habilidade alguma para se acalmar, a boca seca trinca e solta fiapos de pele.
o olho vaga.
as mãos se movimentam muito lentamente.
as palavras não.
será que no futuro vou me lembrar deste momento com saudade?
será que a gente se pergunta isso normalmente?

24.1.19, 18h27

às vezes continuo pensando que este momento atual servirá [é claro que (bem) no futuro] como um grande livro. quero dizer, uma lição, um aprendizado, um conhecimento. de nós, do mundo. do que importa, do que não. que baboseira.
a experiência da angústia.
a expectativa de um milagre.
a solidão, o silêncio, o ato de pensar. que já tinham ido.
os vários sabores das águas.
o peito cravado.
até mesmo o amor, que sempre precisou de cortejo.
a paciência sem a esperança, equilibrar.
mas novos tempos virão.
e essa letra bruta ficará para trás. a maturidade olhará o tempo e, com um sorriso, dirá:

estou tão cansada, expiro.

27.1.19, 9h09

vejamos bem. o que pode acontecer. pode acontecer de não haver mais gibis, bonecas de espiga de milho, carrinho de toco de madeira, casas nas árvores, banhos no açude, nuvens, espuma de leite, moringa, vaga-lumes, girinos, arames farpados, bicho-de-pé, conversa entre pássaros, cascalho, estrume, jenipapo, xixi no mato, peneira de palha, sonho, mel, maldade, melancia. pode acontecer de haver desenhos animados a arma, eletrônicos, ultrassônicos, colônia de férias, álcool em gel, travas de segurança, leite em pó, água com gás, controle remoto, noticiários, alarmes, infecção hospitalar, buzinas, asfalto, chorume, macarrão instantâneo, fralda (in)descartável, made in, contrapartida, mal, maldito, malícia.
{então quer dizer que deixamos [ou (aspas)] de apanhar no corpo físico e começamos a bater e levar no caráter, reparo. que grandiosa evolução, reclamo.}
às vezes acho que pode acontecer de a gente perder ou mal construir a habilidade de imaginar. de criar. de ler, interpretar, conviver.
pode ser besteira minha, mas tenho perdido muito tempo invertendo algumas coisas. tenho ganhado muito tempo lembrando. este último ano, por exemplo, para mim e para, ao menos daqui da minha janela, as pessoas que acompanho, foi indescritivelmente (ou insuficientemente)

tenho voltado muito à infância. quando as estradas tinham os horizontes aparentemente mais próximos, os tons volumosamente maiores, os cheiros limpavam. porque agora. lá no horizonte da estrada, no cerrado, uma máquina caminha lentamente gritando pro alto, pisando no mato, envenenando o motorista, a sua espécie e a de tudo. um pouco mais longe do horizonte tátil, uma dor no peito escorrendo em lama afogando vidas culturas história, outra vez.

o dia lá fora está cinza. gosto, mas

é esse gosto amargo do engasgo. essa indignação inextravasável. essa barreira que explode todo dia e não tem mais rio pra morrer.

28.1.19, 21h10

não adianta muito mais esperar, constato. preparar-se. a gente nunca vai estar preparado. simplesmente porque a gente não vive o que vive realmente, mas o que é imprevisível e sempre será. enquanto então a gente se prepara para algo que jamais chegará, a gente fenece. mas em algum instante a gente acolhe alguma migalha, momento.
enfim.
a garganta segue em engasgo. obsoleta.

29.1.19, 11h41

quando você não sabe mais o que fazer depois que se desespera. apertar fortemente os olhos com as mãos pode dar alguma ilusão de controle, mas logo surge a luz. puxar os cabelos pode até desviar alguns minutos preciosos de atenção, debalde. beber um copo de leite quente, é. para isso, ferver o leite e aguardar a espuma subir. apenas isso. aguardar a espuma subir, sem sair, sem desviar os olhos, sem perder-se pra sempre.
a respiração às vezes é a espuma.
cachorros correm lá na rua. me chamo para ir com eles, mas não me mexo. esperando alguma intervenção externa acudir. mentira. resisto bravamente. orgulho próprio. afora isso, cansei. não sei mais o que fazer.

30.1.19, 19h18

o sol dá seu último abraço quente na paisagem, vejo pela janela. ainda.

30.1.19, 20h07

há pouco o que dizer, ou como. quase não há forças dispostas;
sei que apenas dormem, quem sabe uma espécie de hibernação.

31.1.19, 5h32

a angústia é um monstro que acorda ríspido. a manhã entra devagar. os silêncios vão desocupando as ruas. uma moto longe ruge. o café da cozinha. respirar. é uma luta árdua ouvir os sons do fundo, descascar as primeiras camadas da cidade e chegar ao poço onde tudo dorme calmamente e sonha pequenos murmúrios. gosto de me deitar nesse fundo pra ouvir silêncios. ouçam. ultrapassando as rodas dos caminhões, é possível auscultar grilos. até os sapos vêm com o cheiro do mato.
não sou mais aquela de tantos verdes, tempo.
as cigarras me trazem o instante da espera. mas uma espera virgem. as sombras dos galhos das árvores acomodam-se no teto e vão comendo o cinza na luz que também vem das janelas. banha-me, memória, de esperança.
sirenes me expulsam. os gritos de macacos ou ursos ou hipopótamos me dão as mãos. atravessamos o trânsito. o céu, imagino, salpica estrelas. no meio do mato, o orvalho, o que diz. o dia promete ser quente. banha-me, sopro, do hálito do recomeço.
a força com que os pneus sulcam o asfalto e o barulho do chuveiro e o ranger de portas e a dilatação dos corpos e a distorção das vozes no entanto, ao fundo, quem sabe as cigarras. dizendo sob tons as dúvidas. o liquidificador insiste. também traz a lembrança das horas organizadas em caixas facilmente transportáveis.
mas não é só a cidade que precisamos descascar para chegar ao fundo, também os pensamentos os cronogramas as enunciações não muito bem compreendidas ou elaboradas

as falhas do discurso as fases do impulso os prazos os medos as notícias o degredo as pessoas. entram e saem. não é inútil resistir, suplico.

31.1.19, 18h20

envelheci muitos anos nesse ano que mal passou. aliás muitas pessoas cansamos. acredito que, daqui um (muito?) tempo, nominarão esse fenômeno. algo como – tenho nem som pra isso.

quando dou por mim, estou lendo e passei várias páginas e não sei absolutamente o que li, nem por que aquela cidade apareceu de repente. não sei onde estou. é que sofro do zelo de administrar vários pensares ao mesmo tempo [um tanto quanto (de fato) complicado quando se trata de palavras logo frases logo enredos].
então. posso ler todas as palavras de todas as linhas de parágrafos e parágrafos e estar, ao mesmo tempo e de um modo que também desconheço, pensando em uma, duas, quem sabe nos milhares de estares das possibilidades. de modo que, quando dou por mim, atravessei montanhas rios esquinas ainda não sei o que está havendo. você sabe o que está havendo? o que está havendo neste mundo, me inquiro, que não me deixa sair.

1.2.19, 6h06

uma vez roubaram minha caderneta. levaram a bolsa toda, mas lá dentro estava a minha caderneta. se não a tivessem levado, agora poderia estar olhando para ela e rindo pessoalmente de mim de todos esses anos de todos aqueles sonhos de toda a esperança deitada ali. me lembro dela com a impressão de que minhas mãos eram menores, meu coração maior, meus olhos mais ridos. mas acredito que as mãos já eram as mesmas, talvez com menos força, menos peso, menos calos. ali anotava impressões do mundo, o que chamava à época de versos, porque havia, sei que havia, mais poesia nos campos. anotava atitudes cotidianas e talvez por isso banalizadas mas extremamente curiosas. por exemplo, não lembro exato o que anotei, mas fecho os olhos e vejo as rugas daquela senhora balançarem no rosto enquanto ela envia apenas bom-dia para quem passa encostada em uma estaca de madeira que firmava um portão de grades finas que mal se encontravam ao meio mal se beijavam as fechaduras mal fechavam.
também anotei aquele episódio ignóbil atrás da casa, mas não tenho mais a mínima lembrança do que escrevi. posso ter dito tanta coisa, mas provavelmente algo que já não sei e que agora é justo o que falta.
ninguém nunca havia aberto aquela caderneta que me roubaram. onde dormem os sonhos que, naquela época, mal se escondiam entre as linhas. soterradas, as folhas não devem ter se molhado, a capa era protetora. o mundo é tão largo.

se abertas, morreram como morrem as faltas, calmamente. claro que revirei os campos no outro dia, caçando rastros não de chaves, boletos, aparelhos, endereços, identidades, vinténs. eram muitas as impressões dos anos. davam-me as mãos nas noites escuras.

o dia já folheia. foi a minha última caderneta.

2.2.19, 6h45

definitivamente, a mudez pode ser um recurso afiado. que quando a gente está cansado, e por favor não julguemos meçamos sugestionemos, a gente simplesmente quando diz três frases percebe que poderia ter dito só uma e, quando dita uma, nenhuma. que a comunicação não tem sido, parece, a melhor via. são estes tempos, as idades ou as desinências? porque ou não se escuta ou não se entende ou não se conjuga o mesmo verbo. e é curiosíssimo quando a gente insiste na surdez na cegueira na relação arbitrária. porque a gente insiste, bate, estripa e, por fim, fenece. que é mesmo o que nos resta.

talvez esteja exagerando. é o que sempre faço. melhor não se deixar ir por essas vias, porém, sabe, a gente fatiga mesmo e chego a acreditar que tem horas que esse é um enfado bom, um enfado justo, um enfado digno. quem sabe seja das poucas honestidades que a gente submete à gente. porque quando a gente se estafa, vejam, concorre uma série de foda-ses. não deixa de ser o alívio que, se bem gerido [como (de fato) nunca é], prevalece. mas não prevalece. o que vale são os vários tipos de desequilíbrios homeostáticos.

polir as próprias asas é uma tarefa sobre-humana.

todavia, quando a gente consegue, ah.

3.2.19, 16h07

ontem mesmo estava sentada de costas pra janela e pensando:
(você sabe o que há atrás da sua perda de tempo?)

5.2.19, 4h47

às vezes corta a madrugada um grito longo, gemido. depois cai o silêncio.
[e pra que(m) mesmo produtivo?]

6.2.19, 11h04

tenho tido pouco para dizer. congestiono-me.
(se me permite: permita-se.)

9.2.19, 14h08

enquanto a máquina bate as roupas, sigo seu ritmo batendo as unhas nos dentes. como não fazer analogias, me abstenho. quem sabe des-descobrir o discurso.
tenho passado alguns dias ouvindo os azulejos. os do quarto, da cozinha e do banheiro. têm tons e histórias diferentes. ensinam a esperar.
passo horas. não aprendo.

13.2.19, 6h24

passando uns dias em branco, sem abrir a janela. luz demais lá fora. pessoas cada vez mais irritadas, cabisbaixas e com pressa. pelas frestas vejo o vulto dos carros, soltando berros. o ar irrespirável de novo, será, me pergunto. não sei.
quem sabe mudar de janela. quem sabe a única pessoa nos últimos anos que ousou me dirigir a palavra esteja certa. quem sabe precise de uma varanda. para quê. para estar mais confortável. para quê. para pensar. para ver. para, se não acreditar, desconfiar.
se não carregasse tantos ódios, quem sabe seria mais leve o movimento.

14.2.19, 4h45

me lembro, sim, de algumas ou várias vezes na infância desejar não ter nascido mulher (não digo mais isso com vergonha, que é preciso ter coragem pra desejar na dor e ainda assim não querer no âmago). na adolescência também, sejamos sinceras. talvez a vida adulta tenha trazido outras informações.
foi na adolescência que surgiu uma vez a constatação quando das regras. por que tanto sangue, tanta dor, tanta fraqueza e o trabalho sem trégua. porque vejamos, mulheres que somos querendo ou não, o que nos reserva o mês. já fiz as contas das regras. uma semana inteira vertendo rubis de vários tons volumes texturas. nela, os primeiros dias, dores, inchaço e o teste de resistência porque nenhuma atividade domiciliar profissional pessoal a menos. pro fim dessa semana contorcida, quando já raleada a lida, mais uma pequena parcela de penas, à míngua no escuro. depois da semana rubra, quiçá bem-aventurança, quiçá dom divino, quiçá dote (tudo vai depender de como se vê e quem), quiçá folga. é uma semana que ilude com a força física dando fôlego pro que virá dentro desse mês-vida-sexo. a terceira semana abraça a sensação que vem chegando em pequenas agulhas de desconforto, vem vindo a ovulação. para quem tem sorte (que quantas vezes é disso que vive a mulher), não há sinais ou já não são vistos. mas comigo a sorte não faz brinquedo (duvido muito, confesso, que seja sorte e não hábito). é que o corpo avisa que vai ovular pelos ovários. eu consigo senti-los sendo apertados

e puxados com mãos inábeis para dentro do buraco negro que há entre o umbigo e o cóccix. mais uma cólica, a mulher pensa, mas dura somente um ou dois dias. somente para as otimistas, que não nasci assim. que não concordo que depois de uma semana expelindo sangue estejamos prontas depois de uma miséria de semana numa paz mentida pra aguardar que o óvulo siga seu destino. mas passa. a terceira semana passa para trazer a quarta. não há folga, não criemos expectativa, porque dizem que criamos inúmeras ficções com o que de mais criativo ou hediondo ou macabro ou cruel há na tensão prévia. vai ver é feitiço. nessa última semana antes de você, mulher, derramar sangue outra vez, derrama um pouco de água salgada, seja pelos olhos, seja pela pele, seja pelos lábios. que o mundo antes de derramar vermelho ele pesa dentro desse corpo não sustendo outro corpo apenas sustendo a ideia de que é para tudo isso todo mês todo o sempre. as piadas incham sem absoluta graça, a cabeça esgota sem aparente marca, o ódio desbota sem pedir licença. enquanto isso te pedem calma. enquanto você conta o mês pelas semanas, os dias pelas folgas, as horas pelas tabelas, as dores pelos alívios, calma. tenha calma, mulher, que não há muito o que fazer. que nunca foi feito nada, me pergunto. como nunca nada. são as regras. mas o mundo não foi feito para essas regras, argumento com fúria. mas a ordem está redondamente equivocada, revido sorrindo. que as regras da mulher existem desde que há mulher, e este mundo é bem depois disso, sabemos todos. mas o que o mundo não espera, nunca esperou, fálico que sempre foi, coitado, é que a força hercúlea é construída não com uma regra mensal, mas com séculos e milhares. nesse quesito, e disso também todos sabemos embora bem poucos vejam e menos ainda o digam, surgimos guerreiras, guerreadas e guerrilhas. não viemos em paz que a paz nunca respeitou nossas regras. não viemos tampouco em guerra que de balas de facas de falas morremos todos os dias. viemos com as mãos calejadas de fluxos. com os pés sobrevividos do fogo. com os ventres carregados de sangue. com as vozes equipadas de som. que já está passando da hora de deixar de medir o mundo pelo falo. tamanho nunca foi o principal instrumento do gozo. que já está passando da hora de abandonar a velha versão das colchas. que sabemos de penélopes muito mais que o dia e a noite. que já passa da hora do almoço e estamos com fome, já passa da hora do sono e estamos acordadas, já passa da hora do grito e estamos com o não. que venham o próximo mês, a próxima era, as próximas.

18.2.19, 5h42

uma mulher lá da rua hoje resolveu me confrontar. não só a madrugada fria. ela disse alguma coisa que não ouvi. e viu alguma coisa na minha mudez que não lhe agradou. a janela nos protegia uma da outra embora aberta. a hierarquia salvaguardada pelos andares me permitia até me mover. o que também é [tem sido (era)] uma espécie de coragem.
tampouco me lembro o que gritou depois disso, só que gesticulava raivosamente. era como se fosse um fantasma do ódio. os cabelos dançavam na noite pouco se lixando pras horas, pros vizinhos, pro frio, pro lixo, pro. quando jogou a garrafa. os cacos se estilhaçaram na parede do meu lado esquerdo. entraram nos meus cabelos. protegi os olhos.

20.2.19, 19h48

não fui criada para falar. sequer para pensar. minto. é por minha conta mesmo que digo, resmungo. são várias contas. deve ser uma espécie de loucura. o quê? dizer. não?

na época em que saía pelas ruas sempre me perdia {quer dizer que não me perco mais [não (bem)]}. mas todo mundo passa por isso, não é mesmo. perder a direção da casa, o sentido da rua, a hora do dia, o prumo do passo, o olho da vista, o sonho da vida, a cor do céu, o som do vento, o cheiro da chuva, a cabeça da. explico. às vezes andava apressadamente rumo. nossa, já não me lembro dos rumos. que a gente não se lembra mesmo com o tempo, acontece. mas acontece que também o tempo depende. o fato é que perdia o rumo e o tempo concomitantemente. de onde vim, pra onde vou, o que estou fazendo, por quê. como comandar a mente, o mundo, as vozes. são ensurdecedoras, não são. entre si quase se esganam. que enganam não tenho dúvidas. acompanho, contorno, arrumo. canso. já as bati na parede. sim, as vozes. sim, a sério. ensino. como moram no cérebro, é só bater a cabeça em algo bem sólido, como uma parede. depende da sua resistência à dor, claro. e experiência de vida. o fato é que se assustam a ponto de, com sorte, calarem. a dor também é um prazer, ora. ora não. portanto que rumo, tempo e dor são todos trabalhos perdidos. saber perdê-los, então. pode ser que seja isso. que o rumo do tempo é que rói.

22.2.19, 10h34

cinquenta mil coisas acontecendo. não há tempo sequer a perder. não respire, digo, respire. até o lazer fede a sangue. talvez seja isso o que premia e sentencia, a capacidade de entrar em labirintos a partir de um (aparente) mero gesto olhar esgar. que diz muito o que não se diz (até mais). diz adeus. diz mentira. diz íntimo. diz ínfimo. diz nada. insinua. desconfia.

24.2.19, 6h43

me conta uma história de ninar, falei pra ela. falei assim em pensamento, que também ela era uma espécie de pensamento vizinho. ela disse que não sabia contar. falei pode ser qualquer história. ela disse que não sabia mesmo contar. ao que retruquei que a sua resposta já era uma forma de contar. ela pensou alguns segundos. e então me disse.
eu não conheço nenhuma história de ninar.
perguntei então como ela dormia.
eu fecho os olhos.
e como você faz pra dormir.
eu fecho os olhos.
sim, mas o que acontece no período entre você estar de olhos fechados e você cair efetivamente no sono.
o que acontece, perguntou abrindo muito os olhos e amarrotando a testa.
sim, você fecha os olhos e tem um tempo até você dormir, que é quando surgem desenfreados pensamentos, notícias ruins, problemas urgentes, contas não pagas, a indecisão do amanhã, as falcatruas políticas, o trânsito, o jornal, a rua. o que você faz para dormir enquanto isso.
a rua?
sim.
eu durmo na rua.
sem pensar em nada.
como assim?

você não fica perturbada quando está com sono e tem mil coisas na cabeça.
mil coisas?
é.
é.
certo. o que faz você dormir?
os olhos.
não tem nenhuma música que você lembre?
não.
oração. você costuma rezar, orar, falar com deus, alá, oxum?
oxum?
depois que você fecha os olhos, em que você fica pensando?
no sonho?
pode ser.
eu acho que caio.
cai de onde?
de um abismo.
abismo?
é, não sei, não dá tempo de ver direito.
e depois?
depois que eu acordo?
pode ser.
eu levanto e vou procurar alguma coisa para comer.
e depois.
depois eu ando um pouco.
e aí.
faço umas coisas.
e.
de noite durmo.
deixa pra lá.
você está preocupada, né. fica calma.
odeio quando as pessoas me pedem calma.
dá problema pra dormir, né.

27.2.19, 12h03

olho pras caixas de livros amontoadas no chão e penso, não sem certo cansaço: de novo. mais uma caça a uma janela distinta. quem sabe outro trânsito ao menos fluxo. quem sabe uma árvore na janela. o velho chá com frio. um andar mais alto, quiçá mais esguio.
o ar também estará irrespirável lá, pergunto mais com a tristeza. nem sempre que não dói é bom, e (imagino) vice-versa. tento acreditar. passo bastante fita nas caixas. e logo desisto da organização ideal considerando tema, autor, período, tamanho, edição, infinito (porque sempre há aqueles que têm o infinito e, talvez por essa razão, mereçam maior cuidado, pergunto). desisto porque o tamanho das caixas não é correspondente à nenhuma perfeição.
nem as caixas.

1.3.19, 5h40

às vezes me pergunto como a manhã de amanhã chegará. como a luz do dia despertará, cautelosamente, os móveis. primeiro, as plantas na janela. depois os livros na estante. depois a mesa ao fundo. os quadros na parede. a cerâmica. as portas. e vai ficar tudo revelado. a esses nossos olhos que sequer respeitam as nuanças, as silhuetas, os óbvios.
um pássaro canta bem mais alto.
optou por deixar um intervalo longo. claro, o silêncio fica mais pesado; a expectativa, maior.
de repente ele não vem mais. não sei se voou, que nossas vistas sequer valorizam as próprias limitações.
agora os pneus começam a assustar a cidade para, em breve, fazerem-na se acostumar, cada vez mais e cada canto menos. neste exato pensamento ele voltou. cantou desesperadamente, emprestou que peitos, que coragem, que audácia. é a sexta vez que canta como descesse uma ladeira sem freio. não interessam escapamentos cachorros televisões mortes à essa hora com uma torrada na mão?! enquanto isso ele canta, perdi as contas na última digressão. fui tentar imitar seu som. de provocação fez um solo indescritível. fiquemos por aqui. nesse meu imaginar que você um dia possa ouvir esse escândalo de pássaro que lê mentes e enquanto escrevo ele me desritma, que deve estar tomando banho numa nuvem de espuma com cheiro de alecrim-do-campo. e nesse seu imaginar um canto que nunca será o canto.

os carros estão lavando o asfalto com bombril e jatos d'água enquanto o pássaro continua cantando. combinamos de não desistir mais. compactuamos pela coragem, não importa o dia, não importa a hora, não importa o tráfego. quando perguntei se ele me segue, fez um intervalo de silêncio. entendi, respondi quando cantou, que não estava entendendo nada. agora me paga um sermão em alto e tom belo. um soneto de pássaro ganhei.
espera. os pios longe. foi? para sempre?
vou aguardar mais um tempo, quem sabe ele esteja dizendo algo que não pude ainda entender naquele silêncio meio que de castigo. cães, crianças, portões, uma espécie de tiro que pode ter sido um balão ou um cinzeiro que caiu no chão ou uma mulher andando sozinha. ainda se identifica o caminhão entre os carros. um bando de pássaros corta algum lugar limpo do céu. a manhã descobre a cerâmica e mostra as caixas.
mas o pássaro ainda não cantou.
espera. longe. ouvi.
veio me repetir que não estou entendendo nada.
a saudade, eu disse, sabe-se lá como se canta.
deve me visitar depois, pensei. irei.
me fez achar que somos parecidos.

20.5.19, madrugada

[às vezes penso em fazer interrupções muitas vezes imperceptíveis (uma tentativa de quebrar o tempo, talvez) e que sejam perfeitamente dispostas. pode ser. que tenha lá uma intuição, digamos assim. embora ainda esteja esperando respostas acerca disso. na verdade, um acerto de contas é o que espero da vida. não quero mais saber de lições, aprendizados, cicatrizes. quero um ar mais puro. quero projetos. quero frutos. porque, sim, mereço, merecemos, merecem todos sem qualquer tipo de distinção, especialmente os da linha da frente, educação saúde trabalho lazer segurança previdência social proteção à maternidade e à infância assistência aos desamparados na forma tal qual daquela constituição. os sofrimentos não são trocos justos. quero muito mais que mais-valia. respeito. valorização. espaço. caminho. direitos. venho perdendo metáforas como quem já exauriu a indignação.
vocês vão entender (se já não entendem – ou entenderiam). este tempo não nos merece, não nos pertence, não nos cabe. somos maiores, entendamos. estendemo-nos. precisamos ter a coragem mais árdua: beijar o pescoço do medo. roubar suas forças, desarmá-lo. é como conquistar uma paixão, perguntam. é como fazer sexo. isso, com o medo. fora da cena, obscenos. compartilhar o não. apenas isso. nossa centelha. a partir de agora tenha muito fôlego, não abandone o barco. ou sim, e não nos verá na proa avistando novas terras. sendo

muito mais que vanguardas. levantando o queixo como o mar levanta as ondas e ameaça sem mais. fazer um altar para nossas bandeiras. mas lembrando. nem todos os dias foram assim. e ainda estamos em flerte com o medo. que ele se curve. somos nós, braços fortes, fracos, dispostos ao laço, indomáveis. o medo é o que (a história inteira já cansou de repetir) têm de nós. nós temos o poder porque a corda sempre arrebenta do lado mais fraco. e somos muitos mais. corpo a corpo. e logo depois prepare-se para as batalhas diárias exaustivas distópicas. não temos mais com quem contar. somos nós contra poucos porém muito bem armados munidos custeados. somos o lado de fora do muro tentando não sucumbir. mas somos temidos. porque somos. não nos curvemos. queixo pro mar. eles é que nos ouçam e cumpram. (o que você quer? do que você gosta? o que você faz?)]

9.3.19, 9h34

as cigarras entram pelos ouvidos sem nenhuma trégua. penteiam as raízes dos cabelos por dentro. passam por baixo dos bem-te-vis. não se importam. grilos, talvez macacos.
acontece que segui o conselho da senhora (mais honestamente o acaso): uma varanda enorme. uma rua sem saída. latidos de cães. à frente uma selva embargada pela justiça e por isso viva. dos lados, lotes de matos pássaros e uma ratazana tão grande que sonhei com ela. o céu fica nu à noite. vejo as estrelas mais escondidas. brincamos horas no breu salpicado de nuvens.
me ajuda a respirar, digo suspirando.
mas há sombras nas paredes e musgos nos medos. tento disfarçar. rio do sol e da chuva competindo atenção quem sabe celeste. cá tenho minhas competições. compito com o tempo quem sangra mais. com a piada quem chora. com a vida quem cede. com os pássaros quem para.
quem sabe seja um belisco de coragem.
decidir pela sinceridade nem sempre é o melhor caminho quando se toma por melhor o mais vantajoso, pensava esses dias. mas convenhamos que o sabor é inigualável. pode ser que tenha sido o pássaro, o fato é que tenho cuidado melhor das escolhas. ou achado que. ou sonhado que. odeio sonhos.
ah já que a vida com dentes finos me obriga a inclinar, que seja para a cor o sabor a textura o cheiro mais
ah

o helicóptero deitou uma sombra na varanda por segundos.
quem sabe seja isso. o tempo, não o espaço.

12.3.19, 22h

a cidade é tamanha que vejo os relâmpagos mas não ouço os trovões.

15.3.19, 8h39

tem dias que preciso dar um pouco mais de atenção para esta que me guia, uma mão amiga, digamos. sigo mais ou menos o que me direciona [ou assim o pensamos, ela e eu (nós todos, afinal)]. a pena tem que ser leve, dizem, mas há muito tem sido pesada. não posso mais ignorar. tentou me despejar há pouco umas palavras mordidas, outras salgadas, uma espécie de prece, não me dispus a acompanhar bem. sou também mão amiga. sei muito bem como reagir ao traço da compaixão tanto quanto da fumaça. não é preciso tanto escândalo. é que a partir do momento que você se vê dentro do índice você perde a complacência mesmo. até por si, naturalmente. ninguém precisa te dizer pra respirar porque você o fará de qualquer modo, isso considerando que tanto mais calmo quanto mais inteligente for.
quem ensina quem a ser cruel, hã?
vem me pedir ajuda. eu, que cor de fel.
é que não tenho muita paciência. tasco logo as estatísticas, passo frio na verdade e, se calhar de me piscar o acaso, fisgo. vem me dizer que chegou à constatação de que não tem mais nenhuma força há muito. retruco, então, se é há muito, então não foi toda.
e ficamos nesse impasse, ela e eu.
acredito que a deixo bem pior que ao chegar. antes não tivesse se prestado a essa perda de tempo. me retruca com ahs não sei o que arte ohs. não tenho útero pra isso.

ataca todos ao redor e a tudo revida, até as coisas. caem, desaparecem, mutilam. uma verdadeira guerra cria em torno da própria cabeça. o corpo, um nada. não interessa. se ela pudesse subir algum morro, mas foda-se. precisa fazer isso sozinha. se tem alguém que pouco, na verdade, pode fazer, inclusive sobre si mesma, sou eu. instrumento de excremento, ela diria. talvez mereça.

16.3.19, 6h43

me veio com a ladainha de que acha que está esquizofrênica. comentei que especialidade essa de pesquisar na rede. que diz que tem vozes perturbadoras. enumerei as razões factuais mais óbvias, fazendo questão de lembrar que não disse tudo. pareceu não se impressionar com meu diagnóstico de que estava absolutamente dentro dos padrões naquele contexto sob aquela égide naquele momento para aquele fim nesse beco sem saída, tendo ela mesma já chegado a essa conclusão, suponho, inúmeras vezes.
fechei os olhos e ignorei o quanto pude.
não sei por que não nos entendemos. talvez essa linha íngreme.

20.3.19, 17h24

as nuvens ainda assombram lá fora. quem sabe permita a lua
à gente.
não tenho sabido o que dizer, o que contar, porque talvez ainda
não tenha apregoado uma moldura, digo, uma janela. parece
que há pouco perdi um esqueleto. foi uma sensação estranha.
estralou mas principalmente abandonou o corpo que me ficou
e que me fica.
sobrando por aí.
experimentando uma escuta, um sol no pé, até estrelas. tenho
um pedaço de céu enorme. às vezes medonho. quem sabe amigo.
amizade tem sido sabe-se lá nesta era. tudo desmorona. só
sobra, e se, o que não era de todo falso.
o que machuca, em que direção. compensatória, será
a dor de quem é que vale quando. isto só tem se passado no
crédito.
quem paga a conta, pergunto.
o cachorro do outro lado me olha. eu esperando um latido,
um piscar, um qualquer-coisa que um animal que não fala faz
[ainda que alguns que falam não devessem (muito menos em
nome de apátridas)]
isto sim, ele me olha. mas não é um olhar aleatório sem dizer
nada. ele me interroga.
decido aceitar o desafio.
alço minhas espadas, palavras pontiagudas lâminas o que mais
dobra o ar.

ele automaticamente lê meus pensamentos. e revida que como posso julgar que um cachorro passando com sua liberdade na rua pra onde que horas com quem e com que fim ele quisesse, e se, que valeria menos estaria menos seria menos que um cachorro trancafiado em uma solitária vinte e quatro horas por dia.
abandonei as armas.
outro dia o jegue me espantou. quase não me contive de felicidade. há dias observava sua inquietação um pouco leve. quando ele atravessava o pasto as árvores o rugir do vento. corri para ver. corria de um lado pro outro desesperadamente. havia uma indignação no relinchar, uma resistência, um foda-se enorme no trote das narinas.
aí ele sumiu. voltei pra vida. de repente ouço.
as patas não só mais decididas como mais sonoras.
de dentro eu já ri, que não era possível que ele tinha feito isso. e estava ele lá, indignado resistente fodendo-se pra muro correndo no asfalto decidindo mais na frente virar à esquerda eu voltei comemorando como se nós dois tivéssemos planejado juntos essa fuga era justo era honesto era o jegue era eu

23.3.19, 6h49

fico parecendo idiota pedindo sinais. falando com os pássaros como se com h. amassando folhas no chão. comendo cigarro. esperando as cigarras acordarem. o frio ameaça chegar. as nuvens há muito não abandonam ainda que haja sol. também ele sombria. agora mesmo as nuvens cortam o céu muito velozmente. do que fogem, pergunto. os pássaros voam cantam calam e não sei o que querem dizer. pergunto. mas não entendo o que respondem. parece que se escondem. o que significa, insisto. alguém de vocês sabe? mas não adianta. ainda que saiba não vou compreender. também não entendo nada do que você diz. e não que seja pouco (não é). lá vêm elas, as cigarras. há quem confunda com grilos. tão diferentes. tão mesmo, perquiro. com que certeza, que lástima. nem peço um lugar ao sol. só um só. vida, sua desgraçada.

23.3.19, 9h06

você poderia dizer que trabalhou tanto pra chegar nessa situação, lambeu botas, calou, idiota, pôs panos queimando na própria cara, nem conferiu o troco, tolerou, andou, caiu, levantou, continua batendo a cabeça na parede, estúpida, mirando todas as direções esperando sabe-se lá que perseguições abandonando a preciosidade do instante. que tenha penado, que pena. que tenha engolido, que vômito. que tenha resistido, que aprenda. você pode dizer o que quiser que não vai mudar absolutamente nada da situação externa tanto menos interna dado que te destroem. como se deixa destruir, me poupa.

26.3.19, 12h53

não tenho sido capaz de fazer direito nem o que me compete, não morrer. o cavalo relincha. tem um cavalo aqui, não sei se. acabei de adquirir um conflito com o cachorro. estávamos nos dando bem, enquanto em silêncio. com muita concentração, consigo ouvir os grilos no fundo da algazarra das cigarras. que vida, hein, digo a elas colhendo eu o labor do sarcasmo. que cena cômica. ver um cavalo rolando na grama em pleno desvairamento de pauliceia. é um cavalo mas também um jegue. também quem é que, hoje em dia, ainda se digna

26.3.19, 17h42

saudade. esse sentimento sempre estranho. estrangeiro.
perene. cuidar para não suspirá-la, a saudade, que ela vai se
espalhando no peito, queima no esterno até você recobrar a
consciência e aquietá-la como quem pisa na ponta dos pés.
pra não acordar os monstros. a ala da saudade que (quem
sabe) assusta.
é bom também cuidar com a memória, nessa idade. lençóis
no arame no fim da tarde na infância quando começa a
chover, esse cheiro, essa palpitação, aquele sonho, essa raiva,
esse desperdício de trabalho, se outra a vida, não, de jeito
nenhum, essa coisa toda aí não convém recordar. acalme-se.
a saudade espera.
não tem pressa. por que teria. tem livre arbítrio definitivamente. vai quando quer. volta, esconde, brinca, amarga,
espera. não tenha pressa.
nem tudo aquilo que chega logo importa.
isso não tem o menor sentido, não se preocupe.

tenho um pedaço de céu enorme.
é impossível esquecer.

26.3.19, 18h19

acreditar naquilo que move, agora, meio que pergunto, mas
é uma reticência

resistir
muito diferente de como se lê nas histórias

medo
uma espécie de vigília

acho que os macacos querem vir comer as frutas, talvez
caquis
mas nós humanos damos receio
também sinto
e mesmo assim não como os caquis

procurando alguma forma pro que não tem sequer formato
ainda. pro que não sei se sequer terá antes de transviar-se
virar pó no asfalto das nuvens cair concreto. na face da
gente.

ouço e não vejo
movimentam-se, pressinto

os bem-te-vis sumiram
as cigarras deram trégua, interrogo&exclamo

o que se passa
o vento esfria
as luzes dos postes ascenderam

parece que nunca é o lugar certo

27.3.19, 14h32

era uma vez um ocupante da presidência da república título oficial do chefe do governo ex-militar com insanidade mental que se comemore o dia da ditadura.

28.3.19, 9h56

sabia que eram macacos. um espetáculo. pequenos, peludos de preto e cinza, uma tez tão familiar. tufos brancos. atentos, ágeis, companheiros, prudentes. ao lado da varanda o pé de caquis, denunciados pelos pássaros. pássaros em volta de uma árvore, é claro, como nunca pensei nisso antes. eles, os pequenos prudentes peludos macacos iam atrás dos pássaros. olhavam. todos me viram em algum momento. tentei ficar bem quieta quando um deles, o menor de todos e o mais impetuoso se não imprudente chegou muito perto, subindo no poste. olhou-me de vários ângulos. escondeu. apareceu num repente. mudava de lugar. me enganava algumas vezes. eu quieta. só os olhos mexendo. quando chegou muito perto por muito tempo sem tirar os olhos. nessa hora uma lagoa de tensão inundou minha garganta. engoli, como se diz, em seco, devagar. a sensação do perigo. de assustar. o receio dele maior. afastou-se para sempre. fizeram um barulho que me pareceu um aviso. cuidado, ser humano, fugir. fugiram. os saguis.

5.4.19, 22h19

[do que mesmo você falava
era algo absolutamente secundário
(que engraçado isso
é verdade)
alguma coisa sobre um lançamento de livro
havia uma plateia
sim, participativa
sim
essa nossa memória
não vale nada
(mentira
é)
às vezes não sei
?
se você realmente pensa como eu
você também muita ambiguidade
é
você perguntou do que eu falava de lançamento e tal
é
estou tentando me lembrar
está bem

até quando a gente vai viver?
acho que a gente só morre depois do livro
(acho

foda-se)
sinto falta de muita coisa
talvez barulho
(silêncio)

o poste
tô vendo
pensa nele
sim

meio torto
o poste a rua a v
(menos
é)

ah me lembrei
sim
alguém perguntou sobre a linguagem
sim
por que o
isso, lembrei
lembra do que eu disse
claro
então diz
por que eu
é mais divertido
narcisismo
vai
você disse que a pessoa estava correta na pergunta, realmente
havia um motivo
e
tã
preguiça

tã
tã
e perguntou a ela qual era o motivo
o resto não me lembro
acho que riram
(acho
é)

parecia mais engraçado antes
nem valeu a pena trazer à tona
(foda-se)
e se
ficaria mais engraçado mesmo]

7.4.19, 8h09

essa tristeza. que não chega a ser melancolia e não se digna à angústia. nem luto nem luta. nublada. úmida. escorregadia. aromática. essa tristeza outono.
faço as contas. já não confio mais em mim.
não consigo mais discriminar, sabe, o real.
talvez não saiba explicar. talvez não precise. mas como compreender. ninguém mais parece querer responder. não podemos perder a força, largar o barco, desiludir-se, precisamos estar rente à frente. ou não?
ando olhando muito pro chão. minha cabeça dói entre a nuca e ela mesma, lado direito, sinto como se fosse um calo. quando criança a gente tinha que olhar pro chão. em diversas ocasiões. uma delas era quando precisávamos atravessar a estrada de chão à noite, andarilhos, depois de visitar algum vizinho tio avô há uns bons quilômetros voltando pra casa na roça (não sei se o seu hoje equivale ao meu hoje mas seria algo como dizem agora fazenda, embora o termo seja meio distante da minha memória daquela época, já que as fazendas eram de pessoas que muito vez em quando eu via e tinham muito dinheiro. também houve uma alteração do termo pra sítio, aí já não tenho o que comentar). precisávamos todos olhar atentamente pro chão. éramos pequenos, lembro, fraquejávamos (ou naquela época os adultos não fraquejavam ou tínhamos uma ideia muito diferente do poder do tempo). mas o ritmo não mudava e assim aprendíamos a olhar sempre

pro chão. as noites de lua cheia eram mais fáceis e também mais difíceis. fáceis porque [o cheiro do vento invadiu a sala pela janela (sim a janela de novo)] víamos melhor o chão as cobras as formigas os buracos as poças as plantinhas que, encostando nas folhas, fechavam-se. então nas luas cheias andávamos mais pulando, às vezes mancando pra passar a chinelinha nas plantinhas, os dedinhos arrancando folha à toa, a mãe brigava o pai apertava o passo a lua soprava no ouvido da gente fazendo que a gente olhasse. olhando pra lua assim exuberante com umas manchas o que eram pareciam pássaros eram nuvens não eram coelhos dinossauros de que tempo eram os dinossauros por que mesmo morreram pai mãe. nessa hora já estávamos atrás, por vezes na direção contrária, dando voltas cambaleando tentando decifrar a lua aí aquele estralo

olha pro chão.

desde então olhar pro chão tem sido ao mesmo tempo um hábito e uma indignação.

10.4.19, 16h32

hoje me senti apta a contemplar a exuberância da grande árvore que sombreia o jardim e a casa. a base do tronco mais larga outros galhos finos cobertos de vidas como se grama. as folhinhas espevitadas unidas rindo de algum vento. qual o seu nome, não me disse assim. piscou os cílios esquerdos [tomando-me como a perspectiva (esse hábito)]. sabia que estava rindo. é estrondosa a grande árvore. refletimos um pouco sobre tudo isso que nos perpassa. esse mundo que se mexe e que não se mexe. esses ares, essas vinganças. falamos muito em um tempo que é impalpável. olhamos o céu um urubu uma águia um grande pássaro sobrevoando. fazia círculos, movimentava-se mais à esquerda e depois mais círculos. o incrível é que uma asa era azul e a outra asa era alaranjada. e quando estavam na curva as asas trocavam de posição. sim, era exatamente assim, impenetrável. um tempo que não é passado, que não é futuro, que não é presente. um tempo zero, pergunto. não sei, respondo. um tempo que é antes depois limiar. já não se firma, já não cai, já não se sabe se é possível ir. não sei. e se não sei, nunca saberemos. aquele céu enorme.

não é que não tenha o que dizer. é que não tenho sabido o galho.

13.4.19, 3h45

todos os dias acordo no meio da madrugada sobressaltada assaltada com a vida me acordando lúcida úmida fria me obrigando a me ater a uma matemática que nunca aprendi. garoando dores mágoas e o que sobra de expectativa diante dos dias. das notícias. das tragédias. enquanto um pássaro pia alto. emaranham-se na raiz dos meus cabelos nublando o que mal sobrou do sono. o que me assalta me assola. resisto o quanto posso até me irritar mais profundamente que a sonolência. a vida não só nua como violentada. antes de sangrar minhas próprias escaras levanto. peço à neblina da madrugada que seu frio me aqueça. toma meus pensamentos e me tira de mim. já não suporto essa voz. nítida. a consciência enfraquece. sei que antes de o dia raiar hei de domar essas feras. o galo canta. muito mais do que desvairada. ando nas ruas com o movimento dos olhos. levo com eles as nuvens que me tiraram da cama. sei que antes de amanhecer vou conseguir me deitar. dormir algum tempo profundo e acordar primeiro com os olhos. mastigar alguma coisa junto ao café. sentir aquela fatia do cotidiano com suas preocupações secundárias, sem temer pela vida pela voz pela cor pelo estado. a lembrança já vai conturbando. não posso perder o fio. vida, me solta.

15.4.19, 15h45

sinto um frio que dói o mais profundo. em pontadas velozes, cruéis. já não suporto
a verdade mesmo é que já não tenho esperança órgão tempo pra convenções sociais. a vida já se mostrou muito franca e não moderou exemplos. carrego ainda os vergões com a ira de quem atravessa as avenidas maldizendo a vida a deus a si mesmo. (somos.) fodam-se família igreja lucro. (vamos.) arranquemos logo essas máscaras. segue o teu caminho você que é de arma sangue baixo calão. suma da frente da minha janela você que consentiu. desapareça da minha geografia seu tom. apodreçam três poderes. implodam-se não sei o que faço com a indignação. gélida me corta em lâminas as veias. não tenho mais tempo vida pra construir meu futuro.
ao mesmo tempo
quero dar liberdade pra essa curiosidade que sempre precisou se curvar. quero que corra viva morra de tanto inquirir. que descubra túneis e aproveite a viagem. quero aprender com os passantes como caminham carregam puxam e ainda têm algo que rir. com os mais velhos, olhar. com os mais novos, o brilho, não a inocência, que também não sou tão estúpida de acreditar que o passado volte como antes. com as mulheres e esse mundo que carregam há séculos, aprendo a marchar. com os homens a absoluta desconfiança e a extrema cautela. o machismo pode usar óculos e não andar aparentemente armado. mas ataca tanto quanto, cuidado, a hora é de expur-

gar. pernicioso, deletério, simulado. contra tudo que tapar minhas vistas, corromper minha escuta, machucar minha memória. fora. a minha vontade tem o som do bem-te-vi. e o bem-te-vi tem todo o céu todo o mundo toda a liberdade. mas calma.
não disse que vou andar pelas ruas pelos prédios pelos países. quero pensar.
não tenho lucro vendendo meus pensamentos, cogitei e então me dei conta do quanto estava acuada cercada apreendida perdidamente no limiar. e é essa cisão é esse tom é esse vácuo é sobre isso por isso que preciso pensar.

19.4.19, 16h45

ah esta véspera. sempre (quase) me vem aquela que (por enquanto) reconheço como minha primeira lembrança de ovo de páscoa (e consciência de classe). na verdade desse feriado mesmo tenho lembranças ainda mais antigas, como as missas. mas a que mais lembro é a do ovo de páscoa. de qualquer forma, é a de que quero falar.
sentada os pés minúsculos no meio-fio. talvez não tão minúsculos assim. esperando o fim do dia chegar. o pai tinha ido na cidade grande. e nessa véspera já tinha televisão, coelhos e uma quantidade muito generosa de chocolates e embrulhos e surpresas em preto e branco sorrisos.
fiquei sentada lá o dia todo. o pai saiu de madrugada e só volta no fim do dia vem pra dentro. vou nada. não quero ficar vendo ovo de páscoa porque vou esperar meu pai chegar e. na minha memória, não completava muito esse pensamento. era só uma expectativa ingênua mesmo, que tinha receio até de se reconhecer como vontade. então não se pronunciava, embora a mente o dia todo tentando alcançar o fim da rua e o começo do céu e o fosco do poste e a nuvem mutável.
até que o dia ia acabando num alaranjado roxo.
a silhueta do pai foi aparecendo.
corri até ele.
abracei as pernas. os meus olhos, é uma pena que me lembro, completavam todo o pensamento e abraçavam agora toda a expectativa que guardaram tão silenciosamente.

o pai tirou do bolso um sonho de valsa.
coube nas minhas mãos pequenas que esperavam uma realidade que não nos cabia. lembro que a tristeza foi cosendo meu rosto mais veloz que o sol se pondo. o pai me segurou pela mão e fomos terminando de chegar em casa. ele entrou e continuei sentada no meio-fio. sozinha. entre os joelhos aquela bola rosa de chocolate e doce de amendoim que não parecia nenhum ovo de páscoa preto e branco. eu mesma me disse: não fique assim. você não pode ficar triste com o pai. ele foi lá na cidade grande resolver os problemas e não tem condições de. isso na verdade não significa nada. é muito feio ficar triste assim. ainda mais por uma coisa dessas. vamos pra dentro, vamos.

21.4.19, 16h52

às vezes a gente tem a mania de ficar pensando se vai morrer, não é mesmo. tenho pensado que vou morrer de regime. então fico pensando em escrever cartas, memórias, suplícios, pra contar o quanto tem sido difícil. ao mesmo tempo estamos todos neste mesmo barril sem álcool. no escuro, sentindo receio das bordas, tentando não esbarrar em nada, falar bem baixo, esperar ajuda. a gente olha pra cima, não com fé, mas com absoluto desespero, desejando alguém tomar a iniciativa de abrir uma fenda. se todos formos, tão rápido. mas rapidamente acuamos. temos medo. não sabemos o que fazer. às vezes penso em me aproximar da borda, aos poucos tocar a aspereza do limite, talvez de madeira. então começar a cavoucar discretamente com as unhas. esperá-las crescer. tomar mais leite. conjecturo que leite faz as unhas resistirem. suspiro enquanto penso. preciso me puxar toda hora. preciso falar alto para me chamar a atenção a ouvir algum pássaro. vocês também estão assim, me pergunto. sinto que sim. vamos nos encontrar então, conversar palpável, acreditar, quem sabe rir. às vezes me dá essa suavidade de pensar. as outras vezes não. não brando. ia dizendo da morte. não precisamos ter esse medo. quem sabe quando não tivermos outros. mas agora não. agora falar da morte do fim do fato não é nada demais. é dizer que estamos aqui de passagem mesmo. não que fomos fuzilados por oitenta tiros do estado. isso não é morte, é coisa muito diferente. é terror.

22.4.19, 7h11

a memória não sabe fazer luto, parece. ameaçada me acorda gritando. mostra cicatriz sangue vigor. e me tira da cama aos destroços. saio salgada. tomo um café. o cigarro me fuma. olho o céu descascando o escuro.
não sei se o que virá será realmente pior. torço para alguém torcer uma utopia, libertar prisão, soprar nuvens. mas digo torço sem de fato. de qualquer forma já temos estragos. já temos o medo. já temos história.

25.4.19, 9h59

antes você só pegava o lápis com borracha na ponta e a caderneta sempre à mão e já começava a derramar palavras angustiadamente. agora você precisa aguardar o tempo da tecnologia. a fúria toma o lugar do desejo. a ânsia da consciência. a transpiração da inspiração. há que se tomar cuidado. na era da tec
etc
ia dizer sobre o que vejo da varanda. mas o computador demorou um minuto para abrir o arquivo. um minuto. e já amaldiçoei todos os homens mais ricos das grandes empresas de informação do mundo. os culpados de todos os meus martírios e de milhões e milhões que morrem completamente ou aos poucos dia a dia. as distâncias desbarrancam-se.
às vezes gostaria de ser mais equilibrada, repousar a indignação e dar um tiro certeiro com apenas um olhar que possa limar completamente o discurso. pode-se imaginar que sequer tento. há que se desconfiar de tudo.

eu me lembro de uma vez ter recebido uma crítica ferocíssima dessas colunas de jornal que só os iniciados leem dos intelectuais cultuados acerca de assuntos que os especialistas não escrevem, há quem diga mesmo cruel, tanto quanto importantíssima, sobre o meu primeiro romance publicado, já que o livro de aforismos teve significância menor ainda [esclareço, dentro do eixo. (que dentro de tudo em mim emanam, se servir de.)] fiquei seduzidíssima. respondi em poucos caracteres

ansiosa para ler sua análise literária gratidão e um emoji feliz
fui chamada de tudo. por isso fiquei famosa, confesso sem
orgulho. veio mais uma
não vou perder meu tempo com isso várias exclamações
como eu poderia ficar para trás, revidei
se fosse você também não emoji chorando de rir

quanto a comentários, algumas interpretações coincidiram
com as minhas, a maioria não.
fiquei lisonjeadíssima.
e passou.

28.4.19, 11h27

uma rua sem saída. três cavalos no pasto. galos e galinhas. pássaros. vez em quando saguis. grilos mais discretos. cigarras inteiramente desesperadas. árvores pacientes. um céu sem nome uma lua um infinito professores eternos do tempo. estou mais calma, aparentemente.
a varanda já me entedia, essa é a verdade. não por ser vasta e generosa com o suporte da vista, mas porque me pego exaltada quando ouço um barulho de carro na rua que pode ser um sinal de urbano. uma anima selvagem me guia.
falta a multidão, duvido. há sempre a falta, reclamo. não sei o que dizer. como explicar. como parar. não quero parar, talvez. não quero deixar tudo vir à tona de uma vez, preciso cronometrar, será. preciso repartir, não sei. ouço folhas em movimento. teimo comigo que me dizem algo. as páginas viram-se, querendo ou não.

1.5.19, 13h50

há dois tipos de olhares, tenho visto. um que treme destilando ódio, outro que nuvem. às vezes me demoro olhando o olho que treme escapando palavras que não ouço mas adivinho o odor. penso o que será que faz esse enredo. do que será que vive essa fome. como alimenta a escara. por que esse som que lamina. de onde essa ordem de males. como parece doer, por trás dos dentes, a saliva. será que tem ácido, enxofre, ferrugem. tendo a imaginar que falta, mas parece que excede. rancores não são mais lamúrias. não sinto vontade de perguntar. mas me inquiro se basta. o tom é alto demais. qual o limite do ódio. gengivas sangrando. o que se pode fazer. é o que todos perguntam, especialmente das nuvens.

4.5.19, 7h25

como é difícil escrever esta data. se não escrevo, ela não me sai do pensamento que diz escreve. mas é difícil, ressalto. quatro de maio, escreve. mas não quero me lembrar. você acredita mesmo que pode esquecer, pergunta. é claro que não. então escreve. não me imponha. quatro de maio. uma faca. uma uti. um murro que não tem fim. quatro de maio. amanhã será cinco, depois seis, sete, oito. muitos dias até o próximo quatro de maio. esse número vem até a garganta um canhão. escreve. já escrevi, agora me deixa. até ano que vem. na verdade a qualquer momento. não é a data, sua estúpida.

4.5.19, 8h58

preciso confessar, muito embora. percebo que não acreditas em mim meu tom enfadonho minhas palavras pisadas meu assunto morno. o que me dá tanto alívio. não precisamos desse pacto. sejamos livres. vá para o rumo que quiser desse discurso, tão minúsculo. nem eu mesma, pudesse, me guiaria por mim. mas o que dizia é que preciso confessar que vou me sentindo mais forte. embora os cortes. era mais bonito na película europeia, não era, quando você no máximo se abismava como pode uma população quase inteira permitir promover perecer crer que. no que cremos, não é. no que crê? agora está aí, em todas as telas janelas olhares. o pior dos olhares. lembra quando a gente tentava entender a banalidade do mal em seu contexto real de quando. não dá para usar em qualquer contexto, você dizia. trata-se de uma legitimação por parte do estado o conceito. sim, a tevê e tudo, mas não era disso que falávamos. tentamos tanto entender. tentamos tanto corrigir. tanto? era realmente cansativo. saudades. agora pode dizer à vontade. usar em todas as linhas. vá até a esquina. não vou. posso olhar daqui da varanda. na verdade, já me enfastiei da varanda. vamos procurar outra janela? hoje não.
escuta. não sei como dizer. é como se o pensamento límpido embora sujo viesse até o meio da garganta, digamos um refluxo metafísico [que tosco (dane-se)]. já é tão difícil dizer e você ainda tentando controlar, limpar, perfumar a coisa

toda. quando o refluxo interrompe a ideia você acha que ela faz o quê? dá meia volta e volta a dormir onde prostram as angústias? e você acha que beliches não estão ocupados? galpões. paredões. está vendo? é assim que funciona o filme. em preto branco assistíamos à guerra sem assistir ninguém. dizíamos oh. lamentávamos. tiramos até fotos dos muros das placas comprávamos passagens para visitar as catástrofes. você nunca imaginou, não foi? confesse.
por falar nisso, preciso confessar que estou me sentindo mais forte. acredito mesmo que, nesta altura da nossa vida aqui, aqui mesmo entre nós, neste espaço baço. suspiro também. porque embora nos erguendo pouco a pouco caímos muito fortemente quando lembramos. vamos.
sentir-se forte nem sempre quer dizer apto. sentir-se apto nem sempre quer dizer cego. sentir-se dito nem sempre quer dizer. quase não vejo passantes. minha matéria de ditos. meu olhar nômade, cigano, infixo.
das piores ameaças, esta de agora, sinto. você já sabia, confesse também. não faz diferença. uma coisa é a teoria. porque dói, sabe. corrói, sabe. quando vejo nos olhos dos outros, olha o refluxo vindo. como ele vem só (só) até a garganta, você acha que ele volta? volta, não sem antes implodir. e você acha que ele implode e volta para o estômago? volta, não só, a depender do cúmulo. sobe até os olhos e se ameaça nos cílios. fica lá, o refluxo de que falo, sentado, balançando um pé, depois outro, na beira do abismo. ameaça, que é muito pior do que quando se atira salino.
não sei dizer de outra forma, peço nem desculpas. você pode abandonar o barco a qualquer momento. eu não.

4.5.19, 9h50

lembro da minha primeira professora. será que ela sabe? será que ela assiste? de que forma ela vê? lembro da minha primeira professora que se não fosse essa e todas as outras e outros o que seria de mim. o que estaria sabendo vendo fazendo? como estaria viva? por isso que dói o refluxo quando vejo no olhar de um professor, esse mesmo que, ouçamos reconheçamos peloamordedeusoudequalquercoisaquevalha, olha onde estamos. aonde viemos parar. olha se você sabe ler escrever interpretar. devo a vida devo o pensar a todos os professores que me ensinaram a passar a página a linha a coragem. desaba-me essa velocidade da destruição da humilhação do perigo. quem resiste. querem nos tirar as forças, mas não. eu me recuso. e me recuso porque devo a vida o pensar o ser. acertaram meu ponto fraco então. os professores não. me recuso a cair. me recuso a implorar. me recuso a aceitar. não me dobro. se preciso for me enfio na frente ofereço o queixo a mente o corpo, que é só o que me resta. não só. não só. como dizia, confesso que vou me sentindo forte. a que devo? a quem, seria. se preciso for me escolha me faça de barricada me mata. que não atravessa uma bala no professor se preciso for eu. não permito. não permito. acertaram o ponto, coitados, é justo o forte. é o forte. aos professores, todos, o meu forte.

4.5.19, 10h52

se não fosse a minha primeira professora, não saberia ler. primeiro porque permanecer naquele lugar repleto de gritos de lanches de exigências de participação. não gosto de participar. nunca gostei. nos recreios montava no pico das árvores até o sino tocar todo mundo entrar ir ao banheiro então voltar pra carteira cheia de buracos onde tentava ler histórias. me ensinou a viajar sem usar vintém. o som das letras. o poder do enredo. o começo meio fim. por que p por que b. m antes sempre. me ensinou a gostar das margens. ela teve muita paciência de me levar por onde eu conseguiria andar. com muito zelo fez as margens na folha. a minha folha era mais fraca. não era branca. não tinha adesivo. mas não teve problema. ela tentou me ensinar a não passar a raiva pro lápis para não rasgar a folha como eu sempre fazia. ela escrevia tão macio que parece que não doía nela pensar. ela teve tanto amor que me ensinou a escutar. depois que o traço traça ele faz um som. depois do traço som posso ler. uma letra depois da outra. uma palavra depois da outra. um ditado depois do outro. peguei gosto em montar. descobri muito lentamente que podia inventar. que depois que sabia as letras podia comandar. competimos resistência. aprendi a resistir quando comecei a interpretar.

uma vez fiz leques de papel. tentei vender. pra comprar a torta de frango ou a rosquinha com coco no recreio. com o tempo descobri que as pessoas mais populares eram aquelas que traziam lanche. aprendi levando lanche que quanto mais eu tinha mais gente tinha pra querer brincar. preferi as árvores. até porque não era todo dia que tinha lanche. gostava de arroz com sardinha, quando tinha.

tive muito medo. não sabia falar. não sabia perguntar. foram meus professores que me ensinaram. pacientemente. lembro a dificuldade de aprender a divisão. peguei prova final. rezava mas não entrava a matemática deus mal sabia multiplicar. desenhei nas paredes as contas. inventava histórias com os números. mas não sabia responder à prova. chorava. porque não sabia dividir. não sabia falar. não sabia perguntar. aí veio um repente de coragem, desespero. peguei a bicicleta. fui tremendo. cheguei na porta do que na época era uma mansão. toquei a campainha. não era só a casa da professora de matemática, era a casa da diretora. não sabia dividir. esperei anos até a moça atender. não sabia dizer. gaguejei baixinho. a moça me olhou como quem também não sabia. chamou a dona. apontei o caderno. os vincos. as borrachas. os rasgos. os rabiscos. os ódios. não sabia dividir. ela me chamou pra entrar. me sentou numa cadeira que tinha uma almofada e nenhum prego solto. nas paredes quadros. como concentrar. ela me deu água. ela me deu suco. ela me trouxe bolo mas não quis comer porque de algum lugar meu pai olhava. tinha cheiro de limão o bolo. demorei muito a conseguir olhar o que o lápis da professora escrevia onde saíam números. a mão dela era tão fina. tinha esmalte cor-de-rosa. anéis brilhantes. queria saber se sua mão era mesmo macia onde estavam os calos por que o quintal não tinha terra pra onde iam as escadas o que significava aquela tinta no quadro a cerâmica toda brilhava mas eu tinha medo de dizer. arredia. até que aprendi a ler por trás das sobrancelhas vincadas da boca ríspida dos dentes rangendo. eu me concentrei na mão. da mão aos dedos. dos dedos ao lápis. do lápis aos números. inúmeras tentativas até enfrentar a voz que vinha de cima de algum lugar que explicava as contas. de repente, não lembro como, ficou tudo tão claro. ela já tinha desistido. me deixou lá sentada um tempão. será que foi tomar banho, será que vai contar pro meu pai, será que ri. aí olhei pro caderno encardido de branco pobre e rasura. imitei seus movimentos tentando esperar que o mesmo milagre dos seus dedos pudesse me guiar. pedi socorro pros salmos. até que não sei como não sei bem como explicar. entendi. consegui fazer uma conta depois outra e então aprendi a dividir. tenho certeza de que até ela se admirou quando voltou. aprendi. eu não sabia dizer. mas a gente entendeu e se abraçou e se agradeceu com os olhos sem vincos com a boca sem medo com o peito sem dor saí da mansão aprendendo a dividir. se não fosse a professora eu nunca saberia resistir.

6.5.19, 8h12

que os tempos não estão fáceis, todos já estampam nos olhares, nos andares e nos pensares, percebo aqui da varanda. gostaria de ser um pouco menos suscetível, na verdade, e na verdade não. há, por exemplo, um transeunte frequente que tenho acompanhado de olhos. evito qualquer tipo de aproximação visual e mesmo assim não me livro dessa minha inabilidade de não sentir na pele o ódio que emana como chorume. há palavras muito rudes saindo das bocas dos homens. a cada gota de fel sinto no estômago mais que uma ira, um recuo de existir. poderia fechar cortinas, cerrar aldravas, retirar-me ainda mais à cama. poderia evitar mesmo sair do quarto, onde há um banheiro e provisões apenas necessárias. poderia recusar-me mesmo a levantar, passar a exercitar o poder da mente de carregar copos corpos ossos. poderia mesmo desistir. há tantas formas de morrer. opto pela mais dolorosa, dia a dia. resistir nunca foi uma palavra com a qual lutei tanto. lutamos todos. muitas vezes peco por não ignorar. e pecado já não faz sentido algum. não sei e não sei se quero saber fechar os olhos quando uma voz grossa acha-se no direito na razão e no poder de ofender esse que é e sempre será o lado da minha guerra, em guerra estamos todos ora vamos, da mulher. não interessa nada. não ecoo o grito, não apoio linguagem rude verbal ou não verbal, não estou e jamais estarei do lado que se propõe a intimidar a custa de pomo de adão. isso não me rende flores e é por ter crescido em espinhos que suporto altiva e me ponho na linha de frente ainda que não me mova. cada qual com sua forma de não. não assinto. não saio ilesa. não me minto. não permaneço no chão. como podem ver, saio quebrada cotidianamente. mas não há um caco que não recolha com honra e força. ora vamos de novo. quem é que crê a uma hora dessas nem eu.

9.5.19, 3h37

na madrugada agarrada a uma nova janela. não há mais varanda mas também (já quase nenhuma esperança) nem alma na altura do nono andar (aparentemente). é assim que vou subindo aos céus arranhados, aos poucos e sem força. minto constantemente. não é uma busca de tom, só me aproximo demais dos meus (nossos) próprios sótãos que nem se distinguem de porões neste país. são palavras que já não fazem muito sentido há um veloz muito tempo. tira-se a educação do cérebro para armar as mãos de fome ódio e logo destruição. é um projeto audacioso agarrando um povo cansado, perdido, rivalizado. o mal banal. um vento frio entra pelas duas vidraças quebradas. um silêncio perigoso venta lá fora. poucas luzes nas vitrines dos prédios em frente, uma vista para sabe-se lá quanto tempo. o que é um lar móvel. a vida é o que se não nômade. a cada dia me livrando um pouco mais de apegos ou da ideia (normalmente equivocada) de. o céu não tem estrelas só cinzas. ouço o barulho das máquinas. aquecedores quem sabe. vejo formatos padronizados lado a lado e imagino as paredes que não vejo. cabeças minúsculas movimentam-se em frente a tevês. um casal faz sexo enquanto desejo que gozem ambos. podemos morrer a qualquer momento. não se temem mais doenças tanto quanto se teme uma bala perdida que na verdade não tem mais nenhuma razão de se perder na era da tec etc. a arma na mão de um adolescente no ventre quanto assusta como a arma na mão

da milícia que mira sem tremer. do adolescente espero que o roubo traga ao menos alimento além dos alívios. da milícia da polícia, qual a diferença, não espero. não sei o que espero. a cena na mente o olhar que não some a brutalidade que não. [digo (sinto que vai chegar um momento em que vou partir de partida de pedaços de qualquer coisa que sobra e falta)]. hoje não estou feliz. não sei também se eram de fato felizes as ondas de escape. não sei quem sou e mal tenho tempo de pensar em como sobrevivo enquanto sobrevivo. não quero ocupá-los com trivialidades indispensáveis.
mal posso acreditar ouço pássaros piando desesperadamente agora. olho lá embaixo. um prédio de outra classe social fez um caminho no concreto ladeado de árvores cravadas em vasos cravados no cimento pintado de verde e o espaço para pés em vermelho. provavelmente se escondem nas folhas, os pássaros. ainda que, folhas. será que questionam o chão, será que cagam no cimento. será que o zelador limpa pensando em estilingues amaldiçoando os tênis de marca que passam correndo na pista de corrida enquanto o feijão dispara. tenho e não tenho sono.
[e então (as minhas mãos estão secas e meus lábios trincados. vou me levantar para passar um creme. já volto) não me movo].

o que será que pensam os que velam a madrugada da quinta. temem por si pelo próximo pelo futuro ou só assistem a um filme que não lembre o presente, pergunto mesmo porque temo.
às vezes percebo do que menos falo é o que mais me ocupa. a morte é uma invalidez de

roubo o som dos pássaros do prédio do cooper. rouxinóis.

9.5.19, 5h41

escrevo transferir mas digito transgredir. me dá tua mão?

12.5.19, 17h35

ia dizer alguma coisa sobre o que acho que tenho como concepção de, mas ou já se dizimou ou não chegou a se sustentar sequer em pensamento. era algo como que o fato de ser inúmeras não me prende a nenhuma (evidentemente). sou e não sou, entende. apesar de que nesta altura já estou um pouco mais firme de algumas escolhas, ainda que as renegue a qualquer momento. na pista do cooper observei um senhor que dava três passos minúsculos e parava como se estivesse brincando de estátua. mas os passos descompassados eram muito reais. não consegui observá-lo por muito tempo. fui me sentindo má, impotente e ingrata. consigo dar passos maiores e mais firmes, consigo continuar e parar quando quero e não quando meu corpo estagna, e o que valorizo disso. é uma valorização mesmo, me pergunto. não tenho uma pista de cooper, nem mais varanda, sequer algo que se poderia chamar de lar, mas me aproximo da janela na velocidade que almejo. não para pular, por favor, não me entenda mal. não quero que pense que isto, dado o tom marcadamente macabro, é um anúncio prenúncio assunto de se jogar de janelas. jogo os olhos, o corpo não me sai. porque não quero. não tenho absolutamente nada de duplo também. que baboseira isso, minha gente. estou aqui nascida em plena maturidade dando-lhe a mão e toda a abertura. os limites são poucos, não precisamos fazer tanto alarde. gostaria que se apetecessem comigo, sorrindo quem sabe, mal sei fazer piadas, é certo, menos ainda enredo.

me olhem de frente. odeio quando me olham pelas costas. na verdade não me apraz quando me olham, muito menos quando me falam, como já disse, de fato. mas isso não interessa. pensem o que quiserem. gostaria de ter a respiração limpa.

não brinco mais de bonecas mas continuo brincando com vidas histórias e silhuetas pelas janelas. dos tons da luz presumo personalidades. vejo pombos esgueirando-se no concreto. o cheiro que resta da chuva traz uma lembrança de algo que não veio ainda. não é exatamente um futuro o que digo. como fatiamos o tempo dessa forma, já pensaram nisso? o que se passou é tão vasto e tão incapaz de retorno de memória de história. também vejo plantas nas janelas. vasos pequenos, nos parapeitos minúsculos das aberturas de dentro pra fora. cortinas preponderantemente beges, daqui, de suas costas. luzes vermelhas, amarelas, brancas encardidas e brancas exageradamente iluminadas. como alguém consegue ter tanta iluminação, me espanto e volto para o presente. gente, o presente não existe. como inventamos isso e mantemos, me indigno. o sino da igreja toca toca toca e se me desespera. espero-o se acalmar. um refletor lá embaixo me cega. como controlar preferências. a que vontades estamos sujeitos, a que sujeitos, a que vigias, a que poderes, a que futuro nos referimos quando sonhávamos. o cinza do céu vai se perdendo com as lâmpadas e se deitando no alto dos prédios iluminados. não vejo ninguém disperso olhando pro grande vão entre nós onde o vento dança enclausurado. alguns lustres, algumas portas. poucos quadros, não vejo retratos. a maior parte apaga-se. digo das janelas e também do tempo. absolutamente nada se mantém na corda. e varremos tudo pra trás ou pra frente. essa concepção tridimensional nos sufoca. carros e alarmes piam, alguém espirra e tento não me irritar com a instabilidade da rede. há tantas coisas piores que um sinal ruim. veja as notícias de hoje ou de ontem e com certeza de amanhã. é um outro tempo, entende, este. podemos até não concordar, evitar dizer em voz alta ou mesmo ao espelho ou mesmo de soslaio ou mesmo pensar. claramente, evitamos pensar. se somos fracos, se somos covardes, se somos mesquinhos, somos de fato, não faz diferença. o céu tomou de empréstimo um ruge não sei de quem. tem um coqueiro solitário lá no alto de um prédio. pensei em escalar o concreto à frente para visitá-lo, ainda que seja de outra classe. como esse coqueiro veio parar aqui neste centro neste país nestes cantos sem sabiás. faço graças. acredito que me cansaria, da escala de que falava. me canso só de pensar. nos cansamos desde quando abrimos os olhos de manhã pois sabemos que não há muito o que esperar. o futuro também não existe. o que resta?

13.5.19, 17h28

a luz não pousa nos móveis da mesma forma. o dia vai acabando. há objetos em que não me reconheço. as páginas passam lentamente. os dias sobrevoam. às vezes penso em acender um cigarro e acolher as palavras. mas elas esperneiam-se indomáveis. quero dar contorno e me quebram. estilhaçadas nos compartilhamos. olho pros tons das paredes. olho o pó úmido que mora nas vidraças há tempos. olho o chão falso. aperto os olhos. não sei que grito é esse que embola a cor das letras engarranchado na garganta. engarranchado é quando não sobe nem desce. quando entope. prende. obstrui. que merda de tempo obstruído é este. não sei o que está acontecendo e o que intuo é pavoroso. vou até o espelho e descubro pregas novas nos olhos. será isso, pergunto. será essa sombra que me embaça onde vejo. quero pedir perdão e no mesmo instante amaldiçoo. tem sido difícil engolir. qualquer coisa. tem sido difícil. queria dizer que não penso em morrer, posso até já ter dito, mas minto. essa água não sai. esse garrancho de sal. procuro rugido e esfrego com raiva as pupilas. queria rasgá-las. burlo que me impedem de colher os meus planos pro dia que termina chamando-me inútil desperdício excremento.
procuro me convencer da força, da necessidade, da vida. qual, me protesto. procuram nos impedir disso. não posso admitir. mal me ergo da cama. transitória. transito na letra no verbo na obstrução deste instante.

queria explodir o congresso o judiciário o inferno insano. por que nos tentam matar. porque nos matam. não morramos. estou tentada a apagar tudo. não me vale de nada. só que o escuro chega. não ascendo nenhuma lâmpada. aos poucos as luzes do prédio em frente acordam. de manhã ouvi gritos que me tiraram da cadeira de pensar em busca de assunto. nós seres humanos estamos fartos e gastos. estamos cheios de ódio. estamos cuspindo rancores. não sentimos desejo gozo alento. será? não estou com nenhuma certeza. mal controlo a conjugação. queria-me outra. tento lembrar mas está longe. tento apalpar mas recuo. avançar como. essa voz não me culpe.

15.5.19, 10h

a cidade aos berros luzes buzinas construções helicópteros demolições o céu azul as nuvens cinzas sirenes sinto as mãos tremerem que as ruas repletas que sucumbam os robôs ante o grave a greve as mãos os riscos a resistência a luta de lutos estafas estacas a ânsia o destino de tantos espero mais que poucos me sinto na obrigação de escrever os ônibus sulquem o asfalto submundos suspiro forte ergo a palavra mais alta o braço mais forte a voz mais humana o grito do não do jamais do fora. fora. fora. que esse pesadelo acorde que esse abismo cesse de crescer que as mãos sem cérebro feneçam ante a força dos corpos a luta os ossos a cor não pereça volte a direção não pode ser mais essa mudamos transformemos transgredindo os pátios as pátrias escrevo da janela o som da cidade manifeste o não o chega o basta contra a ignorância o desmonte a repressão contra a fome de alimento pela fome de justiça contra o projeto da manipulação da enxurrada de mentiras do esgoto de boçalidades estruturas falidas contra algemas contra coturnos contra viaturas contra burros estúpidos energúmenos mentecaptos néscios inescrupulosos fascistas racistas homofóbicos misóginos machistas xenófobos desumanos cruéis agressivos assassinos dos sem pátria. contra armas mordaças censuras contra violências medos sirenes contra ameaças cortes sucateamento do pensamento contra o privado do lucro estuprando o público contra paredes vendas murros contra o muro contra o fôlego, a luta. luto do verbo urro.

15.5.19, 15h49

um ministro que não sabe falar o nome do ministério. que forja números em público ao vivo livre absurdamente. esta indignação
que loucura
não consigo nem me concentrar
enquanto vomita polícia em universidade, bota o país contra os professores
quanto à cor das gentes
quanto ao pensamento
isto é tão absurdo que não consigo gritar escrever
misericórdia de mim pai me desespero a ponto de flertar com a fé
tem um troglodita
vejo pela tec
olho bastante pra ele
e o enredo se faria assim:
como um troglodita vestido de terno e movimentando-se no plenário conforme um primata atrapalhando a fala de um também acéfalo representariam alguém como povo?! desculpe não consigo neste momento fazer metáforas. esta é uma situação absurda helicópteros cortam o eixo do país assim como a chuva o vento e a cólera
eles mentem exatamente assim como digo, verdadeiramente nenhuma ironia
inimagináveis estupidez simulacro

vamos
nós podemos
simulo da janela

15.5.19, 16h24

penso em justificar que fico nas minhas janelas porque preciso estar aqui. convenço?

15.5.19, 23h11

o dia acaba com a cidade um eco de nãos. palavras suadas de tanto gritar. sinto o chão, sinto o ar. sinto rima no sangue. alguma coisa palpita. uma esperança. um uníssono. marchando. pensar. uma luta que bruto. muitas mãos contra insanos. muitos tipos de vamos.

16.5.19, 9h18

apreendo-me presa. intuindo uma luz. precisando acordar
algum dia crendo. executo-me exigências o tempo todo,
talvez o contrário. só procuro preservá-los um tanto.
na janela em frente uma moça pousou. pensava em que,
olhando a garoa, me pergunto cada uma.
não consigo mais coabitar, chegar ao rés das multidões. um
pouco de culpa, um pouco de autocomplacência mesmo.
quem sabe quando
os pensamentos estão algo embaços. as ideias, a resistência
dos pássaros. tento tratar-me bem, embora recue de que
mereça. quem sabe surtam efeitos.
este país está completamente senil no comando, deixem-me
lembrá-los. absolutamente. fraudes sem nem se preocupar
com quanto nem quem. humilham-nos. tenho a impressão
de ter ouvido alternativa para a barbárie, uso entre aspas.
minha mente erra, quer que eu tenha errado. defesas do mal
da violência do crime podres de cair os dentes. uma sensação
entre repugnância e mais indignação, como se não bastasse.
ruas inundadas por vozes no país inteiro

não coabito, mas ao menos narro
lutamos sim

16.5.19, 9h37

que bonito o sol amarelando os prédios sob esse céu cinza escuro. as janelas rindo. nuvens brincam de esfumato. espero que este seja o primeiro de muitos bons sonos.

18.5.19, 12h27

procuro nomes de cores no dicionário. não sei muito bem o que fazer com informações, imagino. acontece com vocês de sempre ao verem letras nas mesmas quatro paredes lerem obstinadamente obsessivamente além de gastar os sentidos irar-se com as mesmas interpretações
respiro.
temos muitas obsessões, de fato.
tenho o hábito do control b. faço mais isso, muitas vezes, que repentinamente:
olho ao redor e parece estar tudo perfeito. a cor da parede sob a luz cinza rindo. a cor do tempo quando fotografa à memória. você simplesmente sabe quando aquele momento será eterno, não é? é este de agora. um amor corta o papel. sua cor seu sabor seu traço.
por este instante, uma força sem ressaca. altiva. inexata, de fato, porém franca. disposta a viver as verdades. sob que luzes for.

18.5.19, 12h58

tenho procurado ajuda da arte, confesso. professores, presentes passados futuros. os mestres dos livros. catando poesia nas prosas. como sobreviveram, como estão, como faremos. os loucos os sábios os ermos escribas. procuro alcançar sua mão sua pena sua força. vou me erguendo da cama. mas minto. por isso é preciso esperar, persuado.

18.5.19, 13h14

lembro-me de uma das poucas ocasiões em que saí de casa em um tempo em que já vinha construindo isto que se tornou meu lapidado constructo.
estava até calma na varanda de um andar tão alto tomando uma bebida cujo gosto noturno era um abismo do meu sabor diurno pensando na vida como quando você tem um sarcasmo no esgar. de fato uma das últimas vezes em que dialoguei de fato.
depois de ignorar algumas palavras, a insistência irritante ao lado me fez ouvir algo como o moderno.
era um evento daqueles de literatura, sabe. não sei como estão os seus de hoje. mas isso não interessa.
então perguntei
o que é intuição?

não temos tempo. resolvi poupá-los.

20.5.19, 11h43

o sol corta o prédio à frente na diagonal. nuvens num céu azul quase tímido. sei que a lua está cheia, embora ainda não nos tenhamos cumprimentado. correspondemo-nos, na verdade, como nos falamos.
havia pensado em me fazer um quadro de tarefas diário. é sério, pensei mesmo. acordar sem alarme. sem pensar em nada, espreguiçar. não olhar para horas nem notícias. levantar, tomar banho, escovar os dentes. o segredo está nos detalhes, é evidente. rir de alguma rima pobre. demorar-se o quanto quiser. não ter pressa de vestir a roupa, a não ser que faça frio. na verdade, sem condicionamentos. fazer um café sem se importar com baratas. coabitar. tomar um café com pão em vez de cigarro. e mais outras tarefas nesse nível de detalhamento a ponto de me acalmar. não ia dar certo mesmo.

20.5.19, 12h32

nós estamos no contra-ataque. mas não, gente. não estamos nos posicionando bem. enfrentemos essas fumaças. olhemos do palco. somos nós que contratamos essa gente. as ordens que dão são as ordens que queremos. não são? precisamos organizar a balbúrdia então. digamos quais são. façamos cumprir. precisamos, nesta altura, contar com nós mesmos. os pilares estão podres. direcionemos então. que economizem os seus gastos com falcatruas, não a nossa subsistência. mas é claro que não. não. esbravejo em silêncio da minha janela a janelas que mal ficam abertas.

21.5.19, 9h45

acho que entrar bem fundo nos pensamentos não é tarefa fácil não. talvez se trate disso a coragem. compreender o que sua vida compreende.
mas há vários caminhos e neles tantas possibilidades e atraentes atalhos.
é possível que eu chegue, por exemplo, à ideia gosmenta de ser um herói. heroína. é um desafio declinar do pensamento. esse mesmo que nos prega peças constantemente. vagar, é a sua medida.
tenho acumulado pequenas histórias a lhes contar, mas fico um tanto imersa [imensa (ínfima)] nos pensamentos. e não encontro disposição adequada.
o céu está bastante azul, por exemplo. é o que me ocorre dizer. o que tem dificultado as coisas, deduzo.
converso com transeuntes que jamais ouvirão minha voz.
uma, na verdade duas imagens me cobrem os olhos em flashes pelo dia pela noite por acaso. do nada, como se diz [embora não se devesse (recue)].
a mais recente apesar há um tempo. uma criança quiçá adolescente boné marrom blusa cor mostarda calções pretos talvez minha tez chinelos ou tênis no instante em que já se voltou para trás dizendo duas palavras de aparente fraternidade um pouco depois de eu perceber que não pedia tostões no momento exato em que levanta a camiseta mostarda e está ali cabo pra fora cano pra dentro forte grande negra gatilho e o flash acaba aqui

a menos recente mas não tanto. camiseta branca olhos cerrados movendo-se do meu olho aos peitos minha tez braços esticados mirando-me olhando-me do centro do cano forte grande negra fim

então essas duas imagens surgem no meu dia ou na minha noite e bem por acaso e sem uma sequência ou alternância padronizada nem quanto a velocidade tempo espaço gravidade

21.5.19, 12h47

tenho brincado de adivinhar o clima. bem cedo olho pro céu onipotente acima dos prédios e lanço minha previsão. as nuvens cinzas falando uma breve neblina denunciaram. pressagiei sol e céu sem nuvens, bem sonoro. eis aí. como poderia descrevê-lo. pode parecer mais uma falcatrua, entretanto (embora seja) quem sabe até quando compartilharemos da mesma impressão das cores, não é. um azul desconcertante. um azul sem formas mas também sem rubor. sem palhetas sem vergonha alguma. um azul de cara um pouco fechada, embora ávido na sua meia-vida
às vezes tenho a impressão de que sou meio claudicante, não é bem essa a palavra, como posso confessar, atropelo um pouco os seus pensamentos, não é, eu sei. não sei de que outra forma me sentar, veja, mal me estico, um pouco delirante, então eu, quando posso, procuro subordinar todas as palavras ao comando límpido e leve de todo ora bolas nenhum discurso é perfeito.
trancafio-me.
por mim nem estaria mais aqui. não sei o que é que me puxa. ou insiste. olho pra janela e todas essas outras janelas reproduzindo-se em vidas em sons em sirenes. todavia vez em quando fisgo uma sombra diagonal carpindo o bege encardido do edifício. e o helicóptero ao fundo parece tanger as geometrias os ângulos o mistério.

23.5.19, 13h58

o meu nome é o teu. crê em mim.

23.5.19, 14h

é a primeira vez que arredondo a hora só pra mentir que estou falando do futuro. durou um minuto {e então dou-me por verdadeira [conquanto (falácia)]}. escrevo com mãos que tremem, não sei bem por quê. como pode o frio que vive sob sol estremecer? não há como, imagino, não sem relutância. por conter lembranças quem sabe de livros quem sabe de fitas que trazem o cheiro do que nunca pudemos estar. as memórias ensinam ao infinito a lição das verdades. mestres dos segredos dos degredos dos prazeres. falham para recordar que falhamos. trancafiam-nos e depois soltam-nos como se fôssemos nós que lembrássemos.
algaravias.

23.5.19, 21h08

às vezes perco o pensamento e tenho gostado. vez em quando a gente vai tão fundo que demora a perceber que precisa de ar. o caminho é longo, o da volta, sopesando atitudes e silêncios. a nudez dos conceitos. sutil. mas calha de tocá-la, pura. então é bom perder o pensamento, vez ou outra.
acho que por vezes a gente falha ao guardar.

vocês também estão ansiosos com os próximos dias?
quando em vez ouço ecos de gritos vindos da janela. e penso que é indignação. ou talvez uma máscara de esperança.
ou com os próximos meses
anos

tentando contar os passos atrás como quem procura o que fazer

25.5.19, 16h15

ia dizer ontem que estava ótima. o mais não lembro. passou.

26.5.19, 13h18

dizem que a poesia nasce da dor. e quando não nasce? o que é que faz essa dor?

28.5.19, 6h41

nem o sol, nem a lua e mal as estrelas olham pra mim. mas as nuvens de rosa me dão a conhecer o céu frio nos pedaços de edifícios.

30.5.19, 8h45

estou um pouco confusa, sabem. talvez tenha me enganado algumas vezes. não tem mais como apagar consertar esquecer.
vejo muitas silhuetas das janelas. mas pouco me interessam. falta-lhes vida, engano, escasseio-me.
penso que o cigarro com certeza alterou meu ritmo. e que talvez a idade. sinto saudades de mim mais forte, sabe, quando não se tem malícia e se peca por ingenuidade. fere menos, acho que é isso.
na verdade me arrependo de muita coisa. não exatamente. compreenda, digo numa espécie de suplício.
só não quero parar.
tudo está muito fosco.

tenho um pedido a fazer.
se tudo sumir muito de repente. acabar mesmo. vocês me perdoem, eu
não sei o que dizer

3.6.19, 17h33

não consigo acreditar. estou há horas mirando esse pedaço de janela sem vidro. e tentando me lembrar dele assim. e não consigo. quebrados, sim, dois vidros. mas este assim vazado sem alma completamente banido, não. no entanto agora percebo que está sem vidro, está sim. um pequeno retângulo em cima. me deixando assim confortável com o calor e amedrontada com o frio. muito sensato de nossa parte. agora também é que percebo que, se tiro o sofá a planta e a fileira de roupas como se prestes a partirem, daqui da cama vejo que minha parede inteira é uma janela feita de vidros. fico deslumbrada. mal posso acreditar no quanto estamos suscetíveis. nas mãos que arquitetaram. copan, esse edifício. pátria, este abismo.

3.6.19, 19h01

sofrer, todos sofremos. sofrer com humor, pra poucos. resignar-se a sofrer, ah. o fato é que sofrer sempre foi tão ofuscante. não sei muito bem o que quero dizer. digo, como expressar. uma espécie de alucinação ou de febre. de espirro ou de porre. de desistir ou tentar. permitam-me, humildemente vos invoco, e me peco a falsear.

3.6.19, 19h27

todos nós sabemos que vamos morrer. tu e a ideia que tenho de ti. eu e a ideia que tens de mim. sabemos mesmo quando. tão claro quanto esse branco em contraste com as letras. engraçado isso, observe. você, neste exato momento, sabe perfeitamente quando vou. eu ainda não sei capitular. mas você sabe a que distância e precisas páginas. como será saber disso. gostaria de. volto. voltemos. prometemo-nos tanto não precipitar. não contamos?

3.6.19, 19h33

tenho a impressão de que têm a impressão de que não sou nada simpática (não ia dizer impressionante só por pressão). é mesmo? quem me veste a ironia, hã?
[não sei o que fazer com essa informação. de fato, não toca. relevem (como tudo o mais).]

5.6.19, 12h21

às vezes fico tentando adivinhar minhas sensações de futuro, imagine.

ah esse tom da minha voz, já não suporto.

5.6.19, 13h04

tão peculiar ver a paisagem de dentro. falar do eixo no centro. tatear suas paredes, logo suas imperfeições.
é como se você se deitasse de bruços no meio do asfalto. bem em cima das linhas contínuas indicando proibido ultrapassagem. se você olhar bem dessa distância o seu olho vê as pequenas pedras que sustentam o asfalto. pintadas de amarelo seu cinza negro pintado. de perto os limites são mais frágeis. pode ser que esteja quente, vai depender do sol dos pneus do fluxo. e a aparente manta asfáltica ainda é mais do que uma recorrência de diversos relevos. você ainda poderá não ver mas intuir dali átomos. e toda a cosmologia que te permitir o pensamento o tempo e a sua, claro, disposição de se deitar de barriga no asfalto em pleno tráfego de máquinas e informações procurando fazer aquilo que melhor lhe compete, que é:

5.6.19, 13h14

não sei do que é feito o homem ou a humanidade, logo não sei como devemos voltar a ser humanos. de algum lugar me parte a ideia de que compete ao humano pensar, respeitar, amar, ajudar. (quanta baboseira, bafejo.) desafio a não dizer de sangue arma ódio. de que somos feitos, você sabe?

6.6.19, 19h34

você não consegue, simples assim. chega um ponto em que não dá mais. (e você só ri da ilusão.)

hoje observei por muito tempo a moça do outro lado do mundo da vida do vidro. no prédio em frente, uns dois andares abaixo, razoável distância para estes olhos cansados (míopes na verdade), ela estava de costas para este grande vão de ar que nos separa enquanto passava uma camisa branca e outra cinza. o amarelo tomava sol nas costas negras. pensei na história. pensei em trocar palavras (sabia que nunca conseguiria me ouvir, não com janelas fechadas, muito menos com meu som mudo, ainda mais sobre esse tema). depois pensei em parafuso e prego, uma espécie de saudade, um alívio na lonjura. não passou e voltei à cama.

na verdade hoje acordei de muitas horas dormidas. zonza sem identidade humorística ainda. cambaleei. café. janela. fumaça. pensamento.

8.6.19, 9h51

acontece com você de não conseguir parar? isso mesmo. tudo converge mas você não. todavia fica olhando pros lados. vigiando se vigiam. pobrezinha. é uma coragem trêmula. que não é nítida nem se apaga. alguns chamam obsessão. eu, se nome ousasse dar, seria
(inúmeros ouvidos atentos inúmeras bocas claudicantes inúmeros pormenores discrepantes inúmeras maneiras de fluir inúmeros olhares ironias cáusticas inúmeras pedras buracos inúmeros sim inúmeras farsas inúmeros cortes inúmeras perdas inúmeros desejos inúmeras injustiças inúmeros básicos inúmeras necessidades inúmeros anseios inúmeras fomes inúmeros nomes inúmeras naus inúmeros naufrágios inúmeros nuncas inúmeros números nós)
nenhum

8.6.19, 10h36

não sei se luto melancolia. dizem que não é bom, por estes dias, ficar muito na melancolia. perigoso. também é perigoso ficar lendo essas notícias. é perigoso também andar nas ruas. e cada dia mais perigoso comer. perigoso demais ficar nas janelas. que perigo falar com desconhecidos. é melhor também não perturbar os conhecidos com o que te perturba e perturba a todos enfim. cuidar com helicópteros e balas perdidas. ah planos também não é bom que se preocupe com isso. evite sonhos altos, médios ou baixos. quanto menos expectativa, menor o chão. procure não se isolar. não se arrisque na multidão no arrastão nos assaltos. perigoso confiar em qualquer pessoa. melhor não dizer nada não arriscar não se

13.6.19, 10h02

{agora compreendo. preciso te abandonar porque às vezes você me enfraquece. sei que já disse o contrário e misturo as pessoas. digo o contrário do contrário toda hora, você já percebeu. [não é possível que não.] crueldade demais me deixa vulnerável. não sei de que outro modo ouvir. há uma confusão sem fim. nada de muito novo vai se acentuando a ausência do escrúpulo debaixo das togas. mas nada muito nítido daqui do centro neste [não o seu (o meu)] exato momento [o nosso presente, o seu passado (nunca haveremos de ficar quites)]. estamos todos dotados de risadinhas sarcásticas e ao mesmo tempo olhos prum lado, pro outro. acima, abaixo. umbigo, mundo. havemos de concordar, um dia, que não é este um tempo fácil, auscultável, palpável, quiçá sobrevivível. não se comemora nada intensamente como não se crê numa boa ação. agradecemos, é claro. ganhamos umas horas a mais de sono, divertimo-nos, fazemos memes, condecorações, notas de repúdio e ânsia de vômito nos comerciais. chegamos a ler as entrelinhas com bastante até facilidade [é tudo tão turvo de tão claro (você notou alguma diferença? ainda não avaliei de todo. amanhã estaremos fortes?)]. morremos de rir com o principal veículo de imprensa nacional cometendo idiotices em cadeia [pausa para a entrelinha (exatamente)] nacional absolutamente perceptíveis como se tratasse com idiotas numa pátria guiada pela idiotia. sem graça é que rimos. prum lado, pro outro. já não se sabe se é apenas nossa a impressão.

quem é que comanda este barco, estes cais, esses oceanos. quem é que agita o vento, já cortamos tantas árvores. nós somos muito estúpidos, antiéticos. como chegamos a isso? não nos debruçamos muito sobre as razões, porque são várias lembramo-nos de desenhos animados de alguma coisa sobre cultura de massa ter perdido algumas aulas não ter conhecido alguns autores assim impotentes ante a roda irônica da história não ter se levantado antes de estar aqui e agora com a boca entupida de. [calma, sim, é preciso ter calma.] vamos respirar um pouco mais? digo inspirar contando até dois ou quatro, segurar contando até quatro ou seis e expirar contando até seis ou oito, se é que me entende. algo me diz que sim. também pode ser três cinco sete [passo horas só pensando nessas proporções]. tinha perdido um pouco a voz. acha que me recuperei nesse tom?}

13.6.19, 11h46

será que subdividimos a nossa classe baixa para que percebamos melhor o quanto valemos em números? pirâmides não são mais decifráveis. não sei muito bem como resolver tudo isso. você veja bem que grande parte da sua vida agora você passa tentando achar soluções para problemas políticos muito sérios e dos quais você não tem nenhuma garantia se não esperança ao menos expectativa. o que dizia mesmo. ah, sim. você de fato se debruça nas notícias e muito mais nas ligações entre as partes considerando currículo tendência direção você sai [procurando se lembrar de manter uma distância segura (ah se esquecemos)] procurando amarrar o discurso por dentro descosturar a intenção por trás fisgar as manipulações mais óbvias e as mais rasteiras concatenar possibilidades dados os atores os palcos as dinastias. porque você não sabe, o mais certo é que nunca saberá, quem quando quanto como onde por que nada você não tem acesso senha classe céu. é preciso compreender metáforas. é mais do que urgente interpretar. é indispensável pensar. e agir. precaver. avançar. resistir.
não sobra muito tempo para sonhar. isso não está nada bom.

14.6.19, 9h11

não sei o que fazer comigo e com esse excesso que às vezes escapa. tatuagem da fé e do chão, não sai mais. fazer o quê. é parte do corpo e da mente. é sempre muito perigoso deixar cair assim essa tal, não é bem isso, humildade?, que não é mais que mais uma coisa humilhante. então que a vida às vezes é só o exercício de ficar tomando cuidado. avaliar até que ponto para aquele contexto vale ser. medir quanto de si pode ser despendido, quanto não. economizar algumas opiniões, sempre oportuno, ao que parece. porque é indigno demais se dar a entender. depende do círculo, você veja bem. a minha vontade mesmo é de vomitar em cima da humanidade, da sociedade, do poder. tomar banho depois pra limpar o corpo inteiro. é o que dá pra fazer, limpar o corpo. o organismo todo é doente, mas dá pra escovar os dentes, lavar o cabelo, cortar as unhas. a gente passa desapercebido desse jeito. de nós mesmos, principalmente, é evidente. você parece que estando limpo e seco e bem podado você está mais apto forte e adaptado. a quem interessar possa. na realidade tudo isso não faz a mínima diferença. o dente pode estar podre e é só você pra sentir. quem é que hoje ainda olha dentes, minhanossa, aonde vim parar.

14.6.19, 10h16

talvez goste de observar tanto assim porque era assim que gostava de ser observada quando ainda não tinha feito a minha escolha (qual seja, obviamente, a de apenas observar). em completa mudez. nenhum esclarecimento, acerto de contas, dr, como se diz, sem som sem olhar sem comunicação. você há de concordar comigo, não é? ora vamos. não precisamos mais desses embaraços. somos todos feitos do barro, algo assim. não incomodar ninguém, não se render a explicações, você sabe, não existir, de fato, se prefere pensar de tal forma.

14.6.19, 10h38

que curiosa (talvez não) essa concatenação um pouco histórica agora. observo o céu absolutamente azul com semitransparentes algodões de nuvens desmanchando-se no alto ao som e ao corte de helicópteros alvoroçados. é bom mesmo que este país se remexa, faça barulho, externe a gravidade necessária do momento. (nós aqui, a esta altura, já chegamos a alguma concordância, quase que imploro.)
engraçado o que a memória faz com as associações. ah que me veio o curral e seu cheiro paradisíaco de estrume atravessando esse mesmo sol completamente verídico verossímil vil. só que os picos das árvores estouradas de luz agora são picos de prédios estourados de gente. o que fazem? o que fizemos? o alvoroço quando vinha era o motor bem longe da caminhonete velha do leiteiro trazendo para a manhã a agitação barra novidade barra movimento do dia. agora o som da caminhonete não vem mais de longe nem os aviões passam só uma vez de manhãzinha trazendo às vezes quem sabe um pão de queijo ou bolo da vizinha. não é mais carinho o que vem depois dos estrondos cotidianos. as surpresas já não fazem sorrir. penso em não me quedar demais nas analogias, mas o que posso fazer é não sujeitar ninguém a compartilhar especulações em torno de um campo minado de história movediça. esta que mal reconheço, mal deu tempo de se afastar para que nossas diferentes memórias enfim se assentem e de alguma distância possamos olhar quem sabe aprender quiçá evitar. mas deixe. vou procurar algum enredo que possa melhor entreter.

17.6.19, 16h52

não se deixe enganar facilmente. imponha ao menos alguma dificuldade. vez em quando me presto a dar conselhos (grande moralista que devo ser mesmo). eu mesma quantas vezes já permiti. não utilizo [mais (afora esta)] justificativa imperspicácia inépcia. (obstruir é precisamente uma necessidade, perceba que.) enganos, nossos mestres. é uma espécie de ódio também.

17.6.19, 17h07

às vezes a gente olha pra trás e
não sei ainda se consigo dizer
saem um mar e um rio de cada olho
e
tudo é passado

17.6.19, 17h13

tem um prédio (na minha perspectiva) à esquerda que é todo rosa. o tempo passou e ele continuou rosa. o tempo fica nele, sabe. então esse rosa pretérito e suas janelas que possuem quatro retângulos de vidros na vertical muram as nuvens que, ao fundo, planejam fugir. zombam do mundo panóptico. o sol deita nas costas delas, emocionando o céu azulzinho. mas o que ia dizer é que, não agora, mas de manhã, estava aqui absorta sentada no braço do sofá, pés onde se senta, cotovelos nas coxas, queixo caído nas mãos e provavelmente alguma boca blasé. daí vi na altura de uns três ou quatro andares acima do meu, a uma distância, sei lá, de uns bons metros daqui, uma senhora lavando a janela de uma maneira que me assustou e já fiquei pensando que tinha que pensar em algo que deveria fazer. é que ela estava lavando o último retângulo de vidro da janela. para tal, ela monta na janela como se estivesse montando em um cavalo, guiando o pano por todas as partes do vidro, sem nenhuma pressa e ao mesmo tempo veloz, sabem. tudo correu bem, não houve acidentes ou sei lá coisas do tipo não sei se vocês já viram algum acidente mas não é uma coisa que se enfim.
fiquei pelo dia com essa fotografia que tirei do tempo da vida daqui. iludindo-os.

17.6.19, 19h02

quem sabe contornar o morro agora. há fôlego?

22.6.19, 16h23

contar pra vocês. (prometi há pouco um pouco de entretenimento, lembro-me.) ao mesmo tempo, não sei. não sei também o que os dias estão fazendo. cosendo alguma ferida, imagino. tantas mal tratadas. não tinha muito tempo pra isso, curar. [não recomendo, se me permitem dar mais um conselho inútil, ignorar a inexorabilidade do tempo. uma forma de revanche. (quem sabe.)] era algo importante (suponho), no entanto não tenho mais tanta segurança se vale a pena, sabem.
ia dizer como fui deixando de falar.
fica para uma próxima se houver.

23.6.19, 13h23

talvez o problema seja que não saiba narrar, vocês compreendam. tem uma estaca fendendo o tempo e o espaço. não sei ordenar o enredo, não conheço nitidamente as vistas secundárias. não digo só de fisionomias, pois que preciso entender os tiques para reler os sarcasmos. não faço parte das cúpulas, já sabem (algo) do que abdiquei.
me apavora. não sei, não me organizo, meu cérebro observa seus próprios órgãos lutarem, não raro agredirem-se.
uma falcatrua anestésica.

23.6.19, 13h35

(não se assustem. zelarei mais de nossa sanidade.)

recusando-me um pouco da janela. ando mais presa aos pensamentos, esses coitados. passaram tantos anos acoplados que estão agora endiabrados. degolam-se. já cansei de educá-los. deixem.
enquanto isso me conformo assim, sendo palco de encenações traidoras. ao mesmo tempo espectadora da vilania. sem nenhum acesso aos camarins. holofotes me dizem perigo. manchetes exigem cada vez menos trabalho com interpretações. gritos da rua helicópteros bandeiras lembram alguma coisa. tudo está bem. estamos ao fim de uma década, gente. gente, há uma década não imaginaria que. este tempo seduz. fugaz. cibernético. daqui a uma década, será. é um teatro?

24.6.19, 11h59

às vezes venho aqui pedir calma e você me mantém mais alarme. alarde. a laje. não sei.

25.6.19, 16h45

olho esta fotografia, de uns cinco anos passados, que sustenta uma tez muito mais clara que a minha [ou com a qual me identifico (ou identificam?)]. aquela luz do frio.
aliás, faz muito mais tempo que isso em minha memória. também, o seu cômodo está tão sobrecarregado, digo com o queixo levantado. uma produtividade muito grande, vejam a lei da oferta e procura e também a mais-valia e o c
nunca escrevi cu aqui, não é? (há quem ensine a.)
será uma forma de vos poupar? de me poupar? pousar?
rio sem mostrar os dentes pro regime. mostro dedos e esfrego a palavra cu na cara dos coturnos, que sempre foram fezes da história.
eu sei (não sei, na verdade) que você não está compreendendo nada do que digo. é a nossa distância, compreenda. somos fotografias simultâneas demais.
imagino que pode ser que, ao menos alguns de vocês, ao menos em algum momento, ao menos em algum lugar do universo {digo mesmo, do universo. tenho gostado de pensar nas galáxias, na nossa pequena tridimensionalidade [quem sabe esteja pensando em pedir uma ajuda extraterrestre (há de haver alguma inteligência sobrenatural nunca vista – ou havida), quem sabe], quem sabe}, entendam o que digo.
talvez já estiveram aqui, talvez se lembrem deste momento. onde estava? o que fazia? por que fiz isso? triste? com medo? sozinha?

quem sabe, no seu agora, esteja em paz, sem culpa. quem sabe nem olhe pro céu ouvidos atentos a multidão explodindo as janelas fechadas o céu limpo helicópteros sirenes era só impressão sua.
abraçar-se quando chegar lá. lembre-se. acho importante lembrar.
veja que esse ar já foi cantado, rimado, já foi várias vezes. vamos poupar. vamos?

25.6.19, 17h26

amor sem respeito não presta pra nada, a verdade é essa. por isso que quando me disseram eu te amo eu disse só quero respeito, a verdade é essa. que não é tempo de submeter-se. o tempo não está para arriscar-se. cuidar que algo se firme, que algo sustente, que algo resista, que seja respeito. tudo. obviamente, por si pelo outro por ética.

25.6.19, 17h39

falava da fotografia.
mas ouço por vários minutos o mundo as falcatruas os escuros. fui hoje à janela. observei por muito tempo dois pombos catando migalhas lá embaixo. e aí me lembrei o quanto é relativo o cosmo. a distância de onde estavam de mim, de onde estavam do chão, de onde estamos, os pombos.
há tempos não vejo a lua e não tomo sol nos pés. e você?

28.6.19, 15h02

peguei-me agora falando sozinha por um tempo longo. assustei-me com a voz. tão madura, avaliei. rouca também. na verdade, velha. tive medo e vim ter com vocês.

2.7.19, 9h18

esperei bater (o mais exato seria piscar tecnologicamente) dezoito só para não ter que escrever o número anterior hoje. quem é do meu tempo, sendo-o agora, entende. quem é do teu tempo, infortunado se lembre.
{o dicionário é tão poeticamente alquebrado [ou alquebrado poeticamente (perceba que nem tudo na vida é só inverter ou que inverter nem sempre implica assumir uma face ou que inverter pode ir muito além do ato falho)] que diz que infortunado é aquele que foi marcado, abre aspas, pelos reveses da fortuna, da sorte, fecha aspas. vamos atrás dos reveses. reversos, aspectos ruins, revertérios, revezamentos, pancadas, golpes e cutiladas. estas constituindo um golpe desferido com o cutelo. este, lâmina para decapitar ou cortar carnes ou amassar o barro nos fornos de tijolo ou reprimir ou oprimir. é essa a sensação deste tempo que vos lembro se acaso vos lembrardes. [infortunado é aquele que foi marcado por reveses da fortuna, da sorte (ah me poupe. na verdade me infortuno a concordar que o que é a vida se não reveses da fortuna. quantas vezes não é isso, não é mesmo, má sorte. dinheiro. quantas vezes, você por acaso já parou para pensar em quantas vezes, quem sabe apenas hoje, ocorre algum aspecto desfavorável, digamos assim, algum choque, baque, alguma cotovelada, pensemos assim nos lembrando talvez da infância, se com sorte ou má nas árvores no quintal no paiol na grama sem querer ou não. é assim a vida, veja que

hilariante. uma lâmina uma forca um osso um vermelho uma parede um não um cale a boca. quantas vezes, não é mesmo? um cale a boca.)]}
há décadas manchando brancos, coitada. pensa que não cala?

2.7.19, 9h58

queria [almejo (vou)] trocar umas palavras com você agora. trocar no nosso plano ficcional, sejamos francos, tu e eu. queria dizer, meu leitor ideal, que há momentos em que não fiz a coisa certa, digo a coisa ética, ou a réstia disso. bem. a essa altura já nos conhecemos suficientemente. já estamos completando nossa gravidez. saibamos que vamos nascer disso que até aqui se fez.
[(como sou enfadonha.) olho a janela. examino o grande vão de ar que me (nos?) separa dos prédios. investigo o céu e o sol ainda sem desacordo. julgo as silhuetas longínquas das outras janelas. e já minto saudades, e mais alegria. (partir sempre me entusiasma. por quê?)]
você veja que solicitei essas coisas, como se dizia, reuniões, arrastei-me até, podemos também dizer assim, é claro que é uma espécie de humilhação, você entende o que digo. o fato é que é árduo ficar exigindo respeito, é árduo. mas isso não vem ao caso (será?). o resultado é que não conseguia. foi então que eu disse vamos fumar um cigarro. simples. muito simples. não, não foi nada. e fumando o cigarro apenas disse não vou prosseguir nesse projeto. pronto. que sensação horrível. digo, fiz uso de um artifício aparentemente aleatório para chegar a um ponto absolutamente ignorado. por que, gente. o que na voz da mulher abala tanto, você sabe, meu leitor ideal? já temos séculos nas costas às costas. não dá mais. meu leitor ideal, não é com você que sei que você não ignora a opinião

feminina, que você não finge que não entendeu, que você não anula. você também não é grosseiro ou mesquinho. não é agressivo. não grita espanca ou mata. não chama de arrogância a opinião. não acha que é o almoço na hora a barra da calça o café no copo as pernas abertas. porque isso é machismo, tu sabes, por isso não és, não é, meu ideal de leitor?
curvo-me: todo o respeito às leitoras e a quem está desse lado.

8.7.19, 15h50

daqui pra onde vim ouço música e piso na grama sem meias. orvalho e sol. esses pedaços de espaços ainda que murados trazendo o canto do pássaro e a canção longe. ouço um ranger de dentes. em algum lugar lá fora. cortam uma árvore, carpem o chão, cospem na terra? o céu não possui (nunca) nenhuma nuvem e o sol é frio. à noite vejo as estrelas e a lua num espaço enorme. querem ter comigo. não sei mais falar sua língua. encontrei o cruzeiro do sul e perdi as três marias. me fogem as lembranças de que queria tratar.

9.7.19, 12h02

se bem que talvez o agora exista, este presente, em alguma perspectiva. (enquanto penso corta o céu um avião fazendo anúncios. vendendo alguma espécie de desilusão.) digo, se digo desta minha década, deste agora que me sufoca, deste instante que mal detenho e por isso me avalia. este sol que me esfria. esta rima que nos emula.

não dar importância a detalhes, sempre tive dificuldade. menina, transgredia a mata. entretanto tinha meus métodos (é,). naquele tempo em que se criava criança solta, ia dos troncos das árvores ao contorno das cercas. havia uma, como se diz hoje, que naquela época não dava nomes, que isso não era detalhe, havia uma trilha que seguia. a trilha da cerca que contornava os arredores amplos muito amplos da casa na roça. espaços longínquos, não raro difíceis de cumprir. o jogo comigo mesma, que evidentemente era de brincar (aparentemente) sozinha, era o seguinte: tinha que seguir a trilha da cerca de arame, sempre rente, independentemente dos obstáculos dos troncos dos rios dos bichos dos percalços dos morros das árvores dos buracos das vacas, não importa, nunca poderia soltar a mão da cerca de arame e assim ia contornando terras fundando ideais, balizando empecilhos, saboreando a paisagem. às vezes a cerca seguia tranquila os pastos, sob sol, sob chuva, sob sombra. às vezes a cerca perpassava o meio da mata. e estava lá, firme, nem sempre rente na verdade, os dedos acompanhando cautelosamente o arame que era farpado, há que se ter cuidado. acrobacias, equilíbrios, quedas, exercitando sem saber. às vezes o arame passava pelas árvores, precisava ater-me, atravessar o barranco que vigiava o rio, ou o escuro, ou a lama, riscos. alcançam-me tantas imagens transpondo esse caminho, ora tortuoso, ora plano, ora passável, ora impossível. a regra era só: manter-se ao alcance do arame. o tempo, ah esse que formato tinha, nem lembro. parava para cada folha nova que me dizia veja meu glamour. não dava esse nome que mal me recordo se eu mesma falava. pântanos. pinguelas. buracos. borboletas. sapos. cipós. estrumes. estrofes. e de equilibrar-me nos galhos, ultrapassando pedras, admirando vincos, parando para apurar o cheiro do verde, a voz da água, o reluzente dos girinos, o calor das mangas, o paladar do céu, os chãos. o passado quando não previa. o pecado quando não o cria. a liberdade quando não sabia. o tempo quando há muito tempo.

15.7.19, 17h16

aqui à espera da lua. ansiosa olho para essa vastidão de céu. espreito. vejo as nuvens no extremo oposto ameaçando cobrir o mundo e lhes digo: esperem a lua aparecer. peço. não sei como ouvem. sento em frente à direção em que virá, quase completamente cheia, já sabemos. amanhã teremos eclipse e hoje já me inquieto. alguns pincéis de rosa escondendo o sol nas costas voluptuosas. há pouco um beija-flor voou tão alto no cume de uma palmeira, pensei que me dizia que tudo é possível e belo ainda que os ventos não insinuem cantos de sabiá. pontos de luz e cheiro de uma chuva distante não me empalidecem a memória viva destes tempos. jornalistas morrem de infarto. jornalistas morrem de acidentes de helicóptero. de acidentes de helicóptero juízes morrem. não sem antes alertarem. e de lutarem também tantos são mortos. não sem antes mancharem as telas de nomes maculados como justiça lei ética. por trás das nuvens um azul tão infantil surge gozando do meu juízo. noutro oposto um azul quase da prússia quase cinza quase inverídico sombreia as bordas do horizonte. faltam-nos palavras, sobram-nos tons. como descrever essas cores, são tão fugazes. já, já o sol nos interrompe quando terminar de aparentemente se pôr em algum lugar onde não nos vemos. nem tudo vemos. lâminas cortam direitos. sem nenhuma delicadeza assolam silêncios. a constituição vai se pondo. deitam mais um pouco nas nuvens os braços de luzes do sol. pássaros diversos voam mais alto. e só

porque disse isso um pardal pousa quase ao meu lado, defeca e parte cantando. o frio se aproxima. se aproxima a noite. lua, onde você está? como se numa espécie de concessão de desejo um pedaço de céu se mantém limpo, azul, claro, tímido, lá onde a lua já vem. por que voam tão alto? o que se passa ao longe? quando chegarão os trovões? não me contenho de ansiedades. cumes de árvores. rosas morrendo nos pés. a vida sempre esvaindo. a grama vai amanhecer ainda mais úmida. não sei por que tantas pessoas têm morrido, como se diz, de acidentes. tenho lá os meus receios, não sei se calha contar. pode ser que se assustem. pode ser que seja, de novo, eu envolta em relações praticamente improváveis. mulheres morrem a cada segundo. há um projeto de lucro, trabalho infantil, domingo útil, velhos morreremos de miséria solidão ou jovens. vem da direita a cor da noite. o crepúsculo vai escorrendo pelos dedos das nuvens à frente. ouço o primeiro som. pode ser relâmpago, pode ser avião. desliza no céu feito um estômago no mapa da fome. lua, insisto, você não vem? vou caminhar pros teus braços.
as nuvens cobrem quase todo o céu. só há o espaço vago em que deito os olhos. sei que há algo errado.
dei uma volta para um campo mais alto, a averiguar o que há. e não foi a lua a trair-me? ou, antes, minha consciência tão equivocada. encontrei-a redonda onipotente brilhante escondendo-se atrás das nuvens em outro canto. errei. depois sumiu por trás do cinza. fez-me pensar no quanto tropeçamos perspectivas.
acho que hoje chove. choverá?
acho que a lua hoje volta. voltará?

enfim límpida praticamente cheia estupenda verdadeira inalcançável inapreensível misteriosa indefinidamente longe. a gravidade com que a vejo e não compreendo. por trás das nuvens. dançando no frio. ilumina a direção. ajuda-me. lua, o seu silêncio, o seu tamanho, a sua instância. o nosso vão movimento. tira do poder essa sombra insípida que vem de uma direção extremamente escura.

16.7.19, 9h27

choveu ontem. a lua brincou nas nuvens, tímida, pude tocar com os olhos um pouco da sua luz quase repleta. o dia hoje amanheceu neblina. o sol só ameaça. os pássaros aos poucos não se envergonham. o frio enlaça os dedos das mãos. por isso escrevo com um pouco de dor e coragem? o cheiro da grama úmida limpa minhas expectativas, digo, narinas. ainda que não ouça tiros, sinto o tempo armado. não posso deixar o campo, este. escuta. estamos em vigia, vigiados. ouça. digo e em dizer represento. em algum lugar do futuro sei que você me deu tua mão. só não sei a quantas. decepam-nos. mas digo que não.

17.7.19, 17h07

ontem acompanhei o eclipse todo o tempo. subi no muro para alcançar a altura da lua até que ela se dispôs mais alta, antes, até que esta terra em que pisamos pretensamente seguros se movimentou ante minha ilusória estanqueidade. (de onde colho tanta gravidade, céus?) tentei buscar um contato, mas era súplica. duas estrelas cadentes me assustaram cortando o céu e, no ímpeto, cometi desejos que depois percebi inalcançáveis. (sempre essa falência, entende?) não me deu uma terceira chance o acaso. quantas vezes não temos nem duas. desperdiço-me assim em esperança que já não crio. em páginas que nem sei se valem.
enquanto tudo isso acompanho memórias e observações sutis. o veneno mora em tantos lugares. ouço diariamente tons graves e dores pontiagudas porque cotidianas. não direi leves mas são quase imperceptíveis. ah se não tivesse colhido tantos espinhos que nem eram meus e parado para olhar tantas fissuras que nem fiz, quem sabe riria de piadas, quem sabe velaria iniquidades, quem sabe até toleraria. como sou estúpida, pois que toleramos todos os dias. o que não nos impede de pensar basta. não é mais tão fácil conviver com uma mulher? não é mais tão fácil chegar do seu duro dia de trabalho? vá lavar a casa, lavar a roupa, lavar as vasilhas, lavar a cara, lavar a libido, lavar as eras as costas os pesos os calos. isolo-me por isso e pra isso ainda resisto. já não suporto sequer imaginar da janela o tom de não foi a intenção de novo. que não é o inferno que está cheio, são elas. nós.

19.7.19, 15h43

às vezes percebo que deixo as palavras um pouco para trás. depois saio correndo tentando alcançá-las. como se dizia, debalde.

gosto de perder às vezes a consciência. vícios.

por este instante me esqueço do escuro do frio da fome da miséria do poder.
um sol bate ao meu lado, os pássaros cantam no fundo desse jazz melancólico, batendo na pele aquecendo a alma. aquiesço. neste instante.

fecho os olhos. digito sem exergar. das minhass raras qualidades (eu sei, mudemos de assunto (depois vou revisar)- acho que não - por este instante o vento esfria e o sol esquenta. com os olhos fechados o ssom aos poucos me interrompe, erra minhas letras, confunde mej utempo. nem sempre nossos dedos sabem escrever a palavra certa na hora certa no to perfeito. essas notas me calalam depois de quebrar a ordedo discurso.

19.7.19, 16h08

já agora a angústia espreita.
o sol já se cansa e a brisa se inquieta no vento.
se sei o que é?
logo passa. e sinto a calma. em algum momento as palavras hão de se assentar. me acho mais bela. de algum lugar chegou uma conformidade com as pregas do colo. a vida é mesmo tão fugaz. é que não nos atentamos para o presente, passa muito rápido. e por passar entenda-se que ficamos assim imersos vagarosamente atrás.

22.7.19, 13h15

abaixo, o machismo, abaixo.
fosse vós, pomos de adão iníquos: mais atenção. o tempo é de luta. quereis comer? o mar não está para peixes. o campo não está sem minas. cuidado. todos os espaços estão sendo observados. todos os movimentos, como se diz, milimetricamente acompanhados. nossos olhos estão abertos. nossas bocas estão sonoras. nossos ouvidos nos acompanhai. o que pedimos? respeito. o que fazeis é crime, vós que nos declarais guerra cotidianamente. o que fazeis é crime, vós que vos isentais cotidianamente. o tempo não está para riscos. como dizeis, ordem? calar quantas vezes não é consentir? direitos iguais. muito amplo, hei de concordar, afinal são tantos séculos cegos. então estamos falando, escutai. daí do pilar onde vos fostes colocando-vos, homens provençais (nunca chegamos, aliás, à idade alta), não nos podeis ouvir. menos ainda se falardes. menos ainda se gritardes. menos ainda se matardes. menos ainda se morremos. não é um campo de guerra? tendes certeza? falo eu das guerrilhas? das guerrilheiras? quantas glórias tendes? temos cor temos pátria temos contribuição monetária temos ventre temos menos direitos. precisamos rezar mais pra conseguir um bom trabalho depois um bom chefe depois um bom dia depois um sorriso médio para cada intervalo entre as piadas. temos dilemas que, se soubésseis, morreríeis de rir, de tão patéticos que são sois. dilemas como hoje vou trabalhar: decote pronto pra enfrentar a sociedade

ou hoje vou evitar comentários? vedes que ridículo a que nos prestamos prestais. todos os dias, trovadores, são todos os dias. a menos que se acorde e, não saindo de casa, não pagando nenhuma conta, não abrindo nenhuma página, não vendo nenhum veículo de cultura, se é que me entendeis, nem ouça nem fale nem respire. só basta respirar, é o que vos digo. pisar em que tapete limpo da história? é de lá que viemos. estamos agora, olhai um pouco pro chão, homens de pouca fé, subindo pelos poros desta nossa base tão sólida. descobrimos que somos várias. é que nós vivemos tantos dilemas, diríeis mesmo, inacreditáveis. havemos de concordar. e no campo das emoções? quem primeiro vai contar? levante a mão quem não? estamos cansadas, não desoladas. nós não estamos no chão? então ouvi. a quem beneficiais vossas graças? a quem favoreceis, vossas majestades? a que assentis, vossas santidades? vossas senhorias? vossas magnificências excelências reverendíssimas eminências onipotências?
atentas. nós.
e vinde a nós, vós, mulheres com o tom da voz que não vos abarcais, atentai-vos. vós, mulheres com o som da voz que vos emudeceis, não vos calai. o que a vida quer da gente mesmo? rosa e asfalto? não é? vedes o céu adiante? lá longe moram as nuvens. nem tudo contaram. avançai. descubramos o mundo. o tempo é de marcha. avante.

23.7.19, 7h10

a cidade sempre acorda antes de mim. já estou em outra janela, que me apetece o olhar. do sexto andar ouço a cidade levantando seus sons suas luzes seus pés inquietos. hoje, quando o céu ainda contava suas estrelas (que a gente acha que não estão mais lá, mas estão sempre, e vezes nem são), contei os passos que atravessavam o pouco escuro que sobrou da noite. mulheres sozinhas sempre caminham com medo, vejo pelo tom das sandálias. o perigo espreita-nos. mas precisamos caminhar, precisamos do emprego, precisamos vencer as possibilidades para pagar o pão de uma cama que. como é sua cama? pode parecer uma bobagem das muitas que digo. mas como é sua cama? consegue dormir bem? consegue deixar a noite passar em branco? consegue acordar sem assombro? consegue dormir? sonhar?
daqui, seis andares acima das cabeças, ouço os ruídos da capital cultural. já não tenho grama nos pés nem sol nos seios. as roupas não dançarão no vento, porque são outros os arames. daqui não vejo mais o horizonte contornando o pico das árvores. fotografo o céu com o que sobra das geometrias. os edifícios comandam a direção do olhar. não me prendem, também não me libertam. é preciso encontrar nas sombras o corte de luz perfeito. estou à caça. do que o dia vai fazendo com o azul que me compete enxergar. o sol, não sei exatamente de onde, brinca com a cor das nuvens. assisto. sem gritar.

23.7.19, 21h46

passa das nove da noite [como já sabem (tudo o que falo é inútil)]. fumo cigarros na janela. as estrelas pouco aparecem no céu. a cidade vai se aquiescendo nesta rua adjacentemente angelical enquanto para um caminhão com lenhas, dois senhores, um homem e uma mulher nitidamente quebrados (percebo quando pausam no encosto de uma árvore, vejo as costas arfando, imagino o suor que desce salgado, procuram condenar o ar a um passo mais largo), o senhor fica em cima do caminhão descendo as lenhas para a senhora que as coloca em um carrinho. seguem os dois nesse ofício, como. jantaram? isso não passa nos jornais nacionais. quase não há estacionamentos na via [na vida também (e não só)]. então atravessam alguns passos e carros, param no meio da calçada, porque ao lado tem outro carrinho para onde transferem agora as lenhas. são vinte e uma e quarenta e seis da noite, já disse. esta cidade acorda antes de mim, antes das quatro. esta cidade não dorme. lustres iluminam os edifícios celestiais. amanhã haverá pizza no forno. já se passaram seis meses. um helicóptero corta o silêncio. não vejo mais nada.

24.7.19, 8h56

dizer que estou me sentindo mais velha pode ser envelhecer-se, vá lá. {interrompo, sempre [quase (não sei)] por conta do ritmo do cigarro. me ocorre que estamos no mês de nosso parto. não nos apeguemos a datas, que são muito menos importantes que palavras, uma falsa demarcação do tempo. valem menos que atitudes, dessas cotidianas, perigosas determinações do vento. valem menos, então, que silêncio? não sei, já disse?}
estou me sentindo mais velha. o que estou a pensar é que estamos renascendo quando nascemos agora, neste mês julino, ar frio, sol claro, tempos sombrios.
algum tipo de transformação estou sentindo, é o que quero dizer. uma onda muito forte, muito ampla, muito repleta de outras. uma nova era? uma velha luta? uma inquebrantável corrente do sexo tido frágil? considero várias possibilidades. e assim estamos (re)nascendo.
neste momento, é como se levantasse uns cacos, muito delicadamente, pois são periculosos, diria até cruéis, mas precisamos apanhá-los, esses cacos ágeis pontiagudos ferozes. vamos com calma. avaliamos o pó que ficou em cada um. o que ficou de sombra facilmente espantável, o que ficou de mancha mácula ferida. acho que é preciso ter calma, você acha? não tenhamos pressa, nosso exército precisa dominar suas armas com mais tranquilidade. sim, digo tranquilidade, porque já estamos armadas, já estamos a ponto de explodir,

se é que me entendem. vejo em várias passantes na rua. gritam ao telefone hinos. estão quase todas acenando não. estão quase todas chutando o chão. estão quase todas partindo. há muito sabemos lutar sozinhas. quem dirá que já não nascemos assim?

minto. não tenhamos tranquilidade alguma. a vigia é integral. firmemos o passo. esterno pra frente. queixo pro alto. ouvidos a postos. boca aberta. pra onde?

25.7.19, 17h03

onde exatamente você perdeu os seus sonhos?

nada, só me ocorreu perguntar. dizem que nada custa, mas me custa acreditar.

aqui há um pouco de paz, agora. minutos atrás, não. têm se passado assim os dias. e aí?

ah, sim, às vezes me passa pela cabeça estar demente, fico grata por se preocupar.

lendo teatro me pego pensando na loucura. que fenômeno, não? sei pouco. apetece-me apreciar mais devagar, sabe? talvez daí o declínio da psicanálise, o meu [ou o seu (quem sabe)]. como será que ela chega? assim, como estamos, de repente caminhando com passos mais seguros, embora mais rápidos decerto, então uma espécie de tornado torna tudo solitário? fogos ardem nas ruas. as noites são mais escuras. o medo é o passo da pressa. você sente [sentiu (sentiria)]? passa. aquieta. não há com o que se preocupar. digo, por favor, não me entenda mal. mas ando mal mesmo, é verdade. por aqui as coisas estão mais ou menos na mesma toada. a depender da sua frequência de leitura do noticiário, é certo. uma espécie de patrola de estupidez ara esta terra fecunda em crueldade. dizem que com este sol, estes verdes, estes mares,

as sementes despontam de vento em popa. o patriarcado derrama das janelas. daqui de onde estou, miro cada um com uma arma. não sou capaz de atirar no plano real, não me leve a mal. estava falando da loucura, é mesmo. não sei muito o que dizer. só estou mesmo conjecturando. o que se passa na mente insana? já se perguntou o que se passa na sua? recuo. não há com o que se preocupar. é preciso, de qualquer modo, manter a calma. não vá estourar os miolos, digo, os espólios. esqueça. vamos falar de outra coisa, pensar em outra coisa, pra que mesmo serve o poder, não é?
ouço um telefone tocando longe, depois crianças pulando, ouço buzinas, pneus, brecadas, um cachorro bem distante, uma moto, alguém amassando um bife com muita fúria, parece que também tem cigarras dentro dos meus ouvidos. curioso. já faz uns dias me ocorre isso. a noite vai caindo bem aos poucos nos móveis, como eu gosto. vasculho as sombras dos talheres, das plantas, dos livros, das cadeiras harmoniosas. as cores também se balançam. a luz vai competindo consigo mesma seu melhor ângulo. assisto, é o que me cabe. não é?

26.7.19, 20h43

às vezes demoro quatro anos para escrever perto de alguém [vezes mais (nunca)].
não é nada, relevem.
um bêbado ou um doente desce a rua pela sua metade. metade trôpego metade firme. metade magro metade cansado. metade escuro metade também.
carrinhos cheios de papelão e outros produtos puxados por desesperos ou o que sei atravessam a rua.
policiais e armas batem um papo na calçada. crianças brincam de bola, mas cada uma tem sua regra, vociferam e não concordam em nada. jacaré, soube agora seu nome, acena para alguém de onde não vejo de cá. nunca havia visto um carro errar o estacionamento conseguindo ficar no meio da calçada. catastrófica também sua tentativa de reparo. já penso logo {que também tenho lá meus preconceitos [nem imaginam as seitas (desfeitas)]} que deve ser macho. vocês me desculpem corromper assim nossa luta, que não é pela iniquidade, pequei. (custo a conter o riso lembrando o que desta vida já levei e o que hoje faz cócegas.) sigamos. rasuremos essa etapa.

1.8.19, 15h39

viver intensamente. acho tanta graça. depois (tarefa baixa).

4.8.19, 13h14

é difícil transpassar. talvez não tanto quanto antes, decerto.
mas vai exigindo mais tempo, se é que me acompanha.

7.8.19, 19h43

sexto andar. deixei cair do cigarro uma cinza acesa no chão. vi-a vivendo deslumbrante e ofuscante no breu até um teto antes do chão perdendo aos poucos o brilho e a nitidez do que antes já foi fogo ela e eu morremos antes mesmo de cair. tomamos outro corpo de empréstimo. quem sabe cinza acalentada no vento. dividindo-se e multiplicando pontos de vista. subtraindo-se em tantas partículas até não precisar mais contar. em tantas dimensões até não poder

em quantos passantes passa o calafrio do medo? qual a sua categoria?

7.8.19, 19h45

entenda-me bem (por obséquio). sou datilógrafa. compreende como o tempo tem nos ultrapassado? sobra-nos isto: a dúvida vestida de coragem. sempre o bene(male)fício, concorda? será? quem sabe lendo estas letras você tenha uma memória boa, algo confusa, quem sabe nem se lembre mais, não tenha vivido, lido a respeito ou mesmo nenhuma disposição empática, quem sabe, só você. daqui mal acompanho, conta-me tu o que sabes. não deixemos só para a história a memória, voltemos a compartilhar. sei que isso não é coisa lá que se deva fazer. perco às vezes as estribeiras. escusas. esse continua na minha frente é que me impede de me concentrar, meio que rogo.

8.8.19, 13h39

devíamos nos preocupar mais com a alfabetização, concluo isso ouvindo agora a mesma música que escuto todos os dias no estabelecimento (pretensamente primário) caro ao lado suficiente para perturbar o inconsciente.
as crianças não brincam, não há balanços, subi na janela da cozinha para ver, ficam enfileiradas malmente acompanhando debaixo do sol alguns movimentos das comandantes. algumas rebeldes tentam chegar até o lixo, mas são arrancadas sorrindo sem mais, repetidamente. algumas gritam mais alto, sei que voam longe. outras são espertas e amontoam-se nalguma sombra. uma criança sentada olha o céu. sorriem. para elas não existe essa história de esperança.

receio que tenho achado tudo uma (teria usado uma coisa assim de calão, mas).
tenho voltado à janela. há pouco uma voz redonda e forte a ponto de subir os andares da cidade de uma mulher imponente um pouco cambaleante na rua cantava e no seu canto como se uma ode eu vi a indignação ela cantava algo como você é filho de uma puta puta puta puta e isso batia nas paredes cansadas dos prédios acordando quem sabe que notas daquela garganta macia e áspera. acompanhei seu desfile pela calçada que era uma arte e ouvi até palmas de alguns adolescentes que realmente (ou finalmente) enfim. a árvore cortou-a antes de atravessar a esquina e eu pudesse e sua voz talvez nunca mais a esqueça.

8.8.19, 18ht19

eu me lembro de cada coisa, no sentido de troça mesmo. até da primeira vez em que senti poesia. foi numa flor. um pouco abstrato isso, mas foi mesmo. lembro, que tristeza foi subir e descer aquela coisa assim na barriga, não chamei de epifania, que não sabia sequer. acho que não me dava com as palavras. não as conhecia. e depois que as antevi, não sei bem como explicar, nunca mais consegui abandonar a caça. confesso que muitas vezes engavetei a garganta. o mundo o quanto sufoca. substituí verbos por relógios. enredos por semáforos. sonos por contas. fui erguendo assim pirâmides de papéis em branco. não que se não me escrevessem em mim. a vida não foi passando ilesa. foi deixando valas como se me lembrando a todo momento que estava ali. sim, a palavra. sempre esteve ali comigo, espreitando. feito um fantasma, uma foice, uma fome. roncando. ignorei o quanto pude (será?). não sei. quantas vezes comecei poemas pelo fim. que bobagem. cozi letras como pude. talvez não. poderia mais, bem mais. sempre acho que posso bem mais, coitada. passo eras depois a soprar esse olho encharcado. tudo isso para justificar quem sabe desculpas por essas lisuras de superfície. dominei mal o trote da língua com o tempo. assim me sai, perceba, essa dor delgada, pode ser que sim. esses lábios secos. esses dentes presos. a cidade insiste.

12.8.19, 6h05

não tenho conseguido dominar muito bem os pensamentos, a verdade é essa. atuo em peças em concomitância em desaforo, não consigo nem contar. por isso erro as falas, nunca soube decorar nada na vida. como quem mal pare palavras mais grossas, mesmo rígidas. o desequilíbrio do tom, talvez. embora não seja possível tingi-lo de outra forma, talvez. por que precisamos de tanta certeza? sabe-se lá quando essa idade volta. fumaça, é essa memória cheia de caprichos. esse ar perigosamente parado. enquanto todos seguimos. comemos, a cada dia e decreto, mal. tomamos nossos ônibus, nossos destinos, veja as nossas angústias. respiram coladas às janelas, marcando nelas seu sopro de vida. vezes com lábios trêmulos, salgados, quase posso sentir daqui. [do outro lado (da minha janela).] acordamos muito cedo, sem nem saber bem como agasalhamos o clima. atravessamos o escuro úmido das ruas, que mal despertou o céu. não bocejamos não porque não tenhamos sono ou porque durmamos oito horas como o recomendado, mas porque os passos largos há perigo na esquina impelem nossa respiração para a corrida do. acho que já me entenderam.
metáforas, faz tempo que não comando. continuo repetitiva, percebam. é preciso reconhecer quando se perde a batalha, acreditem.
poder. quando nos dispomos a pensá-lo em suas minúsculas. noto daqui, das minhas gavetas neurolinguísticas [todas

muito (bem) revolvidas, há de se crer]. o poderzinho. deitado nos cafés cotidianos, nas tolerâncias erros crassos. nos transeuntes revolvendo o lixo. nos helicópteros vigiando quem carregando o que abastecidos por.
uma revolta acontece na garganta. temo uma implosão, por isso recuo.
vamos virar esta página, é o que lhes sugiro.

a luz já revela os móveis, esses objetos parados à espreita. à espera dos nossos esbarros, dos nossos equívocos, de nossas mudanças. o céu está acordando cinza, promete garoa quem sabe. os prédios amanhecem apagando suas luzes. os postes dormem. as portas rangem para cima. bicicletas atravessam uniformes cumprimentam do outro lado da rua. não decorei seus nomes, já disse que. os cantos dos pássaros vão ficando mais distantes. chuveiros tagarelam entre si entre paredes. as sirenes cantam pneus, precisam mostrar a que vieram. buzinas, ah as buzinas, buzinam buzinam buzinam e ao longe seguem buzinando.
são seis e quarenta e dois. e o sol não vai nascer. [nunca nasce. (é preciso tirar o poder dessezinho.)]
a previsão ontem era de céu aberto.

12.8.19, 8h

o céu chegou. mania talvez de contestar tudo. mesmo antes de. não sei mesmo do que falar.
não que não queira narrar, mas não me decido. sem decisão parece que não se vai muito longe. encrespo-me. essa ordem sobrenatural que vem de cima querendo me dizer que tenho algum dever. recuso-me a consentir, esbravejo enquanto não sei bem quanto dura. meio que assim, atirando pra cima. tapando os ouvidos. correndo de sombras no escuro. e você?

12.8.19, 8h05

a tortura, como se configura. digo, na história, no dia, em cada um, em cada instante. cometo-lhe censuras [ou cesuras (como queira)].

17.8.19, 13h38

pensando que curioso. parece que há dentro da nossa guerra civil [ah não acha? (então nem prossiga)] uma batalha quase imperceptível, se vista tão assim de perto, cujos atores movem-se, quase se pode ver, por trás das cortinas de um vermelho cor do que já foi, não sei bem como descrever {é um pensamento [ilusório (talvez)]}, mas se assistimos um pouco mais atentos e conseguimos fazer alguma análise do palco, da disposição dos móveis, do sussurro dos discursos, da neblina dos atos, sim, acredito que sim, algo assim é possível se pensar como se no dia a dia da nossa guerra civil mesmo houvesse uma guerra institucional, não sei bem se a palavra está correta ou banal. digo, o que quero dizer é que os nossos velhos amigos no sentido de inimigos decoraram muito bem sub-books, subatos, sub-humanos. como dispor o ambiente, talvez. como informar, proceder, sim, acredito mesmo que sim. coturnos não batem continência, será? a quantos golpes resistimos? não sei. o mais certo é que ninguém saberá.

17.8.19, 13h57

vezes me preocupa tudo estar assim desordenado. ou está ordenado, organizado, até claro, bem alinhavado, digo, como se se pudesse saber, a esta altura, a que veio. não sei, ou melhor, não maturo saber.

18.8.19, 15h47

a gente sempre sabe que poderia ser melhor. talvez venha daí a angústia. não é certo que se saiba. muito menos sempre. quanto mais nós.

19.8.19, 14h13

quando eram treze anos de idade [desculpem interromper (agora me ocorreu), preciso lembrar que pobrezinha não havia sequer efetivamente entrado na maldita idade da mocinha, não sabia o que era sangue, não sabia o que era dor, não sabia o que era arte], estava ali o seu primeiro, digamos assim, mas sem na verdade esperar muito, o primeiro livro. nunca publicado, é claro, nem mesmo digitado, mas não é isso o que vem ao caso. também não foi a primeira incursão na, digamos assim, literatura, o que também não vem ao caso. na realidade, quase nada vem ao caso, acaso. fato é que naquelas páginas finas nem de todo firmes cor de há quanto tempo uma espécie de sessão sobre a autora. rio dela. há quanto já nesse enredo em que se foi tecendo até chegar a ser isso que não sabe. nessa visita de letras tão tortas desengonçadas resistentes ainda à implacabilidade da linha, utopias ermas traças. conto rindo, porque é de dentes mesmo que andamos vivendo. escrito ali o que ser quando crescer. talvez nesta hora soe como um vultuoso desejo o que outrora um vulto astuto de sons que apenas se criam na imaginação, tontos estrondos. ser secretária e ter um computador. com vastos enfeites pra míseras letras. coitada. [pausa (riso, aplauso não).] mais alguns anos, e o tal plano (pode-se dizer isso?). mais uns tantos, e telas móveis. pode parecer muito engraçado e eu mesma contando isso posso até rir. depois não rio mais. não é isso réstia semente sabugo

plantação herança resto invisível de consciência de classe? vou ser direta [aguenta firme (responda)]: isso lá é aspiração para uma criança? [ser (secretária) e ter (computador) por acaso tem questão?] isso lá é objetivo para alguém que sequer imagina o que é sangue na vagina escrita limpa começo-sem-meio-fio luta martírio ato que nunca mais, veja bem, nunca mais, ainda que se passem anos e anos e anos de teclas vírus atualizações de sistema, ainda que já nem se lembre do primeiro nome daquelas quimeras salvas ilusões disquetes livros secretos fitas cedês vinis retrôs pirateando o tempo. e tanto passo na verdade inútil. onde é que se consegue ainda abrir um disquete, você já pensou nisso? você sabe o que é isso? onde é que se ouve essa história? você sabe disso? onde é que se ensina que podíamos (podemos?) sonhar mais alto? mas mais alto quanto?
qual o teu sonho? não sei o meu?

21.8.19, 21h34

evitamos ajudar. e nos evitam. seguimos assim neste ritmo neste ou noutro país. presumo.
nós que mal avaliamos não sei se de medo ou pavor recuamos. evitamos dizer. não é preciso alarde. ou por ser. não é uma conduta apropriada avaliar este tempo. ao menos remeter do passado essa lembrança que já não é só isso. estabelecer relações. comunicar-se. não convém. é preciso posicionar entre o microfone e o público, por exemplo [num encontro de (pretensamente) intelectuais quem sabe assim em algum congresso internacional com a presença insigne, sei lá, por suposição, de algum ex-presidente da república de tão patriarca (sócio o quê?) ainda acha graça rir de mulher], um papel em branco roto que fica infinitamente transmudando-se na frente dos espectadores enquanto alguma voz em algum acento diz de longe o que não é possível ouvir. compreendam. é esse índice que ultrapassa o narrador. que já diz de outro lugar sabe-se lá de que quadro.
preocupa-me, indigna-me, emudece-me. enquanto é preciso, cada vez mais, dizer.

25.8.19, 14h53

perdi a meada. [também sei tricô. embora há tanto que já devo ter me esquecido. lembro de tricotar no meu canto preferido do sofá, onde se precisava sentar para ver a novela em família mas não se podia falar porque atrapalhava a novela. tem mais poder que o padre, pensava, na igreja, coitado, de colarinho branco esforçava-se para emocionar um público que de bocejo em joelho só queria mesmo tirar o peso do dízimo das costas, desconfiava. por baixo das mãos, as bocas passavam a limpo também a semana e suas fofocas, digo, especulações acerca de gravidezes desejos e tudo o que fosse (aparentemente) alheio. assim que chegava na igreja lia o verso do folheto, só para julgar o padre. o cansaço dele, quis dizer renúncia, não sabia sequer repetir a interpretação da palavra que já estava ali pronta, só precisava ler, quem sabe fazer algum fichamento, se sentisse dificuldade, mas sei lá também o que tantos domingos fazem com o corpo e a alma. muitas vezes concluía que ele não lia, quando falava de assuntos que nem estavam no verso, nem no testamento, nem nos ouvidos. não sei de onde tirava suas elucubrações. condenava (logo eu) com muxoxos ou dedos nos olhos ou alguns ahs levemente zombados, mas dizia à mãe que não era nada. claro, claro, vou parar de fazer isso. mentira, óbvio. ou talvez ele até lia e vivia sei lá seu momento santo semanal de transgressão. era a parte também que praticamente ninguém escutava. esqueci agora o nome que se dava. já houve vez de recolherem meu folhetim para que eu não lesse o verso e não desatinasse a fazer tudo que fazia de todo modo. e digo de gestos, que para nada saía a palavra em forma de som da minha boca da época (de hoje – sempre). (e não me podiam impedir de ouvir a palavra sagrada, muito menos de interpretá-la como quisesse. também me sentia detentora de poder, coitada e nem madre.) ah aqueles tempos. sinto o cheiro da lembrança molhando as manhãs. em que me ajoelhava e pedia a deus que me matasse porque suicídio era pecado. sinto o cheiro da madeira do banco na altura do nariz e os pregos que ocasionalmente acariciavam a misericórdia pelas patelas. conhecesse platão, sabe-se lá o que seria. mas não conhecia nada. e nas noites em casa lendo o salmo catando alguma espécie de ensinamento, eu me perguntava se não existia um livro que ensinasse melhor como ser bom. a sagrada me confundia. acho que não a achava poética, embora soubesse ainda menos de poesia. bem, não sei, memória não é algo que se possa confiar ainda mais em ficção. de qualquer forma, o mais prudente é que de modo algum se deva confiar, compreende. primeira lição do tricô. a vigilância na linha. embora inútil. sempre escapa.]

25.8.19, 20h12

daqui da janela, vejo um jovem abrindo a massa da pizza por trás da parede de vidro enquanto fora alguém procura no lixo. o que se procura no lixo. o que se procuraria. o que quem sabe se. deixe. ia dizer que motos e carros passam. faz frio. há cada vez mais humanos perdendo identidades nas ruas. é que me apavora. vejo o café pensando em trabalho escravo. olho pros olhos que atravessam rapidamente as calçadas e quero lhes gritar que não têm culpa. não corram. não calem. não morram. não sei mais como fabricar som.
deve ser isso. e mesmo que deixasse que a voz saísse não acredito que as palavras iam. se fossem não sem tropeçarem comendo umas às outras produzindo apenas algaravia. de qualquer modo misturando-se aos outros estrondos da noite. caminhões, facas, pneus, hélices, sinos, rumores, rojões, sirenes, canhões, a memória é de guerra. é de medo que perdemos o tino. cansamo-nos. embora tudo faça parte do tablado. quem dirá que sabemos fazer escolhas. que podemos. que diferença isso faz.
(suspira comigo.)

o que você está sentindo agora?

falo com você mesmo. que me acompanha letra por letra. palavra por lavra. verbo por erro. quem saberá se chegamos ao mesmo éden?

este espaço é todo seu.
baboseira, né? sei que não me acompanha. desconfia de mim. [embora eu própria (volta).] não vai perder o seu tempo precioso. questiono sua capacidade de parar para pensar sobre o que realmente está sentindo. fechar esta folha esse olho aquela

13.8.17, aurora

sempre quis ter uma casa. mentira. na verdade sempre tive pavor de geladeiras fogões sofás essas coisas pesadas que querendo ou não atrapalham a gente a mudar. se pudesse, se pudesse mesmo, era outra. é o que tento fazer todos os dias. do mesmo jeito que todos os dias vejo as pessoas fazendo isso. feliciando-se. feliciando-se é quase que como emulando-se, estuprando-se, niilando-se, só que com a boca levemente curvada não rindo mas sorrindo. aprendi na tv. foi mesmo. não vejo mais tv. mas às vezes lembro. já fiz arguição sobre isso. quase nunca me apresento, não é uma falta de gentileza ou um esbanjar de arrogância, só. odeio justificativas. mas meu nome. espera. como sempre, vocês já devem estar sacando. estou na verdade pensando que história conto ou invento sobre a minha vida. há pontos de vista demais em mim. quando me pego pensando, acaricio meu lábio. na verdade esse não é um hábito meu. nunca fiz até então. mas vi um dia. num apartamento em santos. ela olhava o mar pela pequena fresta dos prédios. as pessoas conversando bebendo fumando rindo muito ao redor. mas ela estava sozinha, com um ar francês. ela de fato era da frança. do sofá fiquei olhando. ela tinha as curvas bem finas dos lábios. e essa paisagem era realmente um campo no outono em algum lugar da minha memória europeia de películas. o olhar cor de nórdicos levemente parado. quero dizer que se movia lentamente como se estivesse sugando não o mar da noite, mas subindo sorrateiramente pelas curvas das

janelas. às vezes inventava obstáculos nos lábios, acariciava-os com força e depois com leveza. raramente o sentido anti-horário. depois de um tempo, soltava a mão das montanhas finas. parava no ar como se segurando entre os dedos um fio de ar. exatamente isso porque eu podia ouvir dali seu som, um vento. ela também levantava o pescoço. digo, o queixo. porque mais belo. às vezes alguém chamava seu nome. ela virava a cabeça de lado, abaixava até o ombro e sorria, mas estava mais sentindo o cheiro do amaciante da roupa, tenho praticamente certeza. não me lembro como se chamava. levemente da sua voz dizendo uma coisa que até hoje tento entender por que, e me arrependo de não ter perguntado. nunca mais vou saber. tinha um som de leite a voz dela.
talvez assim funcione bem. contando desse jeito, vocês entenderam, não foi? posso fazer um trato, prometer a verdade, ainda que o caminho seja bem mais longo e com fissuras nas pontuações.
esses momentos são mais tensos, não gosto. vou pensar em uma história pra contar. depois volto.
engraçado que quando voltei fiquei pensando um bom tempo se voltava e apagava um pouco ou se não. idiota isso, mas sincero. se é que se dá crédito ao mas depois de vírgula, hoje em dia. quem é que sabe correr de justificativas. odeio, repito. as coisas ficaram mais difíceis. minhas histórias das histórias diminuíram com o tempoa vidaacontaalamaoremoacamaaporradacultura.
como as pessoas conseguem escrever fumando, me pergunto. digo na minha cabeça mesmo. eram mais ramificadas.
não que não lembre. assim, não muito cronológica e ordenadamente. muitos buracos. há espaços em branco impenetráveis. talvez nem com a psicanálise. aprendi muito bem como cerc(e)á-los.
hoje, especificamente, não é um dia muito bom.

uns dias atrás alguém buzinou na rua e não soube se era para mim na janela. esse tipo de não resposta que fico guardando na memória. não exatamente nessa proporção. tentei ilustrar. preciso pensar em alguma coisa rápido.
às vezes me pego pensando que, se não fosse a bíblia, ah bobagem.
quem sou? não tenho filhos, não tenho ninguém. quase um aforismo.
quem sabe na próxima tentativa possa ser melhor.

27.8.19, 20h35

gosto quando coloco a capitulação e já me impulsiono à linha. nem sempre funciona. também nem sempre gosto. cada vez mais com afinco no movediço. deixe pra lá.

e você, como está?

31.8.19, 14h17

aparentemente estou aqui, entretanto mentalmente estou pensando em uma aula, na verdade um debate. algo como: literatura: como, onde, quem, quando, para quê? ainda mais hoje em dia.
agora me fogem exato as palavras. mas havia dicionário, cadavre exquis, ética, justiça, inútil, cura, et.

2.9.19, 6h24

talvez não tenham percebido mas não tinha mais tido insônia.

2.9.19, 11h50

você já parou para pensar na primeira vez em que, efetivamente, parou para pensar que o sol não se move? compreender a gravidade tanto quanto a poesia. ouvir o que a arte tem a dizer, porque ela está aos berros aos trancos e barrancos alucinada miserável suja quebrada espatifada rouca nua cicatrizada não aguenta mais nada, mas só parece porque soerguendo nossa muralha quero ver quem há de deter tanto lixo objetos descartáveis paralelepípedos robôs pra lá da meia-vida etiquetas descalças roncos urros erros que nos fizeram vós nós.

2.9.19, 12h04

o vento uivou aqui dentro ontem assustadoramente. bateu a porta do quarto. fui lá e com certo esforço talvez pouca energia abri a porta, que se fechou ameaçadoramente atrás de mim, cheguei até a janela e pus a cabeça para fora deixando o vento berrar nos meus ouvidos. eram lapadas de urro nas costas dos prédios. as árvores não sabiam mais como lutar, prestes a abandonarem os pés do chão. e então ele oscilava, o vento, tal como se fosse leve brisa noturna. mentia. mentia e por trás dos panos das nuvens armava gargalhadas nebulentas. vi. é claro que senti certo frio na espinha de não saber do que ele estava falando. é claro que suficientemente cônscia lúcida vívida da situação a que prestamos vossa excelência. não soube o que dizer mais. senti um ar violento bater-me nas costas com a cortina. assustei-me. por isso fechei de uma vez a janela do quarto. a porta já estava fechada. daí que querendo livrar-me do vento acabei por trancafiar-me com um pedaço dele. um pedaço que ficou no quarto e gritava mais desesperadamente que eu. meus olhos batiam correndo com ele em cada canto da parede parece que dava cintadas. quando então me acalmei, percebi que estava um pouco mais calmo, o braço do vento que batia alto nas minhas paredes brancas encardidas. nada tinha a ver com as nuvens. praticamente soprei no seu ouvido que tivesse calma. gosto de me repetir. ia libertá-lo dali. e então comecei a caçar no canto das paredes, principalmente nos cantos, também nos móveis es-

pectadores amáveis, mas foi a janela que se denunciou. sorri pro vento e disse adeus. nada, não falei isso de adeus, abri a janela pros ventos enfim se tocarem seus membros enfim confiarem na dança que nasceram pra ser.
desde então tenho a impressão de que ouço mais passarinhos, mesmo com a janela fechada.

3.9.19, 17h20

percebi que tenho vestido a roupa do avesso quase sempre. não faz nenhuma diferença, daqui. saísse às ruas faria? a depender do estabelecimento, do atendente ou da posição política, demais. isso assusta, não deveria? como fazemos para vestirmos educação? como fazemos para etiquetarmos ouvidos? como fazemos para sermos menos vilões, menos algozes, menos pisados? somos picados o tempo inteiro, é notório. reles restos. há uma avalanche de estupidez pairando em busca de assentos. um tornado de ódio em disputa por dentes. atreva-se, você, a sair às ruas. ouço daqui. vejo os lixos sendo revolvidos por mãos que se empenham. o que é isso o que há, humanidade? chove. enquanto chove pessoas se aquecem debaixo de galhos de pontos de pontes.
dia desses, pela ponta da janela, avistei a feira. a barraca de pastel. enquanto algumas pessoas amarradas às bolsas como se à cruz pediam comiam pagavam pastéis, ao seu lado [ao lado delas (ao teu?)] outras pessoas pedindo moedas, pedindo comida, pedindo pinga quem sabe que pedidos ainda sonham [sonham? (sonhamos?)]. o que sonham quando dormem com o corpo atravessado no meio-fio, a cabeça pendendo pro lado, a boca aberta, os olhos esbugalhados [porque sonham de olhos muito abertos (muito abertos)], os pés cada um para um lado como se fossem manequins quebrados de roupas sujas, como se fossem humanos mas (como se fossem humanos?). como assim o que houve com

a gente? como conseguimos mastigar, engolir, fazer feiras? como podemos seguir pulando seres como se fossem (como se fossem o quê?)? como aprendemos a não esbugalhar as vistas? como deixamos de? soubesse como era o grito, jogava tudo pela janela.

3.9.19, 18h42

não saio à janela quando vejo homens, normalmente. por isso tenho pouco para falar. mentiras.
chove tanto lá fora. em outros ares é árido. vem uma saudade molhada sem o cheiro de terra.
quero e não quero estar lá, bem como quero e não quero estar aqui. assim, em lugar nenhum, cavo beco nos meus próprios pensamentos. azar o de quem lê, meio que pergunto. relâmpagos desenham o céu. não dá para se ouvir o trovão. a cidade não deixa. uma espécie de grito no fundo de uma bolha de murmúrios com pneus alarmes buzinas, conto enquanto ouço, juro, aceleradores, agora ouvi um trovão, bicicleta provavelmente, um riso de cumprimento, achei tão bom, uma goteira talvez a janela da cozinha, graças aos céus não estou ouvindo o utensílio sonoro semi-insuportável que algum vizinho pendurou em alguma janela aqui perto demais, ouço crianças, escuto vozes, divirto-me, não sei se devo desculpas, é gostoso o som das gotas d'água quando pulam dos pneus escondidas nas poças. um helicóptero tortura o céu toda a nossa poesia e testemunha atos indizíveis {embora [ou justamente (ora)]} pra nós. nunca jurei me calar. falseio. não vêm ao caso casos que não importam. afinal de contas não estamos mais na era em que o cliente tem razão. sem bênçãos. não sabemos mais o que é lenha tampouco de onde vem o açúcar. não inventamos brinquedos. queremos guerra desde o berço. não há laço que

nos contenha. choramos sem ombros. erramos sem culpa. deitamos sem sono. gozamos a penas. apenas.
o que vamos fazer como?

5.9.19, 4h54

a gente criança quer tanto viver. ver. pegar. descobrir. lembrando de quando conseguia levantar da cama antes de raiar o claro, antes de o dia turvar, antes de muito deixar de ser proibido. acompanhando com receio a cerca onde o pai deixava ficar e as vacas olhavam perfuradamente. via o momento fatal em que, vacas todas no curral, abriam a porteira para libertar os bezerros. que passavam a noite toda chorando e perguntando da mãe, que de muito longe em algum pasto dizia espere, tenha calma, o dia logo clareia. e quando mal acontecia, uma manada de berros e patas tropeçando e correndo à caça das mães. não sabia como eles sabiam, mas eles sabiam suas tetas, corriam exato pro esconderijo embaixo do colo túmido que pesava em leite nas barrigas exaustas. que dor ao percebê-los já com os focinhos famintos fuçando tentando paravam. eram parados e amarrados com uma corda aos pés das vacas a boca dos filhos a fome esperava assistindo a um clipe suculento e perverso. era a hora de tirar o leite. então assim tentando silenciar o bezerro atiçando o leite na mãe, vinham o banquinho manco de madeira, o balde de metal amassado, as botas úmidas de estrume e as mãos indóceis de tratos que puxavam o leite de todas as tetas até quase acabar. balde cheio, libertação. ilusão. a barriga murcha, o berro rouco, o olhar complacente da mãe. pés soltos bocas desamarradas poeira estardalhaços podiam se alimentar. mas já quase não havia leite e se irritavam, chi-

fravam o ventre, reclamavam. contudo. as vacas me diziam.
o que me diziam? não pude então entender. era a mim que pediam calma? não soube. não sei se quero aceitar.
o dia já vai clarear. não ouço bezerros e mães aplacando. não sinto o movediço sereno do chão. não tenho a dimensão das cercas. não bebo leite quente de ventre.
rouxinóis cantam em algum lugar depois das vitrines.
quem passa sozinho na rua agora tem frio pressa e medo.
quero dizer tenha calma. minto. precisamos arrebentar esse cerco, revolver essa ordem, berrar.

5.9.19, 6h22

não sei você, evidentemente, mas sinto nossa cumplicidade. na verdade, queria mesmo era tocar os seus escuros. isso mesmo, os seus. não precisa olhar pros lados, voltar as linhas, caçar subterfúgios, interpretar. você que me lê. não sei ser mais clara. também não acho que precisamos sempre ser tão sombrios.
é verdade, pode ser que tenha razão.
o importante [provavelmente não (quem sabe)] é que almejo atravessar o seu nome. desabotoar as películas, você sabe, em realidade unicamente, de fracassos ensaios gozos que transpõem. vão escurecendo nossos cômodos, baixando um pouco as pupilas, franzindo o cenho, cutucando os olhos à noite.
estou falando tudo isso, talvez demasiado evasivamente, enquanto o ar amanhece de cinza. e é disso na verdade que quero realmente falar. (e da dubiedade da bênção.)
quero falar com a parte em você {temos partes? [o que temos (desde quando?)]} que tem um lugar onde chora sem abafos, um lugar onde anda de sobrancelhas tranquilas, um lugar em que uma espécie de intuição {compaixão [empatia (será?)]} faz você. sabe? achei que soubesse bem explicar, falhei.
sim, nesse lugar em que não gasta de nos enganarmos. sabe? eu não. entrar nisso me dói como doía o pecado.

como tocar você? como você gosta que lhe toque?

eu lhe digo avante e você não

enquanto você me questiona o que faço da minha janela, rebato: o que faz você aí parado?

a partir de agora [talvez sempre (se tivéssemos nos atentado mais)] tudo é ato político. grito silêncio vírgula cada partícula de penúria alento luta. avancemos. nem há pra onde recuar.

6.9.19, 18h03

como você escreve?
às vezes as pessoas perguntam, não é, como o escritor escreve e essa coisa toda. já me ocorreu. mas talvez vocês nunca estiveram tão perto. ou só me ocorre por imperspicácia. não manejo muito bem a língua. não sei se podem me entender, na verdade. manejo muito menos o que capto com esses olhos com essa idade com esse ar.
{pode parecer que estou aqui, mas estou nas ruas nas marquises nos ônibus com os olhos [às vezes com a alma (às vezes com as culpas)] nos passantes me contando seus receios suas feridas seus desejos. procuro ouvir, quero entender, confesso ter bastante resistência a assentir, no entanto
sabe, agora me ocorreu [é preciso que entenda que (quase) tudo é proposital], já não sei se eles são inimigos, já não sei se me leio neles ou se neles é que há algo maligno, se sou otimista pessimista niilista, já nada mais serve pra me definir, já não sei se choram, se amam, se existem.}
escrever. como quem decepa? como quem, sei lá, faz como se não estivesse fazendo nada? labirinto? labirintite? e precisasse voltar para não prestar vossa excelência a esse tipo de. não lido muito bem com as palavras, essa é a verdade mais que crua. e dizer a verdade nem sempre rende um bom desempenho, digamos assim – como em voga. estou blefando, preciso confessar. você imagine o que é viver na sua pele. todos os dias lendo notícias, fazendo conexões ultra-histó-

ricas estéticas políticas éticas inúteis. assistindo da janela. camarim de mudos. vendo o lado podre do mundo ao mesmo tempo que ruir (e com ele sua sanidade) mastigar as margens do pouco que ainda não morreu.
eu me presto a cada baixaria.
ah escrever pode ser isto: prestar-se às piores baixarias.
e sair quase ileso (se bem que acho que tudo depende da lesão).
{p.s. [não]: se é expectativa o que procura, então saiba que não há nenhuma garantia de que sairá limpo, se haverá água e cama, se terá regalias no reino das baixarias. lá o que acontece é indescritível [porque infinito (portanto inimaginável)]. vá por sua conta e risco. a quem falo, você deve se perguntar. ao que murmuro: já é tão tarde para esse tipo de dúvida.
é tudo verdade de fato? que caminho?}

8.9.19, 5h53

o trem passa. sinto o chão tremer. rodas de carrinhos acordam o asfalto. papelão, quem sabe comida. corro até a janela. gritos à rua. poderíamos dizer que passa um bêbado. ou marginalizado. em situação de rua. abandonado. louco. lúcido. tudo. nada. (como poderíamos.) descendo tráfego pela calçada, sozinho, cambaleando murros pelas portas fechadas. abro a janela para ouvi-lo. não me vê. não parece ver nada. mas grita. e no seu grito, que é uma espécie de súplica mastigada exaltada, escuto, ele diz: pede por favor, porra. caralho. porcaria. pede por favor. pooooooooorraaaaaaaaaa. por favor.
você ouça comigo. o trôpego passante na rua. o aparentemente louco não esbraveja por algum amor perdido. o aparentemente marginal não vocifera por algum dinheiro divino. ele diz, cru: pede por favor, porra. por favor.
vocês podem ouvir? por favor. é isso o que pede o que diz, não sou eu, o são chutando ar nas marquises.

ontem passa.

8.9.19, 17h01

sempre me pergunta. quase {praticamente [ora bolas (com esse advérbio)]}. se concorda, digo. se não, deixemos pra lá. nem sempre o que quero. nem sempre o que consegue [pode (deve?)] dizer. seguimos nesses dardos junto ainda aos nossos pequenos [débeis (imensos)] pensamentos. e os teus.

9.9.19, 14h20

aquela sensação aprazível, sabe? olha pro teto, sorri. os barulhos ensurdecedores da rua não perturbam a mínima musculatura. não há saudade. não há medo. não há solidão. não há sequer a noção de tempo. tudo é um trago um gozo uma epifania.

9.9.19, 14h26

sabe como gosto de conhecer as coisas muito? perscruto-as {o quanto posso [evidentemente (quantas vezes nos embrenho nesses sinais que nem sei o que dizem – se)]}. mas.

correr atrás de uma palavra, por exemplo. cada significado é uma margem imperscrutável de rio. persigo essa palavra. avisto suas possibilidades. caio só nas ciladas. quem sabe seja esse o a
não sei.

10.9.19, 20h29

gosto quando não ouço os ruídos condensando o ar. não há nenhum grito na rua. ninguém com fome com frio com medo. (não tenho certeza. mas é o que fico pensando. como será o perigo sem lar? o céu a chuva o mundo o inferno.) portas quase não há fechadas, placas, amassos, nem nada. pessoas nem vêm em vão. falam ou calam, não há nenhum receio também. os risos sacodem bons-dias, cheiro de café, cadeira. quem sabe janela. não há surpresas na esquina. as manhãs estão vindo em céus límpidos. sem desabrigos. as cortinas seguem abertas. já quase não se ouvem tevês sirenes lamúrias. tudo vai de vento em popa. sonhamos, cada vez mais. dormimos, comemos, amamos satisfatoriamente. não nos preocupamos, ao menos tanto, com lucro. as árvores sempre têm preferência. nós adoramos compartilhar alegrias, viagens, convites, nós somos interligados. respeitamo-nos amém. nas madrugadas às vezes sombreiam uns pesadelos, mais uma zona cinzenta, no entanto não há com o que se preocupar. estamos contentados com nossos trabalhos, nossos planos, nossos filhos, nossas aposentadorias. está tudo sob controle. temos nossas instituições, nossos três pódios, digo, poderes, nossos milagres, nossos métodos, nossas ordens, nossos jardins ornados. tudo funciona perfeitamente. não há chacina nenhuma. muito menos periculosos. justiça aqui é mato, como se diz. (não sei, na realidade, se se diz mais.) a paz nos reina com toda sua imensa sabedoria. não estamos fartos, mas também não estamos lisos. nada nos assalta antes do alvorecer. galos cantam praticamente ao pé do nosso sítio. estamos hiperligados. ouvimos música, brindamos à poesia, não temos limites.

13.9.19, 19h03

acaba de me ocorrer algo muito surpreendente.
como uma epifania, sabe? {anotar: preciso falar disso, do esvair. [o problema é que me ocorreu outra agora, vinda de outra sinestesia (e me perco de novo atrás doutra e outra e.)]}

você já brincou de pontuação? era uma dessas (daquelas) brincadeiras estúpidas que inventava pra mim mesma só.

quer saber? antes de mais nada não consigo escrever às vezes nesta situação (ou).

a soberania parece que está no meu corpo. preciso dela tanto quanto. não

perceba sem me julgar tanto, sem exigir demais.
tudo quanto é sinal diz, escuta.

ah sobre o que deveria (nossa) dizer de assim tão surpreendente.

não preciso convencer vocês. preciso convencer a mim mesma.

e tem outra: daqui deste lado da janela não tenho a sua perspectiva. é sempre bom lembrar-me.

14.9.19, 15h46

tenho vontade de chorar quando penso em toda a gente sentada em volta de fogueira, grama, sol, chuva, noite, o que for. ouvindo uns aos outros muito mais do que falando. os mais velhos contando histórias, como uma forma de ir escutando os tempos. aquelas cantigas, aquelas famílias, aqueles mitos. minto. choro. agora mesmo umas lágrimas salgadas assim meio lassas meio predispostas, não sei bem como definir, ameaçam cobrir toda a cara, então surge uma enxurrada de músculos querendo ter parte. às vezes, uma acontece de cair sem ver.
como você chora?
quando chorava, só me viam às escondidas, nos cantos mais escuros da solidão. aprendi desde muito cedo certas coisas na vida que não tenho sequer lucidez de como se pode nomeá-las.
[interessante isso que me veio agora. você observe comigo (ou sem) como às vezes tudo deságua no mesmo lugar.]
naquele tempo em que a gente parava muito tempo para olhar o fogo na noite amordaçada de estrelas. de dia competia de descobrir quais eram os desenhos mais verossimilhantes que as nuvens rascunhavam. zombavam da gente. a suavidade da filosofia e da poesia entrando nas retinas das crianças. {o que será [ou foi (ou é)] feito delas? quem sabe?}
tenho saudades, a verdade é essa, de respirar aquele ar. (será que já percebemos o quanto um ramo puro de ar agora é raro?) nada. nada precisava interpor-se.

lembro-me de tardes debaixo do pé de árvores enormes, catando tamarindos pro vô deitado na rede. não sabia o que era patriarcado, só me aproveitava das histórias, colhendo eu o meu lucro, dos passados daquela idade que fica cada vez mais perto. a ficção começando a pôr interrogações nas feridas. talvez quisesse aprender, não me lembro muito exato o que aquela criança pensava. só do gosto do tamarindo me ensinando que tem muitos sabores torcidos a língua. depois as histórias iam e vinham na minha mente. sei lá se já era um sinal da escritura. lembro de tentar quebrar bolinhas redondas de cocos para descobrir castanhas maravilhosas. parecia com os cocôs das cabras, o que é péssimo quando você se confunde. a memória não tem muito zelo com as lembranças. seriguelas, jacas, não sei se chamaria traumas, mas ocorrências só não piores que buritis. tantas histórias por trás. quando sinto o cheiro do buriti, perto ou nalguma recordação, apanho, sem benesse. o ter que descascar por mando. assim não era bom. não tinha graça nenhuma. preferia ouvir histórias do vô, por mais que não pudesse fazer perguntas. uma vez tive a audácia. questionei, não sei se por fora, mas ao menos por dentro, se não me falha a gaveta: tendo apanhado (costas, couro trançado, galhos, essa coisa toda que não cabe em obra) por um crime (parecia, ou era?) que não cometi, que forma haveria de manifestar esse dado antes de sofrer o perjúrio? obviamente, não foram essas as palavras. sinto que muito melhores, de todo modo não posso garantir sequer que existiram. a resposta, passado ali algum tempo numa medida maior, imagino, a resposta vinha descendo de um trono dizendo que não haveria muito o que fazer. o que poderia tentar era: muito calmamente, depois de ter suportado, com (não muita) altivez, a correção [acentue (por favor) com alguma gentileza esse nome] de alguma falta, justa?, ah sim, com bastante respeito, disciplina e resignação, como ia dizendo, o que poderia fazer era: tentar perguntar, com uma voz muito baixa {dócil [sem resquício dos vergões (sopre)]}, soprando: a bênção, pai, o que fiz de errado? então, num posterior paulatino e raro, a depender do tom do som da cor da resposta, poderia débil inútil infelizmente justificar o incognoscível o impalpável o sem nome o secreto o ininterrogável. era um método muito minucioso, na época acho que achei, de qualquer forma gostaria de ter podido contra-argumentar, se, que me parecia um tanto quanto díspar do que talvez fosse um pouco mais justo, parece. ainda assim, alguma coisa naquilo ficou de aprender. naquele tipo de espécie de [como se chama (ética?)]. não sei como justificar.

20.9.19, 20h52

enquanto chove, venta alguma mudança dentro. ao menos o querer. já me cansei de cansar. bruta, me enfastio nas costas. o semblante envelhece, vejo pelo espelho esquecido. não sei ainda pra que direção. a chuva é amena. molha, digo. enquanto olho a rua nublada pela janela.

21.9.19, 8h56

você veja como são as sensações. sorrateiras.
uma hora você está um poço de fracasso, tristeza e desespero. na hora seguinte, um constructo, um embrião de entusiasmo, um desespero mais assimilado ou conformado ou profícuo. às vezes se chega sozinho à conclusão espinhosa de que a vida não para de caminhar rumo à morte. por baixo da aparência, não há um milímetro sequer (mais apropriadamente milissegundo) de avanço ou tardança. o ritmo (desse rumo, evidentemente) segue, seja qual for o obstáculo, o véu, a sensação. o mesmo.
faz alguma diferença pensar nisso? pode ser que sim, pode ser que não. quem sou para te impelir a qualquer movimento anímico? ninguém. ofereço sequer nome, status, real. o que você sabe de mim? nada. isso importa? nada. o que importa? para ser honesta, posso nem dizer que compartilho alguma coisa. suas respostas, é só você que as tem, se.
penso (pouco que me resta ou muito, não sei se cabe aqui dizer ou a mim julgar) que tendo ajuda, mão, conselho, palavra, pode ser, pode ser que algum tipo de luz ou de túnel leve a alguma parte.
difícil, não é? difícil, acho. difícil escolher o que pensar. o que fazer do segundo. fugaz. engana tão bem nos enganamos.
admitir seu lado humano, seus excrementos de pensamento, sua mesquinharia de egoísmo, suas dores, tão suas, coitadas.
desditosa estou, sou, sei lá o que é que somos, o que seremos, daqui a uma hora ou milhares.

pode ser que o melhor da esperança nesse mundo desesperador que tenho é que após essa letra finco uma eternidade. ou não. não vou mais apagar tudo. fique aí, pra você. quem é você? sobra-me bem pouco. deixo aqui. jogue no lixo se quer. rumine ou não. já morri?
esse rio que passa na história não banha ninguém às vezes nenhuma vez. mas banha-me. passo as mãos nessas águas, deixo minhas células mortas, estas mesmo, esclareço e turvo o quanto posso ou quero. não é coisa fácil escrever. impulsa o ser a ser. ser o que agora? que louca.
veja. as ameaças lá fora. saio ou não saio? permaneço? minto ou não finjo?
noticiários têm mais ficção e inverossimilhança que posso oferecer. vou nem falar de verdade, aquela maiúscula. vá ligar a tevê. quem sabe encontre lá algum caroço no vômito reaproveitável. tentei ontem. vendo o jornal da cadeia nacional. gargalho. interpretação ali é o que mais se exercita.
há momentos em que me preocupo (tanto) com o que pode, você, pensar de mim. não vou mentir, tenho curiosidades tão sovinas. jamais me saciarei, jamais saberei, jamais. queria ser um passarinho ou mosquito ou neurônio para descobrir. não sou. nunca serei. me acompanha? tão óbvio quanto solitário que não. o que fazemos aqui então? e sei? há provavelmente letras muito menos fúnebres. gargalho de novo. de que espécie de luto já ouvimos falar?
sou maravilhosa, digo-me. a ver se creio. crê-me? não creia. crença não sei o que compensa muito, sabe?
você pode chegar à conclusão (não absolutamente difícil) de que pouco compensa acompanhar isto aqui. que história é esta? nenhuma. a pergunta quase sempre não é adequada.
tenho raivas tão hediondas que se soubesse dizer, tenho praticamente certeza, você sentiria um pouco mais (talvez) de entusiasmo. há outros livros mais entusiasmados ou entu-

siasmantes por aí. não acredito (muito) também que é lá isso o que você procura se chegou até aqui. fecha-me. rasga-me. lincha-me. te fiz alguma pergunta antes de morrer?

não acredito em deus. muito menos assino embaixo dessa afirmativa. tudo depende. alguém olha por nós? pra nós? você? fui criada para acreditar. e ainda que não fosse, seria. claro. vá tentar mudar a mitologia que sobrou. burlo (mal) a gramática. finjo que sei os limites da norma. engano-me que desestabilizo fronteiras. contra quê? contra quem? contra mesmo?
olha, vou lhe dizer uma coisa. o que mais tem sido difícil {para mim [é sempre (sempre, querida?) bom deixar claro]} é preservar o pouco que vai restando de dignidade. porque enquanto a vida caminha para a morte (não sei se concorda comigo) vai pisando com seus pezinhos mansos (é sempre a mesma, a mesmíssima serenidade) no que de obstáculo esbarramos ou construímos ou imaginamos. imaginação talvez seja (quem sabe) o precipício mais verídico que evitamos. não tenho a mínima ideia do que isso te causa, do que isso te lembra, de como isso te mobiliza, se.
estou aqui sentada envolta em coberta com esse objeto computadorizado à frente conversando com o futuro. registrando este presente. inventando um tempo que já existe suficientemente (não tenho muita certeza disso). pode ser que estejamos circulando avançando adiando um caminho que se mexe na mesmíssima direção, embora recuemos sempre de alguma forma. buscamos no pretérito algum significado? é claro. tão claro quanto o céu de sãopaulo. dia desses chegou fumaça da amazônia. confesso que até comemorei, com o que de mais mesquinho há na minha humanidade faturada, que o sinal da destruição chegou no eixo, passou na televisão porque chegou nas cabeças, sem metáforas. a gente quantas vezes só acredita quando acertam o nosso calo, não é? há um

ditado ou coisa assim que quando aprendi não esqueci mais que diz que não importa a situação do outro (adaptei) nossos calos doem muito mais. quer verdade mais crua? precisamos pôr metáfora em tudo. a vida é nua demais. a vida, essa (mais uma) instituição falida.

tenho vergonha dos meus sentimentos. tenho nojo de mim, dos meus ódios, dos meus eus eus eus eus. só penso em mim. não faço aqui nada mais do que isso, pensar em mim. acredita? não acredite em mim. não acredite em nada. o lucro te faz feliz? é mesmo? é só meio? é mesmo? o que te faz feliz? quando foi a última vez que você pôde, assim com toda a verdade que possa ter sobrado aí, vivenciar essa palavra, felicidade satisfação alegria peito lindo maravilhoso perfeito sem colesterol sem estria sem rasgo sem sintoma. gargalho pela terceira vez. vou nem terminar de dizer. o que também não é novidade. porque nada mais é novo. nada mais. nada, nada, nada. nada? ia dizer para não morrer afogado, mas achei péssimo. digo mesmo assim. volto à primeira linha. voltemos. o que foi mesmo que disse?

achei que tivesse dito com mais clareza. não disse. o que foi que queria dizer? o que quero? indigno-me cada vez mais atrás da dignidade, a verdade é essa.

28.9.19, 8h22

sofro de amnésia onírica. acordo sem saber se dormi bem de fato. queria ter sonhado que uma criança morreu de fuzil pelas costas. saberia lidar, quem sabe, melhor com o real. apontaria para mim mesma a arma. mas abro os olhos e vejo: um sangue nasce do asfalto. estado ocupado de morte. faço o que com essa bala? tomo que mão de empréstimo? pago que juro? com que benefício? sufoco-me no cinza sujo da manhã. faz frio na alma. não há agasalho que aqueça. das necessidades básicas carregamos apenas necessidades. sabemos nem mais o que é base. passamos pra muito além do chão. um buraco no estômago, um buraco no túnel, um buraco na vida. certeiro. certo? direito? soubesse um xingo desse tamanho explodia. implodo uma tal sequência de nãos que me morro. se saísse de casa, matava todo o parlamento, o judiciário e executava cada rés de quem executa no tiro. limpava, expurgava, oneraria. mas não sirvo pra nada. sequer pra sonhar mais eu
perdi (por completo?) a
se
NÃO

29.9.19, 16h33

às vezes olho fotos antigas. para lembrar como era meu rosto. esse aqui, não sei. mudou tanto. saio buscando alegrias que achei que não tinha. lamentando (não) tê-las melhor. enquanto estavam ali. disponíveis. ir e vir. liberdade. dignidade. sei lá. é como se a gente só se lembrasse do quão cara é a fruta. quando não pega mais no pé. que sabor, não é. quando fresca. nem gastava de lavar. o gosto da terra. até o som quebrando o limão do galho. vem agora. sinto tanta falta daquele peito. não sei o que há. esse ar. não respiro. mais com tanta honestidade. não resmungo mais com. tanto acento. saudades da minha mãe. do pai. de mim. de não saber que. nunca é possível voltar. olho fala mais salino. garganta não deixa o grito. desaguar. não sei mais como. engolir. pés des-sabem. caminhar. lábio esqueceu de como. rir. que cor o céu. quando. vem me buscar.

peito curva. alma some. olho morde. língua dorme. um pássaro em algum lugar canta. com que força. escutar. faz uma lua. a coluna. estirada sobre a cama. travesseiro. esse zumbido. essa angústia. esse fracasso. que cerca. esse muro que. mal. ergo. entre nariz. ouvido. garganta. movimenta. um vão. cheio. de.

nem é preciso. assim. grande tombo. basta a sombra. de uma pedra. já me espatifo. no chão. lá onde. onde alguma. alguma coisa. prega as mãos.

estou tão triste. mas tão triste. que nem sei se sei se

29.9.19, 20h

seja feliz. seja feliz. seja feliz. digo àquela que fui. é claro que dessa distância nem ouço.

19.10.19, 10h48

fazia tanto tempo que não ia à janela que me assustei quando vi as flores. é primavera, dor. acalma-te.
não.
você precisa ir a um psicólogo, sabia? psiquiatra ou psicanalista, decida como quiser. é claro que faz diferença.
ainda mais se já não sonha, e quando se lembra é do pesadelo que te levanta o tronco prostrando seu sono o dia inteiro. cabeça inchada. vontade de morrer? é preciso falar disso, sabia? não se cale nem se isole, dizem que não é bom. importante falar. os seus amigos onde estão? não se pergunte onde estiveram. onde você está?

atravessei esses vinte dias para pular a parte em que fizemos anos. confesso que pensei em vir aqui só para pedir desculpas pelas ausências. mas você entende (coitada, tento me convencer de que percebeu). também argumentei que não há a mínima razão de perdão e essas tantas palavras oclusivas.
um ano e o que temos? certezas? constatações? que diferença faz está cada vez mais esfumaçado lá fora. não vou mentir que penso em sair. para dizer a verdade, tenho pensado em deixar um pouco de pensar. que incoerência isso, você vem me dizer, não é? não me disponho nem a rir. já passou quanto tempo sem ouvir a própria voz? já passou quanto tempo sem ouvir voz? já passou quanto tempo?

tentativas. já me cansam. nem lucubrar.

diminuir o som das letras que me batem na cabeça.

às vezes [preciso (preciso?) confessar].

/grandepausa/

tem acontecido muito isso. esqueço.

(suspiro bem bem bem fundo, vamos.)

20.10.19, 19h46

neste exato momento, ouso estar arrebatada. assalto de alma, talvez isso. a queda.
já caí várias vezes. assim não. apetece-me, diria, se coubesse esse tom. não cabe.
um ser humano com tanta mediocridade. o que sou. o estômago grita. pudera. mesmo cônscios da gastrite, abdicamos de café e cigarro? não. entorpecentes muito piores, na realidade, ultrapassam os órgãos vitais, tão minúsculos.
é sempre (bem) oportuno desconfiar de quem fala tanto em verdade. (tanta coisa se pode tirar daí. deixo a vocês a chave que, de qualquer modo, não me pertence.)
saindo aos galopes as frases vão. deixe. permitem-me muito mais que eu a elas. nós o que sabemos de arreios, mantas, selas, barrigueiras, cabrestos, cabeçadas, freios, rédeas, estribos, estábulos, cochos, ferretes, arames, cercados.

28.10.19, 4h23

tem uma orquídea aqui, não sei se falei. está toda tão florida de lilás. aprendi a acordar cedo e cumprimentá-la. toco suas mãos, digo, pétalas, com as costas do dedo indicador. acompanhei o nascimento de todas as suas flores desde quando eram botões. agora vê-la toda assim pronta, disponível pro tempo, exuberante pra mim, ao mesmo tempo que me comove me nostalgia de quando era criança. esperava o dia seguinte para ver o botão crescendo e abrindo-se, revelando-se, dando-se a conhecer, sem no entanto. que agora, o gerúndio vai se perdendo. nessa espera de ver quanto tempo ainda resta. acho que nunca havia acompanhado tão de perto e solitariamente uma orquídea. dizem que tão melindrosas, sempre acreditei, nunca procurei testar a tradição. aí que não sei quanto tempo dura a orquídea. penso que, por muito mais misteriosa que pensava, resiste de uma forma muito mais forte. há dias está assim maravilhosamente aberta e exuberantemente livre e lilasmente firme. pétalas todas cumprimentam-me com o mesmo fulgor todas as manhãs. sinto a tonicidade das suas veias vigorosas. como se nada ainda lhes assaltasse a existência. percebo que ainda vibram quando lhes dou banho, as pétalas. como sorriem seus riscos de branco e o amarelo no centro sexual do seu corpo. e ela assim. decerto em busca de me ensinar um tipo novo de amor, um tipo novo de cheiro (que a fumaça mal), um tipo novo de tempo. e eu? só consigo pensar em quando será que vai morrer. agora, então, me envergonho, mas é assim. acordo todos os dias cumprimentando-a buscando um sinal de morte em algum descuido de pele. nada. dia desses, caiu, não sei se de desespero, não sei se de brincadeira, não sei se de vento, deixou-me duas flores no chão. e com que dor imaginei seus membros decepados. quase fiz um funeral de lamúrias. mas nada. piscaram-me as flores aparentemente mortas. o que é que a gente sabe da liberdade dos outros? ham, diga-me. nada. coloquei há dois dias as flores em uma minixícara com água. sorriem-me. ainda que o caule mirrado aos poucos vai se afogando, sorriem-me as pétalas robustas (como essa palavra é ardilosa) de um lilás revolucionário. o que me impressiona, a falar dessa coisa do tempo que resta da morte (não sei mais exato como é a ordem), é que há um rastro, isso, um rastro, de uma flor no tronco oposto da orquídea quem sabe da primavera passada. não estava aqui então. (ah, estação passada, sabemos quantas.) só nos conhecemos, a orquídea e eu, sei lá, há uns três meses, só nós, ninguém nos ouve nem testemunha nossas dores e cores e quedas e sonhos. ninguém de todo modo testemunha sonho de ninguém, que baboseira. mas o que ia dizendo, nessa vertigem um tanto quanto. tropeço. desculpa. que não sei como sortear a palavra unívoca pro pensamento multívoco. é que resta da primavera passada um corpo aparentemente morto, mas vivo, no entanto roto, de uma flor que não quer ir. não mesmo. resiste ao tempo. resiste aos meses. resiste há quanto, sabe deus humano plâncton há quanto, o que, quando, onde, não sei. está lá. a que reino pertence. pétalas tão grisalhas, corcundas, de uma flor que já foi uma orquídea virgem. além disso, o que me impressiona também é que é branca. não é branca. mas é o resto de branco que sobra de um lençol há muito já. sabe? então não sei por que agora lilás. do outro lado da planta, da primavera, da vida. de um lado jaz esse rastro do passado,

curvo, tão cansado, os dedos engrenhados, tenho medo de cumprimentar e derrubar sua última coragem. faço um aceno de cabeça apenas. engulo em seco. não sei se faço bem. se enquanto acaricio as pétalas jovens da orquídea exuberante e dou-lhe banhos sorrisos expectativas acabo por ofender a história da última memória da derradeira primavera da flor, do finado resquício de branco, do definitivo (hoje é seu definitivo?) suspiro de ontem. é com perdão que hoje acordo. chove. o cheiro da chuva é tão diferente, já percebeu?, por estas bandas. não me traz a memória, digamos, viva, traz-me a lembrança feita de avessos. não, de esguelhas. não, desfeitas. não sei explicar.
chove.
o asfalto pela janela agradece.
o frio ainda não ensurdece.
o céu está alaranjado. não sabe reconhecer suas estrelas. ofusca-se com a luminosidade da megalópole.
por volta das quatro e doze. não é exato verdade. bem antes das quatro e doze, antes de soerguer o corpo da cama. sendo muito sincera, bem antes mesmo. quem sabe séculos antes. arquitetei algumas palavras. e depois que levantei sorri-me. cumprimentei a orquídea com um olhar diferente. na verdade com o mesmo olhar triste, mas com um disfarce, digamos mais apropriadamente assim, diferente. mas antes, quando ainda estava acordando, o corpo um nu de amnésia na cama, o breu uma mentira a revelar-se na silhueta dos móveis, a chuva pisando muito cuidadosamente na janela distante até encontrar em mim alguma forma de reconhecimento. naquele precioso instante em que ainda não sabemos quem somos, onde estamos, aonde viemos parar. me entende? me acompanha? não me abandone mais agora, promete? já chegamos até aqui, é muito. puxando-me pra esse agora a chuva tímida. não esta de agora. esta de agora exaltou-se,

os ânimos também como é que vamos exigir calma de quem ainda mais há tanto? calma. de qualquer forma, é preciso ter calma. olha. o vento dança lambada na rua. ouça. a primavera puxa o banco das flores. sinta. o ar está molhado de novo. pega. o instante jamais se domina.
me acompanha? me entende? promete mesmo?
o que ia dizendo é que arquitetava palavras. acontecia muito isso comigo, um ano atrás, por exemplo, arquitetava palavras. fazia um tempo que abandonei, como se diz, o projeto, deixando a obra inacabada como soem ser os engenheiros dos anos vinte do século vinte e um. veja. ouça. sinta. os anos vinte por trás das gotas o canto dos pássaros. são cinco e dois. cinco e duas. esqueci como se diz correto o tempo. daqui a pouco cinco e três e se resolve. pronto.
costuma ser assim. costumava. enquanto meu corpo não sabe ainda a que veio, meus pensamentos já se alvoroçam. acordam excitados como se o fato de não terem apanhado nenhum sonho os obrigasse a reestabelecerem algum caos. aí tento acalmá-los. acalmem-se, parecem humanos, não têm nenhum tipo de? às vezes ocorre isso mesmo, de não exatamente saber acalmá-los. falamos tanto de calma, por esses dias, percebe? não acha? pode ser mesmo que esteja enganada. é verdade, é preciso que se tenha mais calma.

recomendo (fortissimamente) que não durmam com celulares debaixo dos travesseiros [então, era sobre isso que meus pensamentos, percebam. evitemos julgar, justificar, jurisdicionar (subir essas paredes)]. como ia dizendo. recuperem-se. vamos.

recomendo (tenazmente) que não durmam com celulares debaixo dos travesseiros. é só uma recomendação mesmo, me ocorreu subitamente, já lhes explico.

microfones microencefálicos ouvem tudo o que dizemos. não deixa de parecer uma espécie de gentileza quando, oh, olhem, que promoção imperdível. mas calma. calma. muita calma.
a chuva diminuiu o passo, ouça.
os pássaros acordam seus filhotes, veja.
a luz revela os outdoors molhados.
os teus sonhos, sinta, não permita que te roubem nunca. não permita que se compre nunca. não permita que descubram se.

recomendo que não durma com celulares debaixo. me acompanha?

28.10.19, 19h10

você pode achar que a vida é macia. eu não. você que é das letras, das tintas, das cifras. das cifras. você ouça o que diz a palavra. campo muito subterfúgio, fosse lhe contar, sugeriria não adentrar. mas faça o que quiser. a mim não faz a mínima diferença. é demais, está certo. não sei se quero me acalmar, a verdade é essa.
quando você vê, você está trancafiado.

3.11.19, 20h21

este ano quase não escrevi poesia. faltou a transgressão do ritmo, talvez. não sei. não sei o que se passa. mal compreendo (reconheço) o tempo que já se passou. vocês notam.
mas pouco, bem pouco poema este ano. mais precisamente, sete. não é um número tão ruim, é? sete por ano. mas não é qualquer ano, vamos reconhecer juntos. mas também não é a primeira vez em que se fala mais de cu do que de fome. ouça o cuspir das sirenes.

prefiro-me em derrelição, quem sabe. em delírio. tem momentos em que a palavra certa nem faz assim tanta diferença. ou tanto sentido. os pensamentos se abraçam. turvam-se também. não gosto muito da cor, você sabe?
escuta
minha cabeça espaça
minha fala
muda
o som desta cidade.

4.11.19, 16h57

e quando a gente se sentava na porta de casa vendo o tempo passar? lembra disso? claro que lembra, respira fundo. é, já faz tempo mesmo. mesmo assim. é bom lembrar.
ah. nostalgia que vem do carro de som oferecendo pamonha, pamonha, pamonha.
o calor enfastia-me tanto, se pudesse lhes contar.
ainda assim pássaros cantam. sobrevivem dos atropelos.
lembro muito. reclamávamos mesmo que era fofoca, como se ninguém tivesse mais nada que fazer. mas não isso. não essa parte, dói no peito agora. havia cumprimentos, cavalos, talvez carroças. amarelinha na rua riscada com pedra. falar em pedra, baliza. as memórias pululam agora.
ruminar. nunca soube regurgitar direito, desculpe.
riscar quantas vezes o chão de terra com galho de goiabeira? tão fugaz esse aparente instrumento. mas não é isso. é o ar que não doía calar que não havia olhar que não há.
escuta. me conta?

13.11.19, 11h33

olha, preciso dizer a você que, na verdade, venho aqui para dizer a verdade. e é exatamente por isso também que não. porque ocasionalmente encarar verdades é como. não sei como dizer. tenho me esgueirado de enfrentar alguns ângulos pontiagudos, alguns tons fúnebres, algumas letras espessas. você sabe o que quero dizer, preciso.
por vezes os mestres ensinam aquilo que, por melhor que seja a nossa intenção, veja o tamanho dessa humildade, por favor, compreenda, não serve muito bem à mesa. sabe? você pense antes de contarmos os anos do modo que contamos enganando-nos de que não havia tempo antes, como se não havendo antes, um tempo portanto negativo talvez, sei lá. pretexto para esquecer. foi um soco socrático, quando tive. dobrou meu corpo até hoje. não quero por isso justificar esse apelo. não sei o que quero.
a árvore lá embaixo já não tem mais flores amarelas. as folhas estão verdes. hoje há sol. vento. nuvens. por algum motivo tiraram da prisão quem nunca deveria ter entrado. uma questão de constituição, não sei se vão se lembrar daí. mas o que me instiga mais nisso tudo, talvez a palavra mais adequada seja preocupa, é por algum motivo. já sabem?

14.11.19, 16h53

parece-me que há quem creia que insegurança não cai bem ao ser humano. que é importante estar seguro (sempre?), que é crucial pautar-se nas certezas (será?), que é verossimilhante posicionar-se somente até o limite (qual?) da sua capacidade (quê?). quero dizer a você, ao menos aqui entre nós, neste espaço tão fadado ao meu direcionamento, embora a partir do qual não tenho nenhuma rédea depois que lhe solto essa corda. essa corda. pega a ponta, o meio, o fim, o que bem entender. não domino a sua segurança. mal seguro a palavra, percebe? livre-se de mim, livre. livro. de que direção vem a liberdade?
estou um pouco confusa, espero que me compreenda ou perdoe (essa mania também de justificar-nos), veja. que grito mantenho sustido. como me apavoro com qualquer forma de esteio. preciso, no entanto, disso (isto?).
suspiro enquanto inquieto mais uma letra no branco. enquanto risco um sentido para abri-lo, sente?
vezes quero viver só aqui. sem ter a quem interessar possa. problemas, problemas, problemas, sei, sei. onde encontro uma mão?
sugira-me. ateia-me. desafia-me. não venha ferir minha ferida. sopra. me ajuda a cicatrizar. sutura. quero dizer, me ajuda. você consegue me salvar, pergunto enquanto um gemido escapa da minha garganta, não consegue mais sair pela boca. há uma ruga morando no meio da minha testa, desconfio que fez dela túmulo e ainda não sei convivê-la. mal luto.

a culpa de tudo isso há de ser minha, é sério. fui eu que me calei quando deveria ter quebrado pratos, muros, versos, quando deveria ser rio, quando deveria influir. não sei, você sabe. há uma espécie de cuspe dormindo na minha garganta. provavelmente fede. durmo. acordo. penso. não sei o que pensar ao certo. sou muito humilde, dizia-me, com uma arrogância cruel. fui eu que tranquei a porta. esgueiro-me pela janela. recorto os outros de longe. evito cair caindo em intempéries psíquicas. se fossem somente, mas ah. não tenho por que dizer-lhe. fujo, você percebe? desvio do que importa. o que importa? quase disse meu deus em voz alta. jogando palavra em vão. valas de tempo banido. memória, despojo de angústias bem pouco confiáveis, é certo.
muitas vezes não domino a mão (devo?). dedo em riste. qual? onde? senso, não sei mais o que pronunciar.
odeio expor, na verdade. não tenho técnicas de oratória. acho um paredão a história. acho um despautério a retórica. rimo porque sou pobre pra orar. vem. pega meus joelhos e dobra. duvido que tenha coragem. não são bonitos meus artelhos. muito menos pelos pelos que pelos roxos de outrora. persegue-me assim a métrica, esgueirando-se nas ciladas.
ouço os pneus pela rua. são cinco e vinte e três da véspera de feriado. proclamaram (é assim mesmo que se diz?) sei nem há quanto a república. também tudo é feito de golpe nesta pátria de traídos. pudesse partir (partiria?). pra onde, coitada, me digo. não atravesso ruas. nem cumprimento ninguém. manejo sequer minhas cordas vocais. inseguro-me, é isso o que me quer creditar? insegura-me, você venceu, se é vitória o que quer, hasteia. não me interessam monumento, bandeira, fome, dor, ameaça. quero gritar pela janela que o mundo é feito de merda. mas não me movo do cobertor. aqui está tão

escuta. não me leve tão a mal. não me leve tão a sério. deixa pra mim os fiapos.

vira a página. não sei se vale tanto assim a pena.

gozo sozinha. como comigo. durmo sem sonho. digo,

você ainda está aí?

2.12.19, 9h39

há circunstâncias em que pesquiso meu rosto e não me reconheço, não me conheço, não sei. é como se nunca tivesse estado de fato ali. quedado nesses acidentes de percursos. nos antepassados germinados na quina do queixo, nessa curva repentina do nariz, nessa vala cada vez mais cava entre esses olhos cada pez mais vedados entre esse rio cada tez mais deserto. neste exato momento mesmo, em que derramo estas letras aparentemente secas, firmes e impermeabilizadas. é que tantas vezes paro em cada seta desse discurso. veja, tão covarde. você me alcança? é úmida minha insistência. mas a terra, sustenta? custa-me tanto arar, é o que quero dizer, talvez. passo tanto tempo buscando a palavra precisa. por quê?
engulo um café sem açúcar.
só fumei um cigarro até agora.
estou deitada-sentada na cama.
deixo apenas uma nesga da janela aberta. para que entre pouca luz e pouco vento e pouco frio.
tudo o que é muito me oscila.
sempre embrulho os pés bem.
olho muito as sombras dos objetos.
há tanto não sei mais da lua.
pouco ando tratando com nuvens.
o trânsito da rua me afasta do parapeito.
é como se sentasse ao lado do silêncio numa cama de hospital.
acompanhando o intervalo que sobra do som dos aparelhos.

pego na mão do tempo
vejo tombar a vida
que não posso deter.

afago as unhas.

cutículas.

ali onde tantas lembranças de partidas nunca mais abando-
naram.
queria tanto esquecer. mas minto.
é de vazios que findo.

9.12.19, 7h33

sei que me afeiçoo muito a palavras, soando repetitiva exaustiva enfadonha e inútil. perdoem-nas, escarneço, afinal de contas sem elas nem chego aqui. trabalhamos diariamente – nem tanto – com isso. mas na verdade elas não servem para nada. nadíssima. valem pouquíssimo. estão em completo descrédito, se não sempre estiveram. rebelião, rebeldia, rebento, o que sei. estou esgotada de discurso. entre o que se diz e o que se faz há uma geografia inteira de mares, asteroides, dimensões. estou absolutamente desalinhada [para não dizer (mira o tom)] com essa coisa de procurar. encontrar. errar. narrar. fo-da--se. criar. se quer mesmo arriscar, se quer mesmo rimar, se quer mesmo que pobre, vá. também não estou nem um pouco preocupada se soo autoritária, se sou desarrazoada, se suo mal. pouco lhe importa também quanto tempo passo catando palavras, quanto desgaste buscando no estômago da memória aquela assonância que sempre me confunde com alguma consoante no meio dela, da palavra, que nem é a parte que mais lhe dá vigor. pudesse mandava pros infernos tudo que se diz em vão. tudo que se diz é vão. o inferno é um paraíso de sons mortos, a verdade deve ser essa. em delírio é o que valem melhor as sílabas, também acho. quedem-se todos bêbados, os verbos, porque é para isso mesmo que agem. nomes, sobrenomes, codinomes, pseudovidas desqualificadas mal denominadas sem substância alguma. não quero mais pensar em determinações, posses e.

espera um pouco, posses. veja só como estamos todos mesmo fadados ao poder. não escapamos em parte alguma. corpo, mente, ente, veja, olhos, boca, ventre. engravidamos, eternamente, perdas. não sei se me acompanham. também não estou mais interessada em me preocupar com isso. quero que esta palavra, engula, esteja em vômito. porque me embrulha o. (outro xingo criativo).
não interessa mais de onde vem a fome. olhe pras ruas. vê-já:

19.12.19, 18h49

chamo a alegria pelo sobrenome. que já me esqueci qual. perdemos intimidade. vezes gemo, com uma voz tão baixa que não sai de dentro do estômago. quase não como também. tudo bate lá dentro como solto no universo. à revelia de alguma explosão. não há som. não há chão. não há onde mais segurar, será.

não ando achando muito justo vir aqui para dizer da mesma sombra.
como também não é justo fingir que o céu está limpo.
o ano está, veja só, morrendo de novo.
é isso o que me sai. é esse tipo de imagem fúnebre. o que posso fazer é deitá-la comigo, mais nada. não sei, a verdade é essa mesmo, como voltar a ver sol.
ouço vozes intrigantes cada vez mais.
meus ouvidos zumbem.
não posso lhes contar tudo. assustar-se-iam. ou eu. tudo é sobre mim, não é mesmo. é o que você pensa, reconhecendo ou não.
ponho defeito em tudo.
o café está cada dia mais amargo.
a coberta espeta à noite.
foi o copo quem quis cair.

está bem. vou lhe contar só um pouco.
não é possível que estejamos sozinhos, é o que tenho me

ocupado de.
pode ser que, a depender da superfície da análise, seja mesmo uma espécie de desejo de fuga, de ninho ou qualquer ninharia assim.
falando com etês, posso jurar que me ouvem.
mas juras (rio), jura?, quem é que acredita nisso.
de qualquer modo ocasionalmente me preocupo, agradeço o constrangimento.
acordo cansada. pode ser que tenha ido a alguma galáxia. planeta árido, sombrio. língua vertida. não me lembro. não sonho. sigo lidando muito mal com a vida.
vê? é por isso.
na verdade, eu.
preciso de ajuda. não sei como isso.

fico pensando que no futuro. um futuro assim quem sabe medindo anos-luz, sabe. fico pensando que no futuro posso olhar tudo isso com uma pena tão grande, coitada. havia tantas saídas. não soube. pobrezinha. devia ter pensado nisso antes. você também esteve assim?

passam-se eventualidades na minha mente que não sei como. onde deixei as migalhas? muitas loucuras, não ouçam.

vou descobrir o título perfeito, pressinto. não hoje.

20.12.19, 12h06

pequei, cometi crimes, perdi completamente o senso. uma vez disse {em tom de brincadeira [neste mesmo país que brinca com pobre negro e mulher desde que nasceu (foi dito nascido)]}. uma vez disse e não devia. que este país precisava de outra ditadura para que a arte voltasse a latejar que nem. pequei. não supus. não tinha malícias milícias não tinha

simplesmente pequei. errei. gravemente.
perdoa-me. não sabia. não supunha. não tive a.

2.1.20, 18h49

pela primeira vez abro toda esta janela. deixo os cinzas do céu entrarem. o vento joga o resto da chuva neste braço que me apoia. prédios rígidos à frente encapando de ângulos o degradê ao fundo. lá onde estão as estrelas que não vejo.
já se passaram aquelas coisas todas intragáveis de festas, foguetes e expectativas. ao menos até o carnaval.
o ano passou. achei que nunca mais passaria. agora espero que suture logo. um rasgo esse resto da primeira década do vigésimo primeiro século ao menos depois de c. mal conto a sobra deste ano. quero acreditar mais. inventar utopias. quem sabe ter fé. não sei. hoje é ainda dia dois dessa contagem medíocre de eras. nem fazemos assim tanta diferença na história se partimos do que, achamos ao menos, é o começo. tentando pensar em aprender alguma coisa nova.
as lâmpadas aos poucos vão sendo acesas. pessoas chegam molhadas em casa, será. e pessoas que não têm, penso e me interrompo. vivo assim de estancar.
o lilás toma conta do baixo céu. um vulto azul mais escuro corta o rosa meio bebê. gosto do som da chuva tanto. os carros nunca param de passar. há uma luz no umbigo de uma torre fina. custo cada vez mais a ver de muito longe. fico inventando formas para o que não sei definir. agora mesmo vejo em uma varanda desde quando cheguei dois jovens agachados ao lado de um varal com roupas. não sei do que falam. talvez joguem baliza como se tramassem um xeque-mate. imóveis. nem

o cabelo dela se mexe. ele respeita a distância. é assim que funciona o mundo da imaginação. quase sempre. perfeito.
adensa a fumaça de lilás no cinza que há entre nós.
é bonita a vista da janela toda aberta. soubesse teria feito isso antes, me pergunto. mas é claro que não. esse hábito também do futuro do passado, que lástima.
o lilás toma mais conta de si.

queria deixar de anoitecer tanto.

8.1.20, 10h34

calma. calma. estou quase pronta, convenço-me escorada na janela.
pode ser que os dias estejam amanhecendo aqui dentro. pode ser que não. o mais certo é que não nos precipitemos.
é preciso ter calma.
essas coisas devem vir assim mesmo, mais lentas.
não aguento mais calma.
estou achando que estou começando a me lembrar de quem sou.
acho que quando me lembrar de quem sou ficarei melhor. estarei, creem?
preciso me lembrar, agora. portanto, esperem. tenham calma. não vai adiantar nada se apavorarem agora. ainda mais com essa história de terceira guerra mundial, alta da carne, impeachment e outras coisas distantes. muito, muito nebuloso para distinguir, quem sabe. há sempre a oportunidade, é o que tenho me dito (vocês vejam bem a que cheguei), de procurar a luz que dá vazão à sombra, se é que me entendem. é que essa coisa de positivo é meio piegas mesmo, ainda me custa assumir. mas é mais ou menos isso. pois veja. pode-se querer olhar para o vice e entrar em erupção ou pensar que pode ser um novo (velho) fim de uma nova (velha) era (custa-me muito, compreendam). pode-se optar por enxergar uma grande oportunidade de adaptar a alimentação e os hábitos cotidianos de existir, até porque o cigarro já custa quase o dobro, e isso

não tem uma gestão. por fim, pode-se preferir pensar em pau e pedra para quem aqui sobrar, e se. ou confiar que o universo não há de conspirar. e digo isso sem metafísica alguma, mais pra física quântica mesmo.
hoje decidi tomar chá. camomila. já é um grande avanço. um passo de cada vez, vamos pensar assim. o zumbido ataca tanto que parece uma britadeira na glândula pineal. sabem? se não sabem ainda, acho que deveriam. mas o que vale uma palavra minha, não é? atesto: nada.
e outra: tenho me excitado com meditação.
não sei o que é que há comigo, ouçam. digo que não devo dizer e quando vejo já estou. não sei o que há que não consigo aqui cobrir. ao mesmo tempo. é verdade.

quem sabe volte. preciso conversar um pouco mais comigo antes. tenham.

18.1.20, 12h25

escuta. hoje tomei uma decisão singela. apaguei o continua da minha frente. que estivesse me pressionando, aprisionando ou delatando, mais que óbvio. mas essa minha condescendência ou desejo disso, não sei. não sei. desconfio de tudo e principalmente de mim. nada que se passa nesse governo presta. nada. é preciso ficar atento a tudo. e não há absolutamente nenhuma garantia ou expectativa. também nunca saberemos. ainda assim, espertemo-nos. olho pela janela. pouco. é sempre conveniente desconfiar das notícias. procurar ver para além das fumaças, a palavra da moda. na verdade, tudo é fumaça, tudo é desgraça, tudo é um descalabro inimaginável quando temos um pingo de lucidez. portanto, quem sabe, o mais prudente seja ensandecer-se. ou estejamos. quem sabe? ninguém dá um passo que não seja vacilante. somente os idiotas mais idiotas afirmam categoricamente idolatrando a própria idiotia ainda por cima. que excremento. que pena. que decepção a humanidade. olha que idiota isso, viu?

27.1.20, 16h25

não posso dizer que tenho dormido mal. nem sei se bem também. não durmo tarde e também não acordo cedo. todavia. algo ocorre. eu que não sonhava (achava), agora tenho tido pesadelos. às três e trinta e três, acredito. porque às quatro desisto de tentar voltar a dormir e vou jogar dominó. comigo mesma, evidentemente. quase sempre ganho. bom que treino os números e a concentração, é o que justifico. lá pelas sete sinto sono, tento fazer meditação e durmo. às nove desperto mal. até dez quase já estou pronta a sair da cama. levanto ali com algum esforço com que me ponho a pensar no cheiro do café. troquei o café. este não é bom. provavelmente tem folha moída junto. é a crise, são os novos tempos. tomo o café com o cigarro no desjejum, como se diz (na verdade não sei se se diz ainda), lembrando o tempo dos pés de café, de catar café. que tristeza dobrada no cotovelo que sustenta o braço que segura ora o queixo, ora o café. de sentir saudade do que era triste. depois lembro de reclamar de moer o café, que besteira mais criança. porque isso era o bom que fica agora. o perfume me chega por alguma janela que não tenho mãos para abrir. deixo o tempo que nem o vento cuidar de parti-lo. quinze e pouco como feijão vermelho. tenho me engraçado pelas suas cores sabores agora. leio notícias. não gosto do sol. nem abro a cortina. a cabeça me pesa. bebo água. penso em escrever quase todo dia. repreendo-me por não escrever de duas em duas horas, aproximadamente. cobro-me planos, direções, segredos. não tenho nada. veja. olhe bem para minhas mãos. e enquanto digo isto, olhe bem para minhas mãos, meus olhos afogam minha dor mesquinha porque me lembro de famílias e famílias em tantos estados em estado de calamidade. chuvas desabam suas vidas. governo, nem de ombros. que miséria de pátria, uma desgraça. dezenove tomo um banho. porque algo me diz se lave. não estou em condições de retorquir.

olho o branco e me arrependo do silêncio. não sei se sei mais como se diz. pego um livro de sonetos contemporâneos. algo me aproxima e me afasta. vinte e um ovo mollet. como me dizendo que chique você aprendeu. faço graças comigo. não tenho muito para onde correr. vinte e uma fadiga me deita. penso na intuição. saio a pedir conselho. duvido do que ouço, posto que passa por mim. não sou de dar muita confiança a espelho. peço sinais. não os entendo. ouço frequências porque desisti de lutar contra o apito. procuro traçar um diálogo pineal. não sei qual. vinte e quantas. durmo.

5.2.20, 18h24

estava aqui me lembrando de uma conversa com uma amiga tempos atrás. falávamos das nossas vulnerabilidades. não a ponto de descrevê-las. não é isso [nunca (quase)]. dizendo só disso a que estamos sempre expostos e pouco dispostos. às vulnerabilidades. dissemos de aprender a aceitá-las, de entender que estão como estiveram como estarão. sempre. disse-lhe palavras bonitas, doces, suaves, mesmo entusiasmadas com isso que a vida ainda não parece que é. como cumpre à tenra idade das frustrações ser. ela falou de subir montanhas, pude até respirar o ar tão limpo que ela dizia de quando subia. falamos do aprendizado que sempre fica do fracasso. budismo. filosofia. pessoa. ser. tempo. enquanto isso o tempo passou. e quase tudo que pronunciei com a boca sorrida no lugar onde hoje dorme um silêncio assim arrependido. não de ter dito, jamais. foram palavras bonitas. astutas. hospícias. se é que se pode dizer assim. foram palavras enxutas, brutas de coragem e vigor. nunca cumpri nenhuma. então hoje voltei a pensar nisso, vulnerável. e por que não? vamos cumprir?

6.2.20, 10h32

o dia depois da enxaqueca parece que vela atordoado. o volume dos pássaros, por incrível que pareça, chega mais perto dos carros. a cor é uma nuvem de tons caminhando na ponta dos pés. bato os cílios vagarosamente, estão inaptos a se despedirem de si. fecho as pálpebras, reclamam. o pescoço é uma poltrona macia. os cabelos atrapalham um pouco. o mundo está anestesiado, pareço. bebo água, pouco móvel. os dedos escapam das mãos. não me apresso a pegá-los antes que caiam. não vão muito longe. não por enquanto. não hoje. propícia a fazer meditação, pareceu escapulir essa pergunta enquanto caio ao banheiro.

11.2.20, 9h48

aturdida. sim, acompanho as manchetes, alagamentos, desabamentos, desesperos, desconhecidos. chove. pessoas perdem. governos ignoram. os dias passam. quero muito ter vontade de me erguer daqui agora fazer alguma coisa sair às ruas a recomendação na verdade é que se evite sair. caos, noticiam. caos, enchi-me deste aqui. quero, mas não sei como ainda. espero um fôlego como se justificasse uma incompetência.
olha, vou lhe dizer uma coisa assim muito rapidamente para que não se esvaia. não estou tendo muita habilidade para deixar de ferir-me. às vezes, é claro que confesso, evito mesmo dar as caras por aqui para poupar seus olhos dessa visão tão. percebe? é disto que digo, se nota. quando tento ser mais honesta assim, as palavras correm numa maciez sem princípios. é uma coisa linda de se ver. mas, olha, quando preciso dizer. pensar. escolher. captar. aí. suspiro. tento ter muita paciência. embora. se bem que. não lhe quero perder. não sei como me achar. entende? salva-me.

14.2.20, 3h51

desde as duas e vinte e seis pensando a propósito disso. despenteando certezas tão bem condicionadas. amarrotando aparências. cuspindo dentro do estômago.
crua. vamos lá.

o pior machista não é só aquele
o pior machista não é só aquele que pede a comida no prato, o ordenado na conta, o olho pra baixo. é também aquele que aparentemente entende de ser mulher muito mais do que você. usa óculos. prepara aula de movimento feminista dos anos sessenta setenta oitenta enquanto quebra o pau metaforicamente se não tem janta porque o estômago dele muge. o pior machista mesmo não é só aquele que usa o pomo de adão e é isso mesmo. e é aquele que passa pó no discurso de modo que não interessa como onde quando quem o que porque a culpa de algum outro modo é no fundo antes de mais nada sua. é aquele que ninguém nunca imagina que o trato em público não é o de quatro paredes. que fala com a voz mais doce com as mais bonitas. que as pessoas também vezes não prestam atenção que o olhar na mesa não rima com sim. e porque machista também é aquela hora em que você passa pelo espelho e abaixa o tom procurando alguma espécie de paz no ato misericordioso de reconhecer. você veja, até o verbo não se adequa a outra forma de dizer. o pior machista não é só aquele que bate, mas também o que blasfema esse

seu dedo levantado. porque é sempre a hora errada. que isso também é outro modo de coibir de falo a fala. é aquele que responsabiliza a saia sim, mas também aquele que ri, tergiversa ou cala. em cima do muro. mudo. não mete a colher. poupa os broders. e aquele que depois do sexo diz que é sempre muito aberto e por favor quando não o for fale e quando você fala, adivinha, querida, não, você está errada. é ter a lógica o argumento a justificativa (que não pode levar esse nome, cuida que) que só serve pra um lado. privilégio, não é bom que se mencione que. o pior machista não é só aquele que late, é aquele que não lhe aceita bater o pé, levantar pó, rosnar de volta, porque, veja bem, você. não pode cair do salto. o pior machista não é só aquele que quer batom, escova, sabonete, axila raspada, é aquele que exige sua palavra adequada-lhe. e porque já se disse que não existe homem que não é machista, mas em desconstrução. ponto fora da fuga. exceção. o pior não é só aquele, mas esse que edita a cartilha de como se diz. por isso que o pior não é só o estereótipo que assiste jogo de futebol, mas o que espera o discurso chegar na poltrona, e não pode estar quente espumando se derramar então, cuida. o pior machista não é só aquele que silencia com o tapa, é também aquele que ignora completamente o conteúdo da sua fala, passa por cima, rasga, torce, corta, porque o que importa é o prazo em que sua boca mexe, jamais a possibilidade de fumar um cigarro em algum momento com alguma palavra pescada que por alguma matemática metafísica lírica pode dar alguma coisa que pensar. não tem essa, não tem quê. não só o que humilha descaradamente. e o que a faz humilhar-se? o que exige o que não oferece? o que brada que és brava? o que cobra e não paga? o que fala, fala, fala e não escuta o seu silêncio porque já está a quilômetros da porta batida? não só o covarde; o que veste confortavelmente a roupa da vítima numa sociedade há milênios patriarcal. não só os da escória; os da história, da filosofia, da ciência, das artes, das letras, dos cafés, das salas. não só os que não entram na sua casa; os que moram nela. o pior machista não é só aquele nem só aquela, mas este, esta, isto, você, eu. quantas mais nós? o pior não é só machismo; é não falar sobre isso a cada milésimo de segundo. precisamos. devemos. já chega. que amarremos todos os nossos rasgos e, sim, avancemos sem paciência nenhuma, já que somos arrogantes, exageradas, loucas, histéricas, putas, feminazis, bruxas, e digo mais: in-tré-pi-das. ouve? a barricada se mexe!

são cinco e trinta e três. não é só a noite que não dorme, é o que já amanhece. são os anos vinte do século vinte e um desta nossa (de quem) era.

15.2.20, 11h21

volta e meia faço as contas, confiro o ciclo, perverto meus ideais. procuro a justificativa hormonal pra esse engasgo na garganta, pra essa bruma na vista, pra esse inchaço no cérebro, pra esse caos revelado. esqueço, digo, depravo o peso dos séculos. desfiro palma e cipó. relego a culpa nas costas. escrevo do jugo político, da tradição fálica, da violação da justiça e deito com as unhas fechadas, a língua acorda marcada, os olhos custam a abrir. e me descuido do cuidado, do afago, do sopro, do oco, e me esqueço de beijar-me. mas, atenta, os dias mudarão. não porque deixarão o mesmíssimo compasso, mas porque meu passo há de aliviar o fardo abandonando no caminho caixas que não me servem mais. pouco, aliás, se aproveita. água, é o que mais temos no corpo. calos, que, além de lembrarem, revestem, acolchoam, defendem e amenizam o acesso ao sensível. voz, e das outras. ainda engatinha esse saber, essa vontade, esse destino. mas sinto. e de sentir imagino. logo levanto. e pra cair, ah, vai ser o muro mais alto que já construí até aqui.

19.2.20, 19h21

você acha que não posso te ouvir? mas ouço. escuto sua ranhura de dentes, seu suspiro impaciente, seus dedos adiantando as páginas, sua esperança, adianto, infrutífera. sei que você já se fartou desse discurso aparentemente o mesmo. sim, aparentemente. porque o que menos importa na vida é enredo. você já parou para cogitar nisso? se não, pare. aproveite o ímpeto e descanse o olhar nessa implacabilidade que é o tempo, veja por si. agora se sim, discorda e me ensina. antevejo sua inquietude esperando um clímax. e você acha mesmo que é isso assim tão natural quanto parece? e se não for, imagine que inversão caótica imaginar que não significamos absolutamente nada perto da idade do universo ou só pelo tamanho da via láctea. veja que irrisória essa existência mesquinha, essa reunião de papéis no bolso, na bolsa, de bolso, de bosta. não serve pra inteiramente nada essa conservação de expectativas, de resguardos, de posses. teu corpo vai parar no chão como o bife que pões no prato. quantas garfadas aguentas? pensas? o que assiste enquanto perde a rédea do próprio pensamento? (acha insignificante esse circunlóquio?) quando tocou pela última vez a corda, segura? não precisamos partir desse movimento inicialmente estável, seguido de uma ruptura, para voltar à estabilidade no final. isso não existe mais, bem. sabe-se lá mesmo se alguma vez já existiu. o que sabe você da sua própria variabilidade, variável, variância? veja, ouça o som o que

te provoca. há quem passe, há quem fique, há quem jamais chegue. entende? de qualquer modo viver é pagar preços altos pra jogar um bingo sem prenda. não há quem ganhe, não há quem perca, não há sequer (se quer) quem judicie. desloque a tridimensionalidade. espaço, tempo e, antes de mais nada, pensamento. compreende-me? acessa-me, peço. peco. revira tuas certezas, é o que sugiro, se sugerir mesmo é o que penso. quem é que sabe? tenho pensado que de nós nem nós. considere que loucura isso, não? (preciso retomar a pauta da loucura, a propósito. fique dito.) quem dera soubesse dar-lhe um fluxo de pensamento. tenho tantos rios que nascem e morrem no mesmo ponto do mar que seguem, sabe? sente. é isto: sente. qual o preço do teu sorriso hoje que a chuva deixou suas janelas úmidas? qual o valor do beijo no frio? do abraço no escuro? da mão gelada que era quente? do olho? quanto é que vão te cobrar pela vista? até quando? pensa comigo, pena. não temos que morrer fadados a tanta inexistência. temos?
quero acreditar que não.

27.2.20, 6h59

tentei. posso jurar que tento. muitas mais vezes fracasso.

2.3.20, 11h12

você veja. quem já girou pelo menos um pouco a colher nesse caldeirão de cultura que é este país, sabe. vai saber do que estou falando. muitas vezes a gente escuta para que é que raios serve a literatura nestes tempos tão, ah você sabe. estamos cansados de ouvir essa cor, entendo. você pensa nisso? penso. penso às vezes quase o dia todo. e poderia jurar que sonho se tivesse memória. mas escuta. não foge assim. concentre-se. é uma ordem, é um pedido, é um lamento, pontue como queira. mas olhe. quantos tons temos. quantos dicionários. quantos sujeitos. o universo hieroglífico começa um pouco a fazer sentido quando entramos pelo pensamento a considerar as possibilidades. sinta. a literatura te leva. os pés. o olho. mas é preciso tempo espaço pensamento simultaneamente. é um manual muito simples, havemos de considerar como possível. outra dimensão.
[o importante é que já não sei dizer mais o que é importante. (ainda que algo vá se fazendo compreensível agora.)]
{às vezes a emoção de escrever [acessar (remeter)] estremece um pouco o estômago e gela as mãos.}

(estou contente por estar tentando.)

2.3.20, 11h42

quanto já perdemos de humanidade? quanto? quantas vezes por dia com os olhos mexendo no lixo? quanto suor pelo trem? quanta moeda, troco, lanche, verdade? quanto tempo temos quando? horário, salário, ar. não temos. quanto já perdemos? quando?

(de supetão vem a.)

4.3.20, 11h29

é por causa de pessoas como vocês, escritores, que pessoas como vocês, críticos literários, estarão sentados na academia para analisar este momento que nós vivemos agora. portanto, não digladiemos nem exaltemos só os que estão salvos. é por causa dessa notação aparentemente aleatória que precisamos urgentemente valorizar professor, artista, escritor, poeta, criação, sim, mas não somente, nos ambientes educacionais, nas instituições, nas ruas, no ar, no espírito, no agora, neste presente. em tempos de guerra, a linha de frente, ao mesmo tempo que enxerga as balas, toma-as. entende?
sobreviver. porque escrever é e não é preciso.

11.3.20, 8h30

conviver com esse vapor gélido no estômago é uma sabedoria. não tenho. não sei o que fazer. a quem pedir. o que dizer. não suporto minha própria voz muda vesga estanque tentando me imputar qualquer espécie de esperança. qualquer. parece que só a astrologia provém. não sei. inquieta-me o caos. você pode me dizer o que é que posso fazer? eu? não sei. não tenho. não aguento. olho para a janela já sem sequer enxergar. me dá uma mão, universo. aspira-me. mostra-me que há uma verdade aqui dentro que ainda respira limpa. miserável é do que me chamo. cuspo-me pelo avesso, que já não tenho saliva ou ímpeto.
outra janela.
vou buscar outra janela.
quem sabe assim a cor a dor a flor a voz a outra janela.

11.3.20, 8h44

vou reler o livro que já exauri para ver se reencontro o continua.

11.3.20, 15h14

é e não é o mesmo dia.

acho que descobri. acho que encontrei. requeiro acreditar que sim.

quero momentos de paz. uma casa que tenha um jardim. onde possa supor a lua nas suas diversas camadas. falar com os pássaros. sentir o cheiro das folhas. ouvir o vento dançando. um lugar em que o sol bata na minha pele e meus pés pisem na terra. onde possa guardar meus livros, meus discos, essa música, clichês e meu passado para aprender com eles. quero me lembrar dos sonhos. acordar cedo. molhar plantas. ouso até mesmo uma horta. fazer o meu alimento. quero conhecer. criar. uma mesa e uma cadeira em que me sinta em casa com a minha linguagem. aquilo que está lá bem fundo e sei que é lá. quero. eu sei. abraçar meus amigos que há tanto. diminuir as distâncias. amaciar minha mente. descobrir notas novas. nuances. fonemas. quero escrever. quero que leiam. quero apetecer essa dupla viva. falar da poesia que há até mesmo no silêncio. e quero-o, o silêncio, comigo entre as mãos. sorrir. proporcionar. essa bolsa cheia de valores grandiosos, enormes, brilhantes, riquíssimos, éticos, dignos, honestos, fraternos, empáticos. quero. partilhar. sair à rua. sim, quero. e me comunicar. agradecer àquele que me atendeu com estes dentes que ainda sabem mais que mastigar. ouvir o som das vozes de perto. descobrir na calçada uma carteira perdida. e encontrar seu dono. amar. permitir. abrir a porta. sair. voltar. encontrar esse lar que procuro. lá fora. aqui dentro. eu. nós.

acho que descobri como posso acreditar. quero.

14.3.20, 15h38

agora precisamos de mais tempo pra pensar.

17.3.20, 17h24

esbarro os olhos no espelho, não ignoro seu cansaço mas digo: tenham um pouco mais de calma. pro céu, peçam. não digo assim numa espécie de refúgio, álibi cristão, eloquência. mas digo a eles isto mesmo: peçam. e começo a traçar nas nebulosas da íris uma espécie de ouvido. suas sombras de cílios batem me trazendo uma brisa que assente. procuro não me assaltar com as notícias tanto enquanto me desespero. cuido. em cada milímetro cuido de espremer um desejo. é uma vigia constante, sim, não lhes disse que era fácil ou efetivo. comprimo meus dentes quando me vem a indignação, ela está sempre, então comprimo mas com cuidado. cuido. de evaporar a tristeza. ainda que seja aos poucos. ainda que seja duro. ainda que fracasse. então repito às vistas: vejam o céu vejam o sol vejam estrelas. falem com eles. não se lembram da infância? eram tantos matos. evitem começar com não. sim, digo, digam. e então eles pedem, esses olhos que, do espelho, quero afagar seu opaco, soprar isso que teima em molhar dizendo: não se preocupem, não se preocupem, é muito natural que isso aconteça. mas vai passar. escutem o vento. sim? dançam uma música que imagino que nunca é a mesma. notem que curioso. então muito delicadamente seco o nariz como se tivesse filhos. sigo até o meio da testa onde posso ler todos os chicotes. acaricio as páginas depositadas ali. e com um movimento brusco e gentil, levanto o queixo e digo novamente: vejam. já se passou tanto e isso também passará. tratem melhor as lembranças, usufruindo, quem sabe, se sábios, deste instante irrecuperável. todos os dias no céu uma nova palheta.

uma pandemia lá fora. da qual não sei como dizer.

23.3.20, 19h48

há vários dias buscando compreender, antes depreender, este tempo que cai feito brasa no instante. divagando também, diria até que bastante, sobre as artimanhas da liberdade, esse ato que nunca sai nu. que uma coisa é poder, por exemplo [tomando (sempre) este centro como ângulo de ver], poder sair às ruas e não querer. outra, veja [daí do seu momento em que só (não só) você sabe dizer a quantas chegou], outra coisa muito diferente é não poder sair às ruas. (quis o destino que quase justamente no minuto em que esta pobre escriba eremita que lhes fala semidecide sair) fato é que, nestes dias, já não se deve, mesmo, sucumbir ao ímpeto de coexistir, digo do humano comum. das ruas aparo puros ecos. uma ou outra alma que ou não se informou ou não se atentou ou não lhe foi permitido ou não tem teto. desta, temo, olho pela janela, escuto seus berros. nas madrugadas andam com domínio no meio do asfalto. colocam nos ombros o poder. levantam pros céus gritos de ordem. a rua sua completamente. outro dia, deitada na cama, ou lendo o homem duplicado, ou meditando entre universo, leis, pineais e saldos, ou vendo os números e entrando em colapso, ouvi os gritos e corri ao parapeito para aparar umas últimas palavras, um corpo e sua sacola ou casa atravessando a rua cuspindo que não era vírus algum que lhe mataria, suponho que estava cheia sua calma, que onde estavam os direitos humanos, que era tudo barulhos, que se fosse morrer seria de bala. fiquei presa nas suas palavras, muito mais honestas que minha memória, guardando a potência desse tiro cortado no meio da rua, esta que se tornou abandonada.

depois. passam-se os dias. a mim, não me assusta não sair. nesse estar de coisas aparentemente fixas entre quatro paredes nesse cômodo perigoso e profundo que é o estar consigo. nada se moveu na paisagem que apalpo, apenas na que olho do retângulo do sexto andar. mas a muitos, observo, já custa muito aplacar. então, como quem procura não soltar o fio, não desprezar o impulso, não fracassar a promessa, de que havia subido o tom destas linhas, tenho me posto a pensar o que esse asteroide histórico nos impulsa, sim, a nós, à humanidade. aprender?

tenho ideias, mas pretendo conhecê-las antes de (é possível de outro modo?) dizer.

24.3.20, 10h06

hoje, agora mesmo, acabo de ver algo que nunca havia visto antes. não assim, não tão naturalmente, não tão vazio de estímulo, não tão no meio da manhã de uma terça-feira que acorda tão tarde. uma família toda na janela. não veem a mesma direção. só estão mesmo passando o tempo. capturem: passando o tempo. parece que acabam de acordar. o pai calvo, posso praticamente garantir, não tem olheiras. a mãe sorri como se não estivesse, embora eu saiba que está, cansada, porque, é o que imagino daqui olhando-os no alto, afaga no seu rosto o calor dos dois filhos de cada lado. o rapazote sem camisas, cabelos desalinhados. a menina, mal pude fotografar sua expressão, porque sua face toda era inquieta. juro, posso jurar que sim, que meus olhos se encheram de uma espécie de lágrima que sobe pelo estômago, molha a íris, dilata a pupila e volta calmamente para a cama dormir porque, afinal, não é de tristeza que se trata. há calma. o sol banhou a cabeça da família. os olhos deles de repente me fisgaram aqui embaixo. supus que quase liam minhas anotações reflexivas do que pode ser que se torne aqui algo, não há como afiançar. e o mais estranho não foi exatamente a demora deles nesse investigar, que já não há necessidade de horários, pudores, delongas. estamos todos no mesmo barco, é quase o que me dizem. mas é o fato de que quero dizer olá. entendem? não importa que não o tenha dito, mas o querer, vejam. notem. o querer, ah. devem estar agora tomando café contando quem sabe dos sonhos que tiveram (pois agora até se ocupam de lembrar que tiveram sonhos) já que não ligam mais a tevê porque afinal de contas é todo dia a mesma coisa com um informe numérico aumentativo de casos óbitos previsões que, enfim, de todo modo, ainda há mais café. bom dia. digo dentro de mim para a família, não interessa por este segundo sua classe.

às vezes me iludo.

25.3.20, 9h12

ainda que haja numerosas teorias da conspiração. ainda que nenhuma caiba. ainda que aceitemos ou recusemos. o fato é que estamos, veja, toda a humanidade estamos, em todo o globo conectados ou não, estamos aparentemente isolados. e explico por que aparentemente (como se ninguém o tivesse feito). agora estamos em casa. não podemos sair. o que implica que quem é de família grande está com família grande, quem é de um núcleo menor está com o núcleo menor, quem é de si está, invariavelmente, consigo (o que já é muita coisa para muita gente, digo mais até que multidões a alguns). o fato é que estamos impelidos a reconstruir quem sabe o narrar, concordam? precisamos contar histórias, que sejam aleatórias, que sejam vagas, que sejam. estamos conosco. até chegar, é o que imagino, a um ponto em que, mais cedo ou mais tarde, vamos precisar estar conjuntos. diante de nossas fraquezas, de nossos males, malícias, maldades. diante de nossos conflitos, riscos, ariscos. e de nossas bondades. de nossos sorrisos. de nossos bens. vai chegar um momento, é o que suponho (tudo é o que suponho, claro), após passar por montanhas, cumes, desertos, picos, cerrados, matos, gramas, pântanos e tudo o mais que habita o espaço entre nossos mundos, vai chegar um momento em que estaremos conosco. veem? quem sabe será a primeira vez em que se perceberá que o café é sem açúcar para uns e com uma colher de chá para outros. de manhã, uns de humor mais ameno, outros

nem tanto. cadeira, sofá. janela, cortina. assunto, silêncio. infância, presente. antes, depois. carinho, rebento. sonhos. desejos. fracassos. lições. risos. engasgos. intenções. dúvidas. depois de tantas vegetações passadas pelos dias, é o que penso, conheceremos nossas preferências, nossos pecados, nossos cuidados, nossos laços. tropeços hão de vir, porque sempre vêm. quedas intensas para compartilhar. haverá um doce momento, é o que presumo, pressinto, aspiro, em que descobriremos o sabor, sabe? o sabor do estar, do ser. e depois desse vale (o sol brilha), sentiremos
o quê?!

persisto perseguindo ilusões.

1.4.20, 10h51

posso dizer com alguma garantia que há não muito tempo (quando comecei a residir aqui ante seus olhos) olhava a minha frente e só podia ver o que de fato estava acontecendo: a minha própria vida desmoronando-se a distância segura de minhas mãos. só a apanhava com os olhos. e quando digo vida digo de algumas conquistas, quase todas que se poderia dizer materiais, mas não somente. fui perdendo os trilhos em velocidade ascendente. perdi também paisagens com as quais já estava habituada [e o habituar-se, veja bem, é um perigo constante (exatamente porque não é possível haver constância se se valoriza o instante)]. apegada que sempre fui ao passado, segurei com unhas e dentes rancores de muito pouca intermitência. amaldiçoei inumeráveis vezes inumeráveis direções (não há exemplo mais autêntico que o narrado). à parte tudo ter suas razões, também cheguei a um ponto disso, que chamo injustamente desabamento, que olhei todas as voltas, indecisa. um dilema? levantar-me dos escombros ou deitar-me entre eles e lágrimas dos mais diversos tons e livres versos? não posso me furtar de admitir que me demorei bastante nos destroços. fiz amizade com as pedras, com os tijolos. tomei conselhos com farelos de cimentos. bebi da chuva que lavou a poeira. confundi-me muitas vezes com os móveis mudos. senti saudade até do que nunca havia tido e muito menos do que me tinha ou do que me entorna. (e minto ao usar o verbo no pretérito como se

tudo o fosse.) mas o que busco reconhecer não é o que ainda resta fraco. noites em claro, dias escuros, revirei-me várias vezes entre entulhos, culpas. cavouquei tão fundo os erros. não sabia, hoje leio, estudava as lições que me dava a vida, acreditem ou não. rastro de poluição no nariz. cisco n'olhos. garganta gananciosa por explodir. os próprios dentes em rebelião consigo, atacando as bochechas como quem quer fugir. fui um campo de batalha, nem sempre cônscia. ainda agora, sinto, voltando a ser bípede, tiro as estacas das mãos. olho pro céu e penso que grito. carrego espólios como quem aceita perdão. reúno no âmago um aceno de sorriso. é a força, ouça comigo, o que me move do chão. enquanto lá fora a pandemia caminha cada vez mais apressada, cá dentro me aproximo da janela culpada. respiro o ar que ainda me sobra limpo. olho mais pras nuvens. falo mais com o alto. demoro-me a piscar com as estrelas. escuto. passo e outro.
algo enorme nos espera, confio.

1.4.20, 18h53

um ímpeto quase me levou ao início para epigrafar que tudo, absolutamente tudo é fictício. isto, inclusive.

6.4.20, 16h39

por favor. alguém pode me ajudar. pra interar um prato de comida por um real. por favor. alguém pode me ajudar. alô paulista. tira o boné. alô são paulo. por favor. atravessa o meio da rua quase deserta uma voz que canta essa súplica no ritmo da pandemia enquanto panelas e é o meio da tarde escrutinam e ao longe na televisão o pronunciamento do. por favor. alguém pode me ajudar. pra interar um prato de comida por. gritos. ameaças. menos um ministro. menos saúde. menos vidas. por favor. alguém pode ajudar. balança o boné. pra inteirar um prato de comida por. um. real.

17.4.20, 18h49

tem sido um pouco esquisito [não sei se é bem essa a palavra
(ou a sensação)] isso de agora estar todo o mundo (quem
dera fosse mera vaga equívoca imagem hiperbólica) no que se
tem chamado ora de isolamento (pausa para a significação)
ora de distanciamento (também merece) social. não fosse
um excrementíssimo na pestilência da reprivada. enfim. tem
sido deveras difícil qualquer tipo de transpiração de reflexão
de ordenamento linguístico. há um perigo enorme e
sei que me comprometi mas
o céu anteontem estava tão maravilhosamente quente
quando se pôs o
o telejornal disse que foi a camada de poluição alguma coisa
com os gases enfim que é tudo natural, só que
por aqui caminho por entre dentro sentindo muitas formas
de ir. gesto a coragem sem
o reflexo nas janelas também é lindo e
pedaços de poesia pisam n

23.4.20, 10h24

tenho refletido (sim, da janela) sobre as pessoas que deixaram de sair às ruas {ou abdicaram de sua liberdade [ou renderam-se à alucinação mundial (ou qualquer coisa que se tem chamado – e tem-se muito – hoje em dia)]} no acumulado deste tempo irrequieto. tenho pensado, sim; exageradamente, talvez. [pulula o novo antigo gênero diário, também acompanho, com um pingo de orgulho ferido querendo tomar a mim o tipo que desde o início renego (veja o quanto o verbo trai).] vou traçando, em pensamentos por enquanto, concatenações deste limiar pelo qual atravessamos. são percepções muito sutis, muito periculosas também. há que se ter, antes de calma, consciência, depois ela, depois palavras, depois coragem, se sobrar.

29.4.20, 10h51

não gostaria de reclamar, de modo algum. essa não era a intenção, embora esse termo já esteja gasto. é que anda mesmo difícil eliminar a dor nas costas. esclareço: que este país não tem permitido, tampouco em era de pandemia. vezes salta uma notícia aos olhos assim como se por milagre o judiciário enfim recobrasse (re-cobrasse?) a sua consciência epistemológica e procurasse impedir que o genocida que governa para o desgoverno este barco furado há tanto inclusive nos idos de dois mil e dezesseis e quatorze e quinhentos de modo que a gente até se recorda da dor já tão companheira de isolamentos morando nas costas então que a gente se estica e torce para um lado e para o outro e o barulho dos ossos e o gemido dos músculos e o suspiro dormindo levanta um pouco a cabeça boceja olha pro teto e sorri porque afinal de contas o que será que está por trás e por trás e por trás e por. o que será que vem por. que culpa é essa que a gente carrega sem saber exato o que como quem por.

29.4.20, 11h11

vou contar essa história. não porque catarse inspiração estética ética ficção blá-blá. porque preciso. e de precisar não saímos ilesos.

era uma vez um vírus, do tipo que muitos ficcionistas, cineastas, artistas de um modo geral ao menos de alguma forma já haviam representado ou fantasiado. enfim, sabe-se que se enveredou pelo mundo todo. todo. muitos governantes negaram, muitos governantes se arrependeram, muitos governantes não, ou ainda não. mas com certeza um dos piores deles está aqui. neste país tropical continental uma urna fantasmagórica agora neste exato instante. onze e onze. e ainda não chegamos a maio. mas essa história aí todo o mundo vai saber.
quero contar outra.

era uma vez um vírus. estava o homem, idoso, no hospital, acompanhando sua companheira que estava doente. eram do grupo de risco. grupo de risco é a expressão comumente usada para caracterizar seres humanos que se encaixam em determinada estatística, posto que todos em alguma estão, conforme já determinado desde a caça às bruxas, no mínimo. o idoso estava com a idosa. no hospital. e também é importante que se mencione este último fato, datando-o do momento, pouco anterior a este com que nos falamos (eu falo, digo), quando ainda era possível entrar no hospital e ter vaga. digo especialmente o idoso não só pela estatística já contextualizada. que havia outra. há sempre outras, na verdade, por vezes concomitantemente.

era uma vez um vírus. estavam um homem idoso e uma mulher idosa no hospital quando uma enfermeira descobre que havia desaparecido o seu celular. celular é o termo que designa um aparelho do tamanho normalmente de uma mão que é usado para falar e ouvir e ler e escrever tudo o que se quiser porque tem o poder de atravessar espaço e tempo mas não foi exatamente por isso que foi sentida sua falta, dado que há várias espécimes de aparelhos dessa envergadura, afinal um aparelho pode ser igual a milhares na mesma proporção de veracidade em que um ser humano não é igual a nenhum outro. embora haja estatísticas que digam o contrário e mesmo que uns mais iguais que outros. era um tempo de paradoxos.

era uma vez um vírus. um homem idoso estava no hospital acompanhando a idosa que estava internada. uma enfermeira estava sem seu aparelho telefônico. evidentemente que isso não tem uma relação intrínseca com a pandemia do vírus, é que realmente não estou sabendo como correlacionar da melhor forma as ações. há sim necessidade de muitos aparelhos respiratórios, mas definitivamente o telefônico não era um deles. claro, claro que em um momento (previsível, sim, obviamente, já) como este um aparelho respiratório seria, não, é muito, mas muito mais útil que. sim, ficamos todos, hora ou outra, fadados nós mesmos à obsolescência programada. em manaus já não há urnas. não, não é tempo ainda de eleições. por favor, me ajude.

era uma vez um vírus. uma idosa, um idoso, uma enfermeira e um celular. perdido. todos estamos perdidos, na verdade. uns mais que outros. ou uns antes que outros, mas estamos todos. agora está um pouco turvo. não consigo enxergar de todo a linha. muita coisa se passa. anteontem, ou na semana passada, não sei ao certo, houve um pronunciamento da ré-pública em que o ocupante do cargo também estava todo ele desgovernado que até este momento entre juiz, aborto, piscina, condomínio, marielle, família, polícia, milícia, não há rima ou humor que organize a quadrilha, não se sabe. na verdade mesmo? mesmo? todo mundo já sabe. inclusive por que não há cadeia. estou a ponto de desejar sabe o quê? que morra na fogueira em praça pública. não estou já com nenhum tipo de ordenamento mental. é tudo um caos: ética, sistema de saúde, narração.

era uma vez um vírus. preciso realmente chegar ao fim desta história. dois idosos. todos precisamos embora faltem-nos para-brisas e outros equipamentos de proteção individual. especialmente coletiva. aquela que o acompanhou sabe-se lá como, muitos questionam, por trinta e cinco anos, diante da acusação. sim, houve uma acusação, achei que já tivesse mencionado. há milhares de acusações e crimes de responsabilidade, sim, eu sei, todos sabem, mas é que essa história, veja, pode ser que essa história seja esquecida embaixo dos escombros quando a história com sua roda agonizante e tivermos que escolher o que ensinar para os filhos dos idosos que sobrev.

era uma vez um vírus. o idoso foi acusado. o idoso estava acompanhando sua companheira que estava tentando se recuperar no hospital. a enfermeira perguntou [inicialmente, pode até ser que educadamente, quem de nós pode garantir, tantas vezes cometemos equívocos, afinal somos seres humanos e estamos todos todos todos (na verdade, depende de alguns fatores, neste caso especialmente um, já trato)]. mas o idoso disse que não viu o celular. houve agressão. em algum momento em que não tenho capacidade de convencê-los verossimilhantemente, houve agressões. reviraram suas fraldas. escutem bem. reviraram suas fraldas. a companheira do idoso procurou defender, digo argumentar, afinal de contas ela uma idosa em um hospital no meio de uma pandemia cujo único sentido pode ser em poucos dias a vida para cada um de nós a qualquer momento mas o aparelho celular. não estou certa agora a sua marca. marca é o termo utilizado para valorar determinado aparelho, não só telefônico, respiratório, estatal, não sei bem mais, mas pode dar a ele um valor que faça com que seja mais importante que outro. é muito difícil contar essa história, mas por mais que seja quase impossível, não sei descrever a minha angústia como poderia imaginar o que sentiu a companheira do idoso que estava na cama enquanto um vírus que tem matado, sim, o vírus tem matado, ontem mesmo chegando à marca (essa é outra marca, não tenho condições de esclarecer agora) de quinhentas mortes por dia. morte é o termo comumente usado para identificar seres humanos que sucumbiram, não, não é esse o termo na verdade, porque sucumbir pressuporia alguma forma de entrega, mas o idoso não podia entregar o celular porque não havia sido ele, enquanto isso depois de agressões, a sua companheira, que de ter acompanhado a parte do idoso que era humana por trinta e cinco anos, ora que bobagem, me perdoem, não há parte que não seja humana no humano, digo, não sei exatamente defender essa ou qualquer outra hipótese, afinal a enfermeira garantiu agrediu acusou. houve gritos. nessa hora imagino que o coração. coração é o termo usado normalmente para referir um órgão do corpo humano que bombeia para todo o corpo e também tem sido ou era usado como metáfora para a parte mais íntima de um ser. a parte mais íntima da companheira do idoso portador do vírus que buscava ser curado no país da escravidão quando a enfermeira perdeu o celular. não, não. estou confundindo todas as coisas. o idoso não estava com o vírus da pandemia não estava com o celular da enfermeira não estava com a dignidade garantida a todos nós quando foi expulso jogado pra fora do hospital e não pôde dizer ouvir tocar na mão pela última vez da companheira cujo coração.

era uma vez um vírus. o hospital disse que foi desnutrição grave. o celular estava na sala de reuniões. o hospital que fica no sul do país não pediu desculpas, levou um lanche. com sessenta e dois anos o idoso diz pra reportagem que não está conseguindo voltar ainda a trabalhar e que não, desculpe, ele diz, não sabe se já tem direito a aposentadoria. aposentadoria era um termo usado.

e me nego a descrever a sua cor e a sua classe ou a sequer supor ou permitir que você já não o saiba.

4.5.20, 9h30

chego a uma página emblemática hoje. volumosa. hoje. nunca vou me esquecer disso. hoje.
venho pensando que há memórias que fotografamos tão nitidamente. (a bem da verdade, a tecnologia talvez nos tenha vendido mais essa atividade mental. quanto?) a falta que sinto acorda antes de mim. dormimos mal. ao mesmo tempo me balança algum sonho. que depois esqueço. a memória nunca foi meu ponto forte, eu lhe dizia. na verdade, não. dizia tão pouco. se nos arrependemos é errado? hoje ouvi que o erro nem é a pior parte do fracasso. na verdade também não. fui eu mesma que me disse. antes de ter à janela. ontem. (nunca é possível dizer a coisa do mesmo modo, nunca.) ontem corri à janela para ver o passante gritante que descia à rua sem medo sem sujeição sem ressentimento. ele gritava o nome do vírus. se não fosse o coronavírus, o metrô não estava vazio. bom dia, sol!, ele esbravejou iluminado. o sol, de fato, parecia brilhar tanto. (quando não?) não alcanço aqui da janela, mas pressinto que estava cálido. ele sorria jogando os dentes pro sol bater. deu-me saudade a sua liberdade ele a descia displicentemente como que chutando com os pés descalços a verdade temporária que habita o instante. enquanto isso, do outro lado da calçada para mim, do lado da calçada do passante para ele, estava o senhor de cabelos brancos no portão do prédio olhando o relógio. o sol não chegava lá. bom dia, sol!, descia o passante com os olhos fechados dando a

cara a tapa de luz, quase posso garantir, quente. carregava uma sacolinha que balançava alguma música de dor ou lar. o senhor de cabelos brancos entrou no prédio e trancou o portão. o passante passou. ouvi de longe seu bom-dia virando a esquina no sol. o senhor branco abriu o portão, pôs as mãos atrás das costas, com alguma displicência, sem olhar as horas. o sol não batia lá.
eu me lembro do ponto, do ônibus, do calor da sua mão quando atravessamos a rua e queria lhe guiar para que não se perdesse, tropeçasse ou qualquer coisa que agora já compreendo mais. tinha um sol dentro da sua mão. sempre teve. sinto até hoje. deveria ter estado mais lá.

4.5.20, 10h04

acho que a vida é (ou poderia ser) um exercício constante de não pressupor (e fracassar) que a dor do outro é menor. ou álibi.

14.5.20, 10h36

reconheço que isto não é nem um pouco natural para o momento, quiçá compreensível, mas tenho pensado no instante de uma forma muito diferente agora. agora que estou aqui sentada. o céu está nublado. a janela semifechada. o vento não perturba porque há um cobertor cobrindo minhas pernas. um lenço azul de tricô com alguns buracos sufoca o pescoço. uma xícara de café quente ao lado. um caderno de anotações. um teto todo seu à frente. e esta possibilidade da ficção quase um século depois e. não consigo explicar, talvez nem deva, provavelmente nem interessa, mas sinto-me agora mais forte. não é o ar que transmite lá fora. não é a insanidade que assola o país. não é a terra que gira mais acuada. sou eu mesma. aqui dentro. algo me diz: enfrente. firma-te. o que vem aí ainda não é sequer imaginado. ficciona. cria. reflete. pensar nunca nos foi propriamente garantido. pensa. escuta: somos nós que revolucionaremos o mundo. as corajosas. (enquanto pés descalços mancos fortes atravessam a rua. o céu de teto.)

20.5.20, 10h50

as pessoas continuam saindo nas ruas na mesma proporção em que aquele que ocupa o maior cargo do país entrava o tempo com mentiras tão estapafúrdias que, se as contasse, pareceria uma ficção de quinta categoria. deixo para outros a capacidade aguerrida de repetir as palavras. falta-me, hoje, olho seco. olho os números e penso nas famílias que ficaram sem. não sei como proceder da melhor forma. ou de uma forma mais justa. não sei mais também o que é justiça. este país perdeu completamente qualquer tipo de critério de humanidade. é assustador viver este tempo, é o que posso dizer ao futuro quando consigo levantar a cabeça dessa lama movediça. já passa do pescoço essa massa gosmenta da história. o ministério da saúde agora está na mão de militares. (se você quiser ver mesmo, percebe que está tudo nos pés dos coturnos, só a gente que fica ainda de boca aberta parecendo besta cuspindo na própria testa.) a secretária de cultura, porque já não há mais ministério disso [já não há mais isso nas costas, como dizem, do governo (veja só que lambança)], acabou de cair. era uma atriz de novela. releia se tiver forças. é exatamente este o nível de produção a que estamos expostos. e pior, porque a atriz disse no programa que vi nas redes sacolejando ombros como quem sacoleja a história mal zelada que precisamos olhar para o futuro, não para o passado, acrescento que o recorte temático era a ditadura militar. tão atordoados estamos que nem sabemos mais que estupidez eleger para rirmos sem graça. hoje, ainda por cima, vi a ministra, como se chama?, alguma coisa de direitos humanos [também perdemos há muito, lembro-me bem de dois mil e dezessete (ou dezoito?), sei que foi depois do golpe parlamentar em que retiraram uma presidenta mulher (ah repito, sim: mulher), a mesma que foi decretada inocente (todo o sistema está podre) há pouco, e aí já não me recordo quando mesmo porque foi pouca a reverberação televisiva, que é disso que tem vivido nossa envergada memória, mas o que ia dizendo dos direitos humanos? ah sim, naquele ano me lembro que costumavam dizer que tudo era culpa dos direitos humanos. lembro que ri, sacudi meus ombros, bati nas pernas, joguei para trás a cabeça, porque não conseguia sequer finalizar uma frase com um mínimo de lógica ou sem interrupção de risada de tanto que a formação de uma categoria de coisa chamada direitosumanos, uma coisa assim desarranjada de sentido mesmo, eu não conseguia naquela época, coitada de mim, parar de rir para explicar, se bem que não adiantaria quem sabe praticamente nada essa voz isolada no que nem desconfiava ainda o tamanho da bomba que estava sendo muito bem gerida em torno de um novo, completamente novo?, vocabulário e tão fracassado que já ao nascer foi gestado com a obsolescência programada de morrer sem sequer ter sido velado pelo que significava ser, mas nem era isso que queria dizer sobre a tal da ministra, o que era?], ah sim, vi, sem som mesmo, só me escapuliu a imagem nos olhos com aqueles dizeres em fonte como se criança fosse imbecil alguma coisa de concurso infantil de máscaras. você consegue acompanhar? essas são notícias bem frescas, ainda a considerar que já não vejo jornal e as poucas manchetes que me escapam é que me falta coragem de fechar os olhos. além de tudo ainda precisamos votar em qual notícia é a fumaça porque a família inteira que ocupa o famigerado posto público desta pátria (sim, tem no ético congresso, tem no justo senado, tem no eloquente executivo e por que não no casto judiciário) está chafurdada em corrupção assassinato roubo milícia tráfico um grande acordo nacional com o supremo com tudo, não sei mais onde começa, onde estamos, não enxergamos mais um palmo na própria face e mais manchete e mais um tapa e mais um golpe a cada setenta e três segundos uma pessoa morre de covid-19 no brasil. ah sim, nesse mesmo dia em que o país novamente bate seu miserável recorde, seu recorde de cretinice, baixeza, vilania, devassidão, incompetência e genocídio, o presid- (não consigo expressar o vômito que me vem ao corpo inteiro ao ter que preencher esta folha com esse insignificante) faz uma piada, uma rima pobre, queria por tudo não ter visto seu rosto rindo, mas está estampada em todas as redes sua cara podre sacolejando. não consigo sequer terminar essa imagem, que na sequência (porque nosso pensamento é tão veloz, nosso inconsciente tão atroz, nossa consciência dorme onde?!), na sequência a imagem do pai que grita na frente do caixão do seu filho de quatorze anos, joão pedro, e se você estiver supondo que essa conta entra nos segundos do vírus, sinto tanto, mas tanto, mas tanto ao ter que registrar que este país ainda tem que lidar com um policial que entra na sua casa, atira no seu filho, leva o seu filho, desaparece com sua vida e depois o seu filho é encontrado morto e queria muito dizer que isso não tem nada a ver com o vírus, mas já não sei mais lhe contar qual doença chorar primeiro porque esse excrementício que ocupa o cargo maior do país possui absolutamente todas as doenças anímicas que você imaginar como possíveis, sempre possuiu e de ter se elegido não só demonstrou o quanto essas doenças endêmicas da alma estão vultuosamente espalhadas nesta terra como continua transmitindo em apertos de mão com sua boca suja e porca e mal-educada em uma velocidade em uma normalidade em uma legitimidade que já não sei até que ponto é possível chegar. a cada dia este país bate um novo recorde e essezinho doente de alma, de espírito, de mentira, não morre. não queria ter dito isso, vocês nem me perdoem, mas pensei: e não morre.

20.5.20, 14h25

notei que a terra está girando de tal modo que o sol já não bate mais na janela, de forma que posso até como antes colocar minha cabeça para fora, mas não colherei mais réstias de raios de sol e energia.
também percebi que, se você olhar fixamente o ar, você consegue vê-lo se movimentando.
as pessoas continuam saindo às ruas. crianças, adultos, idosos.
parece que não entendemos o que está havendo.
o que está havendo?
peço ao universo que aplaque esta angústia e me diga o que posso fazer. estou sã?

26.5.20, 10h46

o não sair de casa não é o meu maior problema pessoal, o não poder sair é um grande problema coletivo. não tenho tido ânimo para escrever ou mesmo ir à janela. passo muito mais tempo deitada. está frio. não sei que direção seguir. olho para trás com frequência. penso muito no futuro. sinto que todos estão desesperados. sem perspectiva de melhoras. cada dia uma notícia nova velha igual e diferente consegue assustar como se nunca. volto ao começo destas páginas, in memoriam. todo o pavor que tinha deste presente, quando futuro, não passa de rascunho. não volto às páginas agora. quando deixo de pensar fico um pouco melhor. quando retorno, a cabeça olha ao redor e balança, como se me perguntando aonde viemos parar. não sei, lastimo. como se escondendo a dor de uma criança.
não temos fôlego. não conseguimos respirar.

14.6.20, 11h49

quando terminei de ler esse conto. me tomou o corpo inteiro um arrepio. parece que os braços não eram meus. mas não foi um arrepio como uma lembrança ruim que logo passa. foi um arrepio que ficou, sabe. e não ficou quieto. foi um arrepio que ficou e foi aumentando, depois diminuindo e quando pensava que ia embora, ele subia um pouco mais uma camada da pele que nem sabia que tinha, depois ia abaixando, baixando, baixo, até me assustar de novo subindo. e ficou assim um bom tempo. fiquei olhando pra janela de onde vinha um vento pensando que fora o vento e não o final do conto. mas quando me lembrava do final do conto o arrepio subia de novo os cumes até dos meus cabelos amarrados, como se fosse uma alma vagando. e para falar bem a verdade, o final do conto já tinha até sido anunciado. a gente, lendo, já sabia muito antes do que é que aquilo tratava e aonde é que aquilo ia dar. e agora falando essas coisas assim numa despretensão tão acadêmica me pega de novo no susto um arrepio que é como se fosse minha intuição me dizendo que estava mentindo de novo. aquilo ia dar nalgum castigo, sempre deu. essas coisas nem sempre são justas. essas coisas, a vida. e em vez de me mover, fechar a janela e acabar com toda essa falsidade, fico aqui. olho para a janela. aceito o pio do ar na pele chegando e partindo. movo dedos, movo olhos e tento mover a memória. como se aquele passado não só fosse longínquo, mas. a janela. alguma coisa urgentemente. olha, voltou.

14.6.20, 20h15

vez em quando, eu me sinto sozinha. então digito o meu nome nesse lugar sem espaço que localiza o mundo atual. dou um enter. e saio buscando formas de ouvir o que dizem, se e quando. já fiz isso com mais frequência, meio que me consolo. meu nome não é assim também uma coisa muito natural de existir, ainda penso. mas hoje, insistindo um pouco mais naquelas abas numéricas. digitei o nome e descobri que morri. foi em dois mil e quatorze. mas não pode ter sido, abro bastante os meus olhos. fico imaginando as possibilidades. o que estava fazendo. onde. o mais incrível é que me lembro, não sei exato se nesse dia, mas estava extremamente intranquila naquele mesmo estado. naquele mesmo estado em que também morreu uma identidade minha. tinha dezenove anos. estudava medicina. dirigia uma moto num sábado de maio quando em frente a um caminhão na br. na foto um sorriso que acho que nunca tive competência de ter. e me assusto com isso. fico olhando pro tempo pensando no quanto tudo pode ser assim tão espontâneo. em algum momento meu nome novamente vai morrer e alguém, em alguma outra parte, também olhará quem sabe esse nome que uma vez me pertenceu. quem sabe alguém olhará esse rastro sem saber que faço para além do curso da letra. morri e fui enterrada no parque no morro alto. arrisco dobrar os cílios. suspiro os eucaliptos num clima frio com o vento nos meus cabelos. quero me desculpar por ter morrido o meu nome. quero me desculpar por ter desperdiçado tanta existência com concatenações tão dispensáveis. quero me desculpar por estar escrevendo tudo isso quando na verdade estou fugindo deste tempo em que tantos nomes morrem. tantos. tantos. que não consigo dizer. queria muito conseguir escrever um texto tão lindo, tão acolhedor para as famílias que. nos hospitais os. enquanto a. mas a única coisa que faço é digitar o meu nome e dar enter. não tenho coragem nem de ir à janela. me desculpe.

26.6.20, 18h17

se você quer notícias de mim, comunico que fico o dia todo deitada. dizem que ocorre o fim do mundo lá fora. vírus, gafanhotos, bichos papões assinando papéis assassinando a história. pessoas morrem mais. deixei de lado de vez as notícias há uns três dias ou mais. deito-me aqui sem esperar absolutamente nada. se é que você me permite dizer isto e assim: não tenho expectativa nenhuma.
como mal. durmo mal. a coluna me atravessa a dor, não o contrário.
perdi a rota do choro também. vezes vem uma memória e passa. ninguém mais assenta comigo. nenhuma de mim.
leio muitos poemas em voz alta. faço que a voz me desconhece. assim ela não suspeita a pessoa boa que não sou. pensando bem nunca fui. perco até as melhores memórias, as piores esperas, as frequentes sobras.
coleciono rancores cada vez mais. mesmo que tenha prometido, ah, poupe-me. o mundo acaba lá fora.
batem uns ventos de desejo de voltar para o berço. mas não sei nem mais o caminho dos planos. como se compra passagem.
vezes acho que estou em estado permanente de choque, que me encontro assim sem paz nem tumulto nem sangue nem ossos.
devo gritar. falta-me coro.
devo soerguer. falta-me brio.
devo dinheiro. falta-me conta.

passasse um
aqui dentro
deixe. são só asneiras. não valho essa tinta.

6.7.20, 18h37

não tenho me recomposto bem. não sirvo nem para saber o que não quero. parece que é mais simples saber o que não se quer. enquanto a lâmpada roda, imagino cair. olho pra um buraco negro que há. é aqui? quando foi que tivemos certeza? tenho falado tanto com o universo e coisa e tal. chego a implorar. conto às estrelas. peço socorros. enquanto a mulher sobe a rua em ziguezague gritando berrando gesticulando humilhando-se. só distingo a palavra presidente. cada vez mais todos sabemos o que já sabíamos (pareço mesmo acreditar nisso). só voltar as páginas. todas as expectativas seguiram o seu curso. que fiasco. ela fala com as vozes, a moça. também distingui as personas, acredito. uma delas, a que grita com todo o ódio que compartilhamos a palavra vazia presidente, aponta o dedo na cara da outra, que dá meia-volta em si mesma, agora escuto lá da esquina, tropeça no meio-fio ouvindo esse descarrego de verbo e não tem como falar nada, porque não há nada que justifique absolutamente nada, carros passam buzinam o ônibus freia, e então torna a outra persona, mais um giro em si mesma agora volta a descer a rua, eu a acompanho com os olhos sem saber como posso se devo a rua o vírus o grito a moto, esta parece tentar apaziguar. mas o domínio é da voz alta, da lágrima partida quebrada assaltada pisada jogada na rua. um baque entre as árvores. os cabelos mal se firmam. não consigo assisti-la. volto-me. a luz gira.

9.8.20, 8h53

quem sabe tenha sido esta a ausência mais comprida. não sei medir. nem acho que esteja pronta.
uma queimadura no céu da boca me propiciou perceber o quanto a língua exige absoluta liberdade para dizer, para comer, para dormir, para fingir que não existe.

cem mil mortos enquanto tudo isso se passa. o que é tudo isso? quem são? como faremos

um arrepio por baixo da blusa por baixo da blusa de frio por baixo do cobertor me lembra que vivo. me ameaça o respeito.

já não fumo. meio que, conscientemente ou não, eficazmente ou não, visando poupar o fôlego para o que pode vir. o que virá?

hoje é domingo. dia dos pais.

um ônibus corta a rua. ouço o barulho. as cortinas estão fechadas.

preciso mudar, mas.

um avião corta o céu. ainda ouço os pássaros.

os dias têm sido haicais.

quem sabe volte.

cem mil. novo arrepio.

sempre julguei que os pássaros corriam tanto risco lá fora.

22.8.20, 10h05

hoje acordei com as minhas mãos dadas. algum lugar você deve ter habitado o sonho. antes de saber aonde estava aqui, nessa vida aparentemente palpável, senti o seu calor e vi a gente atravessando a rua. é engraçado lembrar. doloroso. naquele momento lá, já há tanto tempo, eu me surpreendi tanto com o calor da sua mão que sabia que nunca mais esqueceria. (e esqueci que já disse.)
levantei depois de muito tempo.
faz muito frio hoje.
fiz aquele biscoito que você fazia. mentira. sempre achei esse nome tão engraçado.
comecei a comer e estava tão bom. ficou muito parecido.
comi o prato inteiro chorando.
saudade deve ser o que aquece a mão no sonho.
a morte deve ser mentira.

daqui a dez dias faz anos.
nunca mais esqueci depois que esqueci.
você me perdoa por todas as vezes em que

me lembro de você varrendo o quintal. achava tão bonitas as folhas do pé de manga.
tem muito tempo que

acho que entendi por que nascemos sem memória. porque nascemos, não é?

8.9.20, 19h50

{[(claire de lune)]}
olho a fresta da janela. naquela direção há um prédio de cimento cru [como (às vezes) a verdade é] e me iludo de que é o céu nublado.

não é assim que se faz, sabemos.

sabia que aquilo ia mudar tudo dali por diante. [era para o ser (acredito sim).]

passei uma base na cara {para não evidenciar as olheiras [embora não se costume dizer isso (na tal literatura)]}. pus batom rosa. passei menos blush. [que também não estou aqui pra forjar (tanto) o caráter.] fui. [do se ir na (m)er(d)a digital (isso também não é nenhuma novidade.)]

{[(silence)]}
aquilo ia mudar tudo dali por diante.

sei que quando a verdade queda tem o peso de um aglomerante hidráulico.

fazia tempo que não ouvia minha intuição. como se diz, não seguia meu instinto. sempre tendo que escolher as palavras corretas, as notas discretas, o pão de amanhã.

joguei baixo. falo bem a verdade. exausta que estou de ficar olhando pro céu. pendurada na janela. não ouvindo um pio das estrelas.
abdicada de noticiários, semáforos, abraços, saídas. e uma grande quantidade de humano caindo pelo ralo que nem no asfalto se enxerga uma flor.
tempo imundo. gente pútrida. saudade exilada.

é sempre muito perigoso ultrapassar os limites.
o mais recomendado é seguir o padrão.

não é preciso procurar equilíbrio. manter-se.

calcária.

9.9.20, 16h35

como começar a escrever? e retomar? na mente todas as frases vêm numa velocidade que já passou. entende?

coloco os fones no máximo. desembocam nos ouvidos todos aqueles silêncios de beethoven. acompanhados de pés e plumas que correm e morrem, revoltam e mentem.

no segundo seguinte (anterior) toca uma nota mais alta gritando que não é tempo de versar privilégios. (jogo tudo no chão.)

como escrever da janela.

testemunho
escrever é ter liberdade?

14.9.20, 18h35

penso em tanta coisa.

agora mesmo inventava um diálogo em que, mais uma vez, humilho-me.
não sei o que é que o ser humano tem (a sempre orgânica totalidade) que precisa sempre (...) desaprender. custa muito desconstruir-se, a verdade ( ) é mesmo esta.

antes contava as páginas disto aqui. orgulhosa do avançar dos números. agora (que eles se cansaram também) não dou a mínima. nem me assustei com este. a não ser pela referência mais veloz que eu (aonde é que me coloco) que me recuso a nominar. dou-me cabo da política. ou do político. ou de políticas. enfim.

voltei a fumar. não sei se contei. ando também menos propensa a reler. não é um procedimento natural em mim. obsessiva por encontrar os próprios equívocos. gananciosa. humildosa. humilhível. repetitiva.

decidi tentar. a ver se compreendo do que é que está se tratando o momento pelo qual

arrrrrrrrrrrrrrr: falta.

18.9.20, 10h55

tenho ficado muito tempo na janela. pensando na vida observando o trânsito. lojas fecham, abrem. poderia ser um tempo enfim.
chegar a um estágio em que sobrepuja a desistência de acompanhar tudo. o país queima. o judiciário, como sempre, interpreta como lhe convém aquela faixa que tapa os olhos da justiça naquele símbolo obsoleto. da iustitia pra cá tanta coisa já caiu o sentido. algo assim. catando palavras lavadas. metáforas. ficção.
tenho fumado só na janela também. isso me impulsiona o olhar, é o que ludibrio. enquanto isso, conjecturo comigo que deve ser uma espécie de cultura esse cheiro que chega agora à lembrança. o vô puxando palha em frente ao curral. medindo não sei com quanta neblina o horizonte deitado no verde. longe. o pai picando o fumo com o canivete. observava tão curiosa que cada micropalmo da palma da mão tinha uma função. estudava. noutro tempo, no banco de couro na calçada, um cumprimento para cada um que passava na rua. às vezes deixava um dedo de prosa. às vezes mais. aquele tempo. tomar um cafezinho na tia. sair à noite, depois da janta, a família pretensamente inteira para visitar compadres. não gostava nada disso. sinto saudade. e me encantoava nalgum buraco de sofá. não podia nem comer duas vezes. gostava dos vários gostos do café. o café de cada família ficava. ficou. pudesse voltar nesse tempo, desligava a televisão, ensaiando

passos de revolução, ilusão, ia pro meio da sala e diria em alto e bom som: pai, toca uma sanfona. tio, me conta como mesmo que faz açúcar. mãe, volta.

mas as memórias têm surgido assim, aparentemente ilesas. sorrateiras. como se não fossem dar em lugar algum. e quando você vê. descobre que da janela você nem mais suspeita onde cai o horizonte.

19.9.20, 11h29

nunca lembro dos meus sonhos, já devo ter repetido isso incansáveis (é o que parece) vezes, hábito, se quiserem perdoem. não dou a mínima. nessa última noite sonhei com macacos. estava no mato, em cima do telhado na companhia de alguém muito querido (assim soube depois quando medi a dor). vi um macaco ao longe, um pouco nervoso, e me pareceu que já havia sido comum ao meu cotidiano lidar com macacos. porque desci do telhado um pouco calma, porque era acontecimento pueril, outro pouco assustada, porque o macaco tinha um galho na mão e movia-se com suspeita. depois que desci do telhado, pedi a ele que me desse licença e sinalizei com um braço bastante seguro que ele fosse naquela direção, guiando-o calmamente enquanto balançávamos a cabeça sem nenhum ter de fato certeza do que estava acontecendo. depois que o macaco passou pelo portão e o pude fechar, ao mesmo tempo que estava fechando-me e o colocando para fora de algum lugar que já era. enfim, como se fosse uma cerca que dividia os espaços antes do êxodo rural. voltei-me então em direção ao telhado, que estava à sombra de um enorme pé de manga, criando uma sombra agradável de estar, logo embaixo de onde estou antes de atravessar a rua, costumávamos dizer, sem asfalto, mas vamos dizer uma estrada de chão, que costumávamos dizer ainda antes, que dava no fim de uma curva com eucaliptos enormes e parece que vi um macaco pintado de preto. aquilo me deu um ar-

repio de guerra, quis tirar os olhos da estrada e chegar logo ao telhado à sombra. assim que subi, morri ainda estando viva. uma flecha atravessou o meio da testa e nem mesmo tentei retirar porque já a vida havia partido. posso garantir que ouvi vultos, evidentemente que tudo isso no sonho, desci do telhado e comecei a andar pro asfalto. desistia da guerra, desistia da vida, redimia
acordei exaurida
e me lembrei de um vídeo que vi de um macaco no mato queimando os últimos suspiros desesperados por ar. o país sangra de todas as formas que sequer imaginava possíveis.
e me lembrei de um vídeo de um homem implorando seus últimos suspiros com uma bota no pescoço curvado farto negro desesperado por ar.
o mundo está em coma?
que real é esse?

3.10.20, 11h23

não sei o que está acontecendo lá fora. olhando pela janela, inúmeras pessoas discorrem a vida pelos pés apressados.
(agora as palavras surgem melhor enquanto fumo cigarro. anda difícil demais respirar.)
queria dar notícias bonitas (já não leio não vejo não ouço não retruco não rumino não morro noticiários) ao menos iludir com as cores. espaços bem delimitados. o céu tem me apresentado tímidas estrelas. não sabia que dia era hoje. a ponta do fio fica cada vez mais distante do novelo. ando com dedos suados. perco e demoro a alcançar onde se sentam as verdades. ilusões. seja. também não estou só ocupando o tempo com trabalho estudo leitura letras conceitos mediações governo urro.
deito.
sentimos falta do passeio. comunicarmos. cedermo-nos. timbres. cheiros. sinestesias. não é?
furto-me daqui mas ao mesmo tempo não.
penso o tempo todo enquanto me debruço na janela. descobri que os únicos que olham para o sexto andar dos prédios são aqueles que na rua. não consigo dizer moradores de. não consigo dizer o que pode exprimir
há pouco uma moça passava na calçada apressada segurando dois balões

{porque não [o que não tem remédio remediado está (ou não)]. se você não entendeu o que aconteceu foi porque não me ouviu. se não me ouviu já tem a resposta. (estou cansada de todos esses séculos com esse fogo queimando os pés. procurando cinzas menos acesas pra pisar. correndo contra o vento.) já parti.}

um era rosa no formato de uma estrela. o outro um coração prateado. subiam atrasados a calçada. brincavam entre eles e entre mim me dizendo quem sabe precisamos andar mais feito balões de estrela e coração. catando metáforas no céu pra jogar no peito. tocar um no outro por causa do vento. o tempo soprando as orelhas. vamos. foram.

22.10.20, 10h35

o que realmente acho é que há variáveis formas de lutar. encontrar a medida exata para não morrer na batalha, eis o mistério maior.
às vezes as armas inimigas são mais eficazes, digamos assim. fazer o quê. usufruir. usufruir? estamos como sempre estivemos como não precisamos mais estar na mira.
o que quero dizer. saio da frente do cano. caminho ao lado do gatilho. se precisar, sopro a pólvora. o meu dever é comigo, com elas.
se desistir na primeira ameaça, como chegar no campo, adentrar tanques, desativar canhões?
e digo de batalhas pequenas. campos minados que não figuram no mapa. vitórias que nunca tiveram medalha. bandeiras amassadas. resistindo.
espero, de um jeito silente talvez até demais, chegar o momento. encontrarmo-nos todas. derrubar os palácios. coexistir.
enquanto luto diária. vezes escorrego. assopro. soergo. suspiro. cansada, me deixo cair vez em quando.
nem sempre com orgulho, mas vivo.
sobreviver o que é para além de todas as religiões, instituições, livros.
antes de dormir, entrelaço as mãos. digo força. parabéns. não foi fácil. não lhe culpo.
se o sorriso vem, deixo. se não vem, nem insisto. largo-me na mão dos sonhos de que não lembrarei.
nunca estive, menos ainda agora, no compasso de fora. ruas cheias.

14.11.20, 14h13

não é possível ler sem emoção. foi um título que pensei em pôr na lista. talvez autoexplicativo demais (isto não é um pleonasmo?). é o que (quase) sempre me dizem. não levo jeitos pra títulos. não tenho muito pleito.

tenho escrito bastante nos últimos dias. não aqui, obviamente. tenho escrito enquanto penso, olho os pássaros, cheiro o chão.
esta é a casa em que cresci: milho mexerica cebolinha alho pimentas dama da noite figo bananeira serragem mamão uva maracujá chicote

27.11.20, 19h03

veja bem. estive escrevendo sobre a vida. sob a vida. espetáculo o existir.

30.11.20, 11h21

17. foi onde tudo começou? passei a odiá-lo. esse número. dando-me conta de que isto [este romance em processo, muitas vezes digo (embora me debata)] se mantém irresoluto em não ter título. por mais que a lista de ideias absolutamente provisórias para título esteja extensa. resolvi contar. 17. foi onde tudo?

6.12.20, 12h09

custa-me sair palavra, ainda que a energia esteja um pouco recobrada.

venho aqui me desculpar e perco até isso.

não é necessário desespero ou qualquer tipo de aflição, digo com modéstia, mas é verdade.

sinto a lembrança fresca da terra no pé.

23.12.20, 18h18

calma. as coisas estão assim mesmo. desordenadas. excessivamente viciados nas negações. não está fácil. e é isto. é o que temos. é o que somos. (vou pôr a data.)
(gosto desse par de dezoitos assim. contêm o infinito. ilusão de avanço. maestria.)
(parece que é o caminho certo, é o que tenho ouvido.)
tanta vontade de ligar o foda-se, como se diz.
(lembrei que é quase natal.)
não faz muita diferença também. a pandemia continua abraçando o que temos de humanidade política. não sei mais distinguir metáforas de ironias. o tempo está cada vez mais flácido.
o que é um ótimo sinal, diria. espero que não se assustem. nós não temos mesmo a mínima ideia do que será nossa vida, não é mesmo? (cáustica também, o que é péssimo.)
e entusiasmada (vigiando as expectativas) com um modo diferente de ver da janela.

28.12.20, 19h09

continuo escrevendo bastante. em termos de pensamento, digamos assim de novo. acho que muitos de nós andamos sobrevivendo assim, articulando nossa vida de isolamento social {no meu caso, difícil explicar [o que implica, peremptoriamente, um certo grau elevado de (blá-blá)]}.
tentando novamente.
ouço a chuva nos pneus.
como será o som de longe?
até que andar cantam os pássaros?
vou sonhar outra vez?
vertigens assim me ocupam quase sempre. noutros momentos, fico bêbada na janela. assediando pensamentos mais látices.
fujo da angústia com blefes mornos.
entusiasmo-me, por outro lado, com a densidade do ar (algo assim) adensando-se. ouço mulheres por todas as partes. cores. dialetos. identificações.
intuição. ainda procuro saber o que é.

agora percebo. o ano já esgota das mãos.
ainda não consigo dizer o que sinto, não, pressinto, não, digo, intuo, não, digo, percebo, não, digo não sei.

repito: a nossa era vem aí.

2.1.21, 13h14

não vou fazer balanço, retrospectiva, projeção, essa ilusão toda. fiz ano passado [ou retrasado (que o nosso tempo aqui flui diferente)] e foi uma bosta. então desisto.

13.1.21, 18h40

ocorreu algo tão engraçado mais cedo e agora. relendo (sim, a gente ainda faz isso, futuro) essas bobagens que escrevo, deparei-me com uma palavra que digitei que era completamente (contraditório, deveras) estranha. não tinha a mínima ideia do significado (estou sendo demasiado honesta, céus? perdão). achei tudo aquilo muito esquisito, a verdade é essa. pensei que era confusão com essa coisa toda de outro tráfego (já conto). deixei para repensar depois. agora, de novo, aquela indignação com o próprio desmazelo. cheguei a checar no teclado (ainda há papel, porvir), mas nenhuma letra próxima parecia corresponder. não pode ter sido um erro. fiquei rodeando a palavra ali por um tempo, entre será e que estúpida. apaguei, coloquei alguma coisa que explicava demais o sentido e desconfiei da minha própria desconfiança. fui ao dicionário (que ninguém melhor do que eu para reconhecer obsessões. procede?) e arrisquei o singular (veja bem a que ponto a intimidade nos leva). aí, então, de fato, sinceramente, reconheci. voltei atrás de voltar atrás. acho que a vida vai fazendo isso com a gente. o que não é, de todo, ruim. falo de reconhecer os equívocos, mas também de memória. aprendemos a perder com o tempo, arrisco admitir.

{tenho a sensação de que peco quando digo que estou feliz [e nem disse (embora)]. e você? [(você que me lê mesmo.) tenho ganas de saber.] peca se ri?}

14.1.21, 16h18

acho que agora as coisas deixaram de parecer tão provisórias. digo, nesta outra morada (engraçado que até perdi o medo de não usar a palavra perfeita), os móveis se assentam aos poucos.
plantei sementes de alface. daqui uns três meses quem sabe temos. o tempo também vai perdendo o seu vigor. deixar de medir a história pela vida.
deito na rede de manhã. olho o céu enquanto não tem sol. deixo de estar aqui para perseverar em ouvir os pássaros atrás das buzinas, dos gritos, do centro para a margem dos sons. a cada dia aprendo um pouco mais. paulatino, sabe? não temos pressa.
durante esse tempo todo, calculei (subjetivamente, claro) alguns séculos para estas sementes. sim, estas que estamos. vocês sabem, não é?
noto.
os barulhos tentam incomodar, mas, como disse, persisto.

15.1.21, 17h31

ando gestando poemas como o tempo (imagino) guarda as imagens.

enquanto este país é destruído dia a dia. para o caso de não se lembrar, desafortunado que me lê, pessoas morrem hoje, agora mesmo, há dias, por falta de oxigênio nos hospitais. não há nenhuma metáfora nisso. morremos. revolta da vacina. ditadura. não sei como narrar esse tipo de. que palavra? diga-me uma, se se lembra. se sentiu. por favor, não nos esqueçamos. não abandonemos aquela varrida empatia.

27.1.21, 12h59

(às vezes penso que vai ser um desafio pra crítica lidar com esses títulos de capítulos. outras vezes penso que besteira.)

30.1.21, 9h46

depois de amanhã venho trazer alguma notícia. me espera? acredita em mim.

12.2.21, 8h57

mulheres, vamos falar uma coisa aqui?
vocês quando alguém lhes informa eu te amo vocês têm vontade de responder enfia no seu (recuo)? quando não estou tão indignada (o que é muito raro, mire veja) lembro que dizia a mulher precisa é de respeito. também não é um eu te respeito, atentas, porque respeito a gente tem não é no pé do ouvido nas horas em que calha à dita necessidade (ah me poupe, tenho nem óvulo pra isso).
voz baixa na hora do coito vale? não.
a voz na altura do respeito, sabe?
quero te chupar vale? porque dizem que as mulheres dizem que os homens não sabem chupar. aí os homens todos cheios de toda a sabedoria que a história há pelo menos desde a caça às bruxas calhou de, enfim, já tá mais que entendido. chupar não começa na língua, vocês me entendem, não é?
meus bens, que pra língua chegar lá naqueles pequenos grandes lábios que inda nem é o cerne – ainda há que sinalizar, se há – há tanto caminho tanto percurso tanto urro redemunho vastidão ápice e algum curioso furtivo aqui ainda há de dizer que raios isso tem que ver com respeito. aí é porque não entendeu nada mesmo.
vocês também já estão de libido desgastada de tanto explicar desenhar refletir moderar dialogar do verbo subalterno como sói?
cansei.

eu te amo serve pra quê?
pra primeira pessoa do presente do indicativo amar. e o te com isso? assiste, escuta, vezes sorri, aceita, depois cansa. é isso. se tiver elegância pra usar segunda pessoa numa era em que
cansamos.

16.2.21, 16h40

olho pros livros vestindo neles pacotes imaginários, meço as paredes, marejo umas saudades. sei que vou partir. tenho pra mim que algumas partidas chegam assim sorrateiras e com a calma de uma flecha que já está em percurso. nem interessa o alvo, o movimento é o que brande. dói uma agulha com ponta de pluma na quina dos móveis. divido objetos com a antecedência dos pós. sopeso as medidas. algo em mim mais interno bate nos ombros como quem diz é assim mesmo. depois passa. tudo passa. essa folha. esse governo. essa estada na história. estacas também moem de tempo. não há muito o que fazer mais, veja. até o amor cai das árvores. melhor que caia e adube outros pastos. que podre no asfalto fede rígido duro cruel envergado. não nos deveria caber.
espero a coragem assentar. paira, sinto seu cheiro. finjo e esguelho. nunca nos abandonamos de todo, não é?
deixe estar.

24.2.21, 17h50

terra brasil essepê vinte e quatro de fevereiro de dois mil e vinte e um fim de tarde. sento-me em frente a essa tela em branco. comprometendo-me a procurar palavras que curem. não é uma tarefa fácil, já me disse antes mesmo de começar. minha garganta dói. mas não saí. mas isso não quer dizer quase nada. tenho medo do vírus lá fora aqui dentro em toda parte lamento. volto. comprometi-me a buscar palavras que curam. caçar essa esperança é mais difícil que abrir os olhos. não, não é isso. encontrar palavras que curam. começo por apanhar algum som da memória. um pensamento que não esteja olvido. comprometo-me a evitar palavras negativas, nãos, enes, nasalizar. retorno. arranjar uma palavra propositiva. curar o vazio das ruas cheias placas de aluga-se pessoas caídas meios-fios molhados gritos baldios preços subindo lamas nos rios fome nos olhos papéis ritos. recuo. palavras que curem. eu sei que é preciso ter coragem. questiono se não é lá isso uma utopia. pergunto por que não uma utopia. regresso. prometi que. em cima uma criança bate no chão grita com a avó que grita que vai ficar de castigo sem o computador que o jovem joga alguma coisa no chão de modo que o teto aqui estremece. que cure. alguma palavra. depois de me lembrar da coragem, arquiteto um pouco mais de dignidade. oferecer um café, um banco bambo, um fim de tarde. é preciso ter paciência, parece. choveu. quando chove o cheiro é verde. é necessário ter muita concentração também. com muita concentração é possível despistar o som das tevês dos carros dos banhos das portas dos asfaltos dos encontrar os trovões. quando chove à noite de manhã os pássaros acordam extasiados. prefiro acordar antes de o dia raiar para conversar com os pássaros principalmente quando estão extasiados. é imprescindível acalmar os ouvidos para ouvir. especialmente quando deschove. auscultar alguma palavra que cure. por trás posso jurar que ouvi uma cigarra. a geladeira às vezes me confunde. mas agora posso praticamente jurar que escutei uma coruja. é preciso ter olhos atentos. evitar aquelas palavras requer também muito cuidado. cuidado de um verbo gentil. generosamente tombar a cabeça pro lado. de onde os ouvidos catam. gosto de deixar pelo menos uma planta à vista. sobrevivem bravamente. bravura. cuidar de acolher as cores. um nome assim solidário. como a gota que beija a folha e não solta. permanecer uma mão dada. ajudar ajuda. obrigada. vamos. palavra, cura.

8.3.21, 11h22

olho através da janela. vagar pelas ruas no centro passou rapidamente de um tour pelo excêntrico a algo assustador. faltam as palavras, antes tão afoitas nos congestionamentos, fachadas, news, looks, mundos. lojas fechadas. lojas que atendem das pernas pra baixo. pessoas arrastando-se nas ruas. transeuntes não sei se muito bem informados. não sei mais o que é informação. ainda fugindo de jornais, escapo o quanto posso das notícias. andar pelas ruas. a vida. tudo se passa mais velozmente que os semáforos, os direitos, a sanidade de qualquer coisa. onde estamos? quem somos? o que temos com israel, armas? meu planeta ocular pega nas manchetes das quais não consigo desviar a tempo [visão (aquela mundana ganância)] palavras hediondas. não sei como repercuti-las. nem se quero. explodir. não é mais um desespero, muito antes uma consequência óbvia até para quem já não sobra nenhum tipo de pensamento. exagero. quede limites? sei nem do que estava tratando. morte. morte. recuperar o sentido de

17.3.21, 10h37

não tem mesmo como ninguém estar bem neste país de forma nenhuma que imagino.

tenho aprendido muitas coisas exóticas. ler com apenas um olho uma introdução à sociologia enquanto choro porque por tudo. temos perdido tantas vidas. andar nas ruas ver amigos ao menos pensar em viajar vai ficando cada passo tão distante no tempo que já nos sentimos anos mais velhos a cada dia que gasta enquanto faz um ano que morremos todos os dias mas agora trezentas mil pessoas em um ano em que tanta coisa se alterou que ler com um olho só enquanto penso se desisto de tudo e me escondo em um buraco bem escuro enquanto peço um copo de leite pro esguelho dores enquanto digo isso sinto remorso maior que qualquer projétil de sentimento desses que antes a gente tinha e levava ao consultório de análise para aos poucos ir descobrindo que temos tanto que melhorar e perdoar e esquecer mas não agora que agora no pico de tantas mortes poderia dizer genocídio como também poderia dizer políticas genocidas como também poderia {fiquei pensando se neste plano [ficcional (há juízo)] e precavi} o ocupante do cargo fazer um bem a toda toda toda a humanidade a natureza o planeta o cosmos e, acredito piamente nisso, os recônditos mais inimagináveis do universo intocável.
mas não. apenas tento sobreviver. fugindo porcamente dos assuntos. fingindo mais porcamente ainda que consigo. evi-

tando sem força alguma decidir partir de uma vez. falando muito baixo e sem crédito nenhum que vai ficar tudo bem, tasco logo um tapa na cara dessa falta absurda de consciências.

29.3.21, 17h21

tem bula essa sensação constante de ser inútil, de não estar suficiente e de não aceitar nenhuma justificativa nem afinal este país desgraçado esta situação calamitosa esse excrementíssimo

acordar fraca. com uma dor de cabeça como se tivesse bebido todas. quem é que tem condição financeira que dirá psíquica de beber ao menos algumas. mas a ressaca acorda o corpo. o corpo dorme. parece que é o clima abafado. mas na madrugada choveu. que bom que houve lua cheia. um céu límpido. já não sei mais a ordem das coisas. até sonho tenho tido. acordo várias vezes na madrugada. consigo até despertar no final do sonho, conversar com o sonho e continuar não sei se sonhando ou completando as lacunas do olvido.
helicópteros gritam aqui em cima.
não consigo alcançar as metas.
odeio-me por isso porque deveria conseguir. se comparada com tantos, é de fato um privilégio poder ter com que
escrever
fazer fichamentos
amanhã tenho certeza de que vai dar certo
foi o que me disse ontem
tenho dois cadernos novos
canetas coloridas
aprendi (retomei) agora a colorir

ressalto os temas mais importantes
em tese
depois vou organizar melhor
pra quando eu organizar
amanhã
preciso fazer isso amanhã
vou acordar bem cedo
quem sabe voltar a pular corda
é um privilégio ter um lugar para pular corda e um pedaço de céu
não presto nem para isso
deveria ter vergonha de escrever isso aí
agora mesmo tenho três livros abertos
de repente estou lendo e me dizendo veja como isso é fácil note como você consegue é muito possível você acordar todos os dias tendo uma cama para dormir confortável um teto não se lembre do valor enquanto tantos concentre-se no quanto você precisa
parece que caíram uns três ministros hoje ou seis trocaram assentos militares golpe contra que vacina chacina tusso muito
não sei avaliar as manchetes
a qualquer momento vai chegar um e-mail
e o que terei para dizer?
antecipo ultrapasso tropeço justificativas
depois decido decididamente falar com honestidade
não consegui
e teço intermináveis subordinadas explicativas
é um processo de destruição o que estão fazendo com o país, escutei hoje, concordo, acho que faz tempo
não chegou nenhum
confiro no spam várias vezes ao dia
pode ser que não tenha visto e imagina se me esqueço

tenho quase certeza de que tem alguma live para hoje
nossa
tem mesmo
sobre a ditadura
eu me esqueci

3.4.21, 9h29

[as horas têm batido rítmicas, antes de mais nada. (vejam: 9h49. é quando releio. não sei entender também. não sou eu que crio o relógio, se creem.)]

(às vezes fico me perguntando como será a velocidade com que lês. se acaso voltas. se tropeças como.)

pensei vou deixar o arquivo aberto, como tantas vezes temos deixado os planos os sonhos e se restar alguma utopia. pra se acaso surgir alguma oportunidade. nem digo assim inspiração, sabem. ou fé. também preciso amadurecer a linguagem, vejam. está difícil. e para muitos ainda mais. e de um jeito que nem sabemos, embora isso não nos impeça de sentirmos algo, suplico. e como a lucidez com que finco essa frase acredito com a minha melhor vãtopia que já sentiram aquele aquecimento gélido no peito-abaixo de alguma coisa que às vezes parece angústia por vezes estafa azia fome de vez em quando calma ou coragem. por vezes ligamos por vezes e vezes não atendemos. rindo demaisdemenos. acho que ainda não tivemos cara de encontrar uma maquiagem natural para a palavra. muito embora vez ou outra apreciamos libertar um blush nas maçãs. uma rebeldia no vinil. uma poesia nos olhos. uma textura pro sol. uma mão para além dos limites ultrapassados da ideia que temos de espaço e de estética. é ainda o que nos sustenta, tenho a arrogância de proferir. é

também uma espécie de loucura, coisa minha como se diz.
também ando a pensar às escondidas que por trás das trincheiras estamos apavorados. é isso mesmo, gente. divaguei assistindo novela coreana que quando falamos aquilo que mais nos dói absurdamente aquilo de que corremos feitos desesperados pra igreja pras montanhas pro consultório que quando paramos de evitar os nossos olhos nos nossos minhanossa {essa expressão [filosofia (nó)] é maravilhosa} é maravilhoso.
é uma espécie de alívio, mas
entende que também não há como

há frio já
o inverno finalmente está chegando

com as armas nas mãos, registro
confesso que olho pro céu constantemente.

4.4.21, 11h53

(é páscoa; só se pensa em chocolates.)

vontade de sentir sentimentos
mutilada de lucidezes velozes uma atrás da outra retinas
secas ultraprocessadas ardentes
desejo de uma cena de choros culpas enfrentar o que nos faz
de frente
sem nome sem foco sem parapeito vagamos
vacilamos
saudade da emoção do outro lado da gangorra
abraçar cada um que ficou pela perda de um membro daí em
diante latente sempre
tomar pra gente a dor do outro nos laços
velar
cuidar
levantarmos com a terra na memória
em respeito
ajudar quem está nos leitos
recordar quem mora nos becos
proteger quem puder por amor

19.4.21, 11h32

sou da época das cartas. (não sei se já contei isso. na verdade, devo estar assim porque parece que já tudo ou, melhor ainda, todos já, enfim, esmoreci.)

se fosse para escrever alguma coisa agora, seria cada frase, não, palavra, não, som, em uma linha, não, risco, não, rastro diferente. de modo que cada bloco estrofe morte não passaria de túmulo rumo escuro. rubor de pensamento. ausência fosca. ar.
não há correntes.
não há rumores.
não há riscos.
não há nada
com o que se preocupar.
se

4.5.21

6.5.21, 19h45

416000

8.5.21, 10h50

não posso falar por todos, evidentemente (alguém pode?), mas vou dizer por mim que meu nível de (qual é mesmo a palavra?) distinção, digamos assim, não estou de todo certa, enfim, o que se passa o que é real
passo mal pela expressão, entende?

9.5.21, 10h25

me fazem pensar mais perto do compasso da respiração.

23.5.21, 17h50

um tempo atrás um homem alvo calvo salvo me disse, ou melhor, quis me dizer, nessa prática comum da elipse sarcástica achando que mulher não compreende função retórica tampouco histórica, que deveria, trocando em miúdos, desistir por orgulho. orgulho, achei tanta graça. se não embalo o orgulho, quis lhe dizer [não disse (escrevo)], não chego a lugar algum. porque bem antes de abraçar esse cobertor tão quente, orgulho, é prudente admitir que obstáculo muitas vezes não se passa por cima. muitas vezes se carrega. vai-se levando no ombro, na guarida, no ventre, no sintoma. reconheço muito bem o meu gênero a minha cor a minha classe a minha geografia a minha história o meu sotaque a minha envergadura. vou carregando todo o engasgo, não engulo. se digo que o queixo vai alto, minto. pesa. queda. carcome. levo. enlevo comigo cada crueldade que não pude ignorar. cada ato fálico. cada passo. um avesso de orgulho. poderia chamar coragem, se concordo que sou otimista. não concordo com nada. sigo. no frio. molhada. sarjeta. assombrada. persisto. não é só a mim que escolhas atravessam a casta. caminho. esburacada de amor-próprio. e se me aparece um atalho, desconfio. é o mínimo. estrada que faz ser mulher. sei que ao meu lado atrás e à frente vão foram irão várias. não espero o mundo ser melhor. construímos. utopias. destruídas ou não. não paramos pra deitar.

28.5.21, 18h09

não me lembrava de ter depilado os braços. sinto no tato
raízes do tempo.
é na rua que se encontra o outro? eu me pergunto depois de
pensar na escava dos adentros.
falo difícil? às vezes também me pergunto. não sei não lembro
não tenho
ideia alguma.
algumas vezes.
escoro nas incertezas. um pouco de cansaço bebo todo dia.
cozinho inúmeras (sim, inúmeras, grandiloquentes, numerosas, incontáveis, inumeráveis, infinitas) hipérboles.
vou revezando o colo de sintomas.

25.6.21, 16h48

eu me pergunto por que será. por que será que minha cabeça dói todos os dias. por que será que já não me importo mais o quanto estou atrasada, o quanto as horas passam, o quanto o dia na cama tanto faz, mentira tanto faz não por que será que prefiro estar deitada sem gravar o sonho do que estar deitada pensando por que será essa dor de cabeça ininterrupta. mas hoje tomei dois analgésicos fortes. não tem anti-inflamatório por isso tomei dois analgésicos fortes porque já faz também muitos dias que sinto dor no maxilar. e essa dor no maxilar também passou para o ouvido. e não sei por que será que minha cabeça dói. todos os dias. por que será que não vejo mais graça em piada nenhuma. por que será que fico minutos em frente ao espelho medindo o avanço da ruga no meio desigual da testa. por que será, fico ali me interrogando o dedo na fresta a cabeça baixa para pegar o pedaço do espelho que funciona, por que, por que, por que plantei tantas sementes franzindo um cenho que agora mesmo não sabe me responder de dentro da vala o que será que fiz por quê. fumo, finjo que me exercito quando acordo tarde, não tenho fôlego nem disposição anímica mas faço ali três ou quatro saudações ao sol covarde posturas de pé finjo que estico a coluna que sei por que me dói todos os dias não ando já desisti de pular corda nem o ócio sacia meu ódio por que será que não presto pra fazer planos não acredito não espero não vejo notícia não vejo gente não vejo números não vejo possibilidade estou cansada. olho meu olho olho a bolsa de olheira. fico procurando lembrar de que cor era para saber de que cor está não sei se esse vale essa sombra essa melodia combinam com o tom da lua ontem exuberante e lúcida. por que será que a parte de mim que não se abstinha de tomar atitude dorme torta abatida murcha desvalida esquálida todos os dias. por que será que choro uma lágrima dificultada que rasteja no pouco caminho uma sobra a dor a cabeça o ouvido o maxilar as costas o espelho do avesso. por que será esse zunido de novo que me acompanha. o estômago está doendo de café e dipirona. por que será que não prendem não impedem não matam. é tanta gente morrendo de uma doença que já tem vacina não sei como terminar. por que será que tem gente que ainda acha que não tem explicação porque deus também leva as pessoas boas e se a pessoa é má é por isso que deus leva. por que será que pedaços de obstáculos que já havidos ultrapassados vêm me tomar a mão à noite e acordo com os dedos inchados. o som dessa cidade me apavora. estou exausta e não quero mais explicar mais nada mais.

20.7.21, 11h31

encontrar coragem não é fácil, meus amigos. não acho.

24.8.21, 12h21

esse movimento de inversão.
(só me surgiu isso, digo com uma espécie extinta de culpa.)

23.10.21, 7h24

estou pensando agora se não é o excesso de cigarro de informação de país que ando perdendo fala fôlego futuro também acha?

ando longe sem sair do lugar
prego tempo

11.1.22, 16h48

passaram por mim pavores sombras desterros. passou muito tempo. digo enquanto apago envergonhada me lembro. todos passamos. é assim que vou adiando essa vida que ainda cismo de achar que aqui. tenho variadas palavras agarradas às paredes. fazendo que o cimento também ceda. apago muito mais do que escrevo. respiro bem menos que carrego. crendo que minto me confundo. perdi as rédeas e o campo semântico das metáforas.

3.2.22, 9h9

talvez volte.

3.2.22, 9h9

amanheci elaborando uma gastronômica crítica socioeconomicoculturalhistórica contra

me perdi. fiquei pensando demais nos adjetivos. realmente, me perdi. ando assim.
não sei há quanto nem por quanto nem qualquer outro qu algo assim:
[muito difícil mesmo (será) usar essa pontuação]

5.5.22, 10h30

não se enganar por dias em branco.
não é que se passa nada. que não há conflito. que enredo falta.
que a voz
tragada.

5.5.22, 14h51

o que me impede de ir até a beira do prédio e apenas pular? é o que me questiono.
respondo tudo isso aí, não há que se alarmar por tão pouco. nas atuais condições.
tão pouca. assim a minha nitidez de hoje. derramada. não achei palavra melhor.
como digo?
às vezes vou ao banheiro, lavo as mãos, e a transparência da água, a sua malemolência, a sua facilidade de escapar dos dedos sujos, ríspidos, enrugados, toda essa estrutura, sabe, que a água tem de não ter. desprentensiosamente ir. quando vejo estou sem ver lucidamente a coragem da água que não tenho, tudo turva, passado, presente, futuro, mentira, verdade, contemporaneidade, alegoria, socorro. me comovo, era isso que precisava dizer. choro.
olho o envelope em branco. e me lembro do tempo do carteiro, das esperas sentada na calçada, do pôr do sol, então, nitidamente se pondo em vermelho amarelo e o azul partindo suavemente esqueço. da estrada de chão, da janela, do de dentro do olhar, as mãos tentando agarrar desesperadamente o futuro. o futuro: hoje. e quando percebo cai na mesa um pedaço de água. salgada, presumo. imperceptível. digo, quase que não percebo.
faço um arroz só com alho. águo. e olho o frio entrando pela porta. meio aberta. meio seco, mastigo enquanto o olho de-

siste. não tem régua.
na boca o café gasto, amargo. perco a temperatura do instante. perfeito. desisto de desembaçar os óculos.
falta tanto. falto tanto. fraquejo.
nem todos os dias.
hoje posso?
outro futuro, espero.

e quando penso que acabou, lá vem de novo. uma imensa bola de oco. cheia de ar atravessando o abdômen. inflando o peito. não suporta a garganta. como se entrando no vagão no terminal às seis da tarde.
não enxergo direito as palavras.
desmorona nos dentes esse amontoado de histórias. fecho a boca. empurro os olhos. amasso o som. quando venço, suspiro. com os cílios encharcados. milhões de gritos domados.
perdi o idioma de mim.

7.6.22, 20h39

venho com a intenção muito breve (e rala expectativa de que não).
para registrar-me como esta. amanhã serei outra.
parece que é tudo que posso, embora queira muito mais.
mas amanhã serei outra. ou no máximo semana que vem.

21.6.22, 13h03

vaguíssima, diriam se vissem.
sublingual, pílulas, escapes de que tanto já esquivei, mas agora. agora não é tempo de resguardos. agora não é tempo de reclames. agora é tempo de agir. ou de pensar. ou vice--versa. antes de tudo, ao menos sobreviver. ou lembrar disso. não sei se perderei versos embalo enredo nunca tive, confesso que temo um pouco.
mas precisei. como uma criança que por um milagre lhe coubesse a escolha, ser outra. ou a mesma. talvez nunca saiba dizer. que fui.

7h47, 14.8.22

meu nome é uma ficção.

são coisas que me ocorrem. e quando me ocupam assim já penso em dar-lhe o título.

mas queria dizer de outras coisas. também.

hoje pela primeira vez desde que comecei a estar nas mais atuais extremas condições, hoje acho que faz muito tempo desde a última vez consegui lagrimar. [a luz (e a altura) às vezes me incomoda(m).]
muita coisa mudou desde. muita coisa se passou antes e antes de antes e agora. [não consigo achar outra palavra pra coisa, então me repito (também rimo e não vejo mais problema nisso, cada um sabe a luta que tem sido.)]
efeitos surgiram e foram esvaindo com os dias. calores e frios já se passaram tantos.
neste ponto em que registro coisas pelos dedos, venho notando que meus punhos têm se fechado muito constantemente. procuro abri-los com delicadeza e alguma preocupação. à noite também. percebi uma vez em um reflexo. e então agora quando acordo ou acho que à noite vou me desdobrando como se dissesse que está tudo bem e que não está nada. as mãos continuamente doem como se tivessem carregado muito peso ou muitos rodos.

fico pensando se envelheço. fico pensando como quando se nota que se envelhece.

hoje tive um sonho horrível (pois é). justo no dia em que abri um caderno verde, ontem cortei com régua as folhas iniciais que diziam de reuniões e anotações joguei tudo fora (crê?) escrevi na capa alguma coisa assim sobre sonhos ou invenções porque faz muitos dias que me propus [como me proponho a muitas coisas, mas com essa coisa agora desse estado um dos efeitos é não ligar mais pra isso como ligava antes (mas também não sei se isso é colateral de envelhecer)] que me propus a anotar os sonhos, indicaram e ontem também retomaram em uma conversa virtual que parecia de bar. e logo nesse dia em que separei de verde o caderno e uma caneta azul anotei que não queria me lembrar. porque hoje é dia dos pais.

14h35, 15.10.22

não tenho nome.
também não sei onde estou.
não saio de casa desde antes da pandemia.
prefiro não contar.
se não se importa, vou desligar. estou cansada.

posso tentar, só peço, por favor, não insista muito.
você pode me dar um instante?

neste momento, com muita angústia. antes também. esse período todo, enfim. antes do primeiro turno acreditava que todo mundo estava assim. mas agora parece que não.
vou pular essa pergunta.
essa também, mas antes só um comentário óbvio [só para constar (em algum futuro), que nem tudo que é óbvio é.]: muitos, muitos, muitos passos atrás. ou muito afundo. quem sabe chegando aí revolvamos algumas raízes que, parece, já estão há muito. de qualquer maneira, muito trabalho a fazer. assim, de forma repetitiva mesmo, exaustivíssima. precisamos achar coragem pra caça, pode ser verdade.

essa é interessante. intuição. é essa a resposta mesmo.

se você conseguir achar algo embaraçoso, pode ser que dê mais certo.

quero dizer, enfim, esqueça. sou eu que não consigo mais. a todas todos tudo desculpas.

EDIÇÃO Leopoldo Cavalcante
DESIGN DE CAPA Luísa Machado
ARTE PARA A CAPA Helô Sanvoy
REVISÃO Marcela Roldão e Camilo Gomide
PROJETO GRÁFICO Leopoldo Cavalcante

DIRETOR EXECUTIVO Leopoldo Cavalcante
DIRETOR EDITORIAL André Balbo
DIRETORA DE ARTE Luísa Machado
DIRETORA DE COMUNICAÇÃO Marcela Monteiro

GRUPO ABOIO

ABOIO EDITORA LTDA.
São Paulo/SP
(11) 91580-3133
www.aboio.com.br

© da edição Cachalote, 2025
© do texto Dheyne de Souza, 2025
© da arte para a capa Helô Sanvoy, 2025

Todos os direitos desta edição reservados ao Grupo Aboio. Nenhuma parte desta obra pode ser reproduzida, arquivada ou transmitida de nenhuma forma ou por nenhum meio sem a premissão expressa e por escrito da Aboio.

Grafia atualizada segundo o Acordo Ortográfico da Língua Portuguesa de 1990, que entrou em vigor no Brasil em 2009.

Dados Internacionais de Catalogação na Publicação (CIP)
Bruna Heller — Bibliotecária —CRB10/2348

S729v

    Souza, Dheyne de.
        vão / Dheyne de Souza. –São Paulo, SP: Cachalote, 2025.
        470 p., [10 p.] ; 13,5 × 20,8 cm
        ISBN 978-65-83003-52-2

        1. Literatura brasileira. 2. Romance.
        3. Ficção contemporânea. I. Título.

CDU 869.0(81)-31

Índice para catálogo sistemático:
1. Literatura em português 869.0.
2. Brasil (81).
3. Gênero literário: romance -31

Esta primeira edição foi composta em
Martina Plantijn sobre papel Pólen Bold
70 g/m² e impressa em outubro de 2025
pelas Gráficas Loyola (SP).

A marca FSC® é a garantia de que a madeira utilizada na fabricação do papel deste livro provém de florestas que foram gerenciadas de maneira ambientalmente correta, socialmente justa e economicamente viável, além de outras fontes de origem controlada.